[奥] 埃尔夫丽德·耶利内克 著　　许宽华 译　　　　后浪

Lust
Elfriede Jelinek

情欲

贵州出版集团
贵州人民出版社

Original Title: Lust

Copyright © 1989 by Rowohlt Verlag GmbH, Hamburg

Chinese language edition arranged through HERCULES Business & Culture GmbH, Germany.

本中文简体版权归属于银杏树下（北京）图书出版有限责任公司。

著作权合同登记　图字：22-2023-138 号

图书在版编目（ＣＩＰ）数据

情欲 /（奥）埃尔夫丽德·耶利内克著；许宽华译. -- 贵阳：贵州人民出版社，2025.2. -- ISBN 978-7-221-18537-2

Ⅰ. I521.45

中国国家版本馆 CIP 数据核字第 2024KV5866 号

QINGYU

情欲

[奥] 埃尔夫丽德·耶利内克　著
许宽华　译

出 版 人	朱文迅	选题策划	后浪出版公司
出版统筹	吴兴元	编辑统筹	朱 岳　梅天明
责任编辑	黄 伟　周湖越	特约编辑	赵 波
装帧设计	墨白空间·黄怡祯	责任印制	常会杰
出版发行	贵州出版集团　贵州人民出版社		
地　　址	贵阳市观山湖区会展东路 SOHO 办公区 A 座		
印　　刷	河北中科印刷科技发展有限公司		
经　　销	全国新华书店		
版　　次	2025 年 2 月第 1 版		
印　　次	2025 年 2 月第 1 次印刷		
开　　本	880 毫米 ×1194 毫米　1/32		
印　　张	10.375		
字　　数	183 千字		
书　　号	ISBN 978-7-221-18537-2		
定　　价	78.00 元		

读者服务：reader@hinabook.com188-1142-1266
投稿服务：onebook@hinabook.com133-6631-2326
直销服务：buy@hinabook.com133-6657-3072
官方微博：@ 后浪图书

后浪出版咨询（北京）有限责任公司　版权所有，侵权必究

投诉信箱：editor@hinabook.com　fawu@hinabook.com

未经许可，不得以任何方式复制或者抄袭本书部分或全部内容

本书若有印、装质量问题，请与本公司联系调换，电话：010-64072833

贵州人民出版社微信

在沉坠的空间深处,

我喝了朋友的甘醇……当我回到那一天,

我已经不知道

在那最远的边缘还有什么东西,

那些曾和我一起奔跑的全体信徒,是那样地令人入迷。

——约翰内斯·冯姆·克罗伊茨[1]

---

[1] 约翰内斯·冯姆·克罗伊茨（Johannes vom Kreuz, 1542—1591），原名为圣十字若望（西班牙语 Juan de la Cruz），本名按德语读音译出。西班牙诗人、加尔默罗会教徒、神秘主义者、圣人和教会圣师。出版了《光与爱的话语》（*Worte von Licht und Liebe: Briefe u. kleinere Schriften*）等多部著作。死后葬于西班牙塞戈维亚的加尔默罗教堂内。

目 录

i 译者序

1 第一章
26 第二章
54 第三章
61 第四章
79 第五章
89 第六章
103 第七章
115 第八章
139 第九章
159 第十章
175 第十一章
202 第十二章
226 第十三章
250 第十四章
276 第十五章

译者序

埃尔夫丽德·耶利内克（Elfriede Jelinek）是奥地利当代著名女作家，2004年诺贝尔文学奖获得者，于当年便为中国读者所熟知。其代表作《钢琴教师》发表于1983年，作品因描写了一个无情的世界而受到广泛认同，极大地影响了西方世界。因此，耶利内克也很早就受到国内专业人士的关注，并将《钢琴教师》译成中文，但因某种原因未能出版，直到耶利内克获诺贝尔文学奖后才与中国读者见面。就眼前的《情欲》而言，还得提及它的创作初衷。在获诺奖前，耶利内克并不满足于《钢琴教师》的影响力，似乎还想更进一步、更深层次与西方的强权与压抑抗争，于是在几年之后的1989年发表了这部更富争议的小说《情欲》。

《情欲》堪称耶利内克作品中的一朵奇葩。正是这部作品，使她在1998年比肩德语文学大家伯尔、格拉斯和迪伦马特等，获得了毕希纳文学奖，并成为德国毕希纳文学奖所有获奖者中最著名的一位。小说《情欲》引发了最激烈的争议，她在很大程度上被男性和女性读者拒绝，甚至引起不理解、疏远、愤慨和仇恨。她曾预见性地看到了这一点，所以在《情欲》出版前就试图向读者解释"整体的意义和意图"。她声称曾计划写一部与乔治·巴塔耶的《眼睛的故事》（色情文学）相对应的女性作品——但文稿后来却面目全非，她失败了。她不可避免地失败了，是因为在撰写文稿时，她不得不意识到"男人为自己侵占色情语言比任何人都多，甚至比战争和军事语言还要多，而反对这一点意味着在任何情况下都必须失败"。她后来在写作中也着实未能找到"女性的淫秽语言"，因为"男性已经强占了色情语言"。因此，她的小说"不再是关于色情的，而是关于反色情的"，并不想唤起"欲望"，尤其是男性的"色欲"，而是要否认和摒弃色欲。为此，毕希纳文学奖颁奖词高度评价了这位奥地利作家："凭借着敏锐的分析和坚不可摧的道德风范，确立了自己作为当代主要作家之一的地位。"《情欲》出版后，一些评论家将其称为"女性色情"。它仍然让人不舒服——但非常出色。

20世纪80年代以来，西方工业国家的经济凋敝状况导致失业人口的增加，尤其是妇女的就业矛盾十分突出。在这个时代背景下，作者也许想通过对这些人物的描写反映当时的社会问题。格蒂作为厂长的妻子同样受到丈夫（资本家）的虐待和排挤，沦为普通妇女，她与其他妇女一样都沦落到依赖于他人的最下层。她不仅受到丈夫近乎暴力的性虐待，而且还受到儿子的欺负。她所谴责的人物就是：她的丈夫、儿子和下一代资本家。她所愿望的是真正的爱，是妇女们和工人们的联合，是"一夫一妻"的社会制度。

耶利内克从她的写作生涯开始，就一直关注妇女在父权制社会秩序中受到的压迫，只不过在《情欲》发表之前，没有引起文学界的关注，鲜见对她的作品的评论。在这部小说中，她大胆无情地揭露了丈夫对妻子的身体和精神虐待。《情欲》描绘了一个社会制度的压迫性画面，该制度试图迫使妇女在所有社会和政治领域中扮演物体的角色。"性"是暴露两性之间现有统治关系的一种手段，在这种关系中，主人公格蒂承担了被统治者的妻子角色，是她丈夫的奴隶。"性"被描述为男人对女人权力的夺取。

当女性色情小说已经成为一种反色情小说，它就可以解决人们对女性集体蔑视的认知，并表明传统婚姻中的性行为是男人对女人的暴力行使。按照耶利内克的说法，正是惨淡的性关系将女性的快感欲望变成了折磨——也变成了一种空虚：因为如果只有男人掌握了快感欲望的语言，女性的欲望就无法被描述，此时女人既不是性的主体，也不是语言的主体。同时，她没有这些的事实不仅有性别上的原因，也有社会和经济上的原因。对妇女的性剥削相当于资本主义条件下对工人阶级的经济剥削。

一

小说《情欲》没有连贯性的具体故事情节，故难以将其归类到某一种文学流派，甚至说它是小说也有些勉强和难以副实。极其简单的情节也只涉及几个人物：厂长赫尔曼（格蒂的丈夫）、格蒂（赫尔曼的妻子）、孩子（他们的儿子）和米夏埃尔（大学生、格蒂的情人）。丈夫赫尔曼是对女性实施性强权的代表，具有鲜明的个性特征，即：只有性，而无爱。格蒂是一个没有血肉的人物，所以也没有人物的典型性，她只是个家庭妇女，在性问题上被丈夫充分利用和欺压，而自己却只有酗酒之能事，她的情人大学生米夏埃尔也只是一个理想和浪漫想象中的人物，和格蒂在一起他只求得到性的满足，同样没有爱的给予。由于小说没有情节，所以读者读来很难跟上作者的思路，这就要求读者非集中精力、跟踪思索不可。

格蒂的丈夫赫尔曼是个性爱狂人,他是施蒂利亚州一个高山小镇上的造纸厂厂长。随着艾滋病病毒的传播(20世纪80年代,正处于传染的高峰期)和对被感染的恐惧——以及由此产生的对这种疾病的耻辱感——受人尊敬的赫尔曼不得不放弃与他常来常往的妓女,被迫回到他妻子的身边,行使他"不可抗拒的性能力"。他在晚上强奸她,在早上吃早饭和做厂长的工作之间,他命令她去他的造纸厂,让他的性需求得到满足,或者在这之间回家,在她的身上发泄他的欲望。赫尔曼要求对格蒂的身体有绝对的支配权。他把她还原成她的性特征,而她的性特征必须始终为他的愿望而备。他的情欲和性欲,在书中是男性愉悦的代表,并支配、压制和忽视女性的快乐。在这种情况下,女性的快乐似乎已经不存在了。男人的愉悦抹杀了女人的欲望,剥夺了她的任何空间。在日常生活中,妇女在性方面的顺从也被视作理所当然的事。

2004年诺贝尔文学奖授奖词说:"耶利内克以无情的文字游戏、恐怖的隐喻、恶魔般地曲解了的经典引文,来表现我们正常的理想和白日梦,对其原始形态加以扭曲变形。她的暗示性的语调,像红外线的光芒一样拨亮了一种具有隐含意味的文明写作。"

在德语文学史上,运用大量隐喻、象征性语言的不乏其人。说到"联想",不禁使人想起德国著名诗人荷尔德林约于1800年写的诗《下一个最好》(*Das nächste Beste*):

——打开天堂之窗
并释放了夜之灵
那天空风暴者拥有我们的土地
诱语绵绵,难以遏制,而且
直到这个时刻
岩屑滚滚。
但如果
我像椋鸟一样
伴随着欢呼声,
想要来的东西就来了,
如果在加斯科涅,那许多花园的地方,
如果在橄榄地带,可爱陌生的大地上,
在那杂草丛生路边的喷泉
树木在沙漠中无知无觉地生长。
太阳刺痛着眼睛,
和地球的心脏
开辟了橡树之山
周围的地方,

从灼痛的大地上
涌出溪流潺潺，
在周日的舞蹈中
好客的是那膨胀的门槛，
在鲜花盛开的街道旁，静静地流淌。

应该说，荷尔德林是一位充满神性的诗人，诗歌看上去是对自然的描述，但实际上运用了大量隐喻、象征、悖论等现代技巧，突破了古典时代的规则束缚，表达了对自由的强烈向往和对诗意栖居的生命境界持之以恒的想象。也许这种"联想"具有偶然性，也许耶利内克真的就是借用了这种技巧，来为其《情欲》的写作服务。

耶利内克具有超强大的语言力量，她善于将人与自然联系起来，将当前事件神秘化。尤其独特的是，她所描述的性别形象具有将男性归于文化领域，将女性归于自然领域的特征。

《情欲》中通篇几乎都是性和欲的描写，然而却有点儿不着痕迹。《情欲》中的语言表面上看起来是直接描绘大自然或其他景物的，然而实际上，这种大自然及景物中的所有客观物体即为女人或男人身体的一部分。书中几乎所有描述客观物体和行为的场面都具有性和性行为的隐蔽性。西方有评论称:《情欲》中的每一个句子都需要解释。对于这种精妙的语言，读者需要进入联想情境才可能有所领悟。对于德语读者而言，也许因社会环境文化因素，较为容易去联想和理解，而对于中国的读者则是一道难以跨越的坎。于是，"暗喻－联想"将从此伴着读者一路阅读下去。

二

《情欲》可以说是一个怪物：它可以将"性"不断地、瞬间转变成人们曾经触及过的任何东西。作者巧妙地运用大自然或日常生活中的丰富词汇来描绘或隐喻，如"风景区""山丘""树木""森林""大地""树桩""木头"及"工厂""汽车""手柄""篱笆""屏幕""容器""合唱团"等不胜枚举，都有可能是围绕人体的某个器官或部位所作的比喻。甚至还使用人物、动物、流体或现象名称来暗喻人体器官、性行为或体内的排泄物，如"孩子""穷人""牛／羊／兽群""滑雪""开车""坐车""光束""水""雪""溪流""果汁"。

还有更高级的文字游戏，寓意为疯狂的行为：如用"打赌和天气"（Wette und Wetter），"人们争先恐后发出轰隆隆的雷鸣声，以祈求好天气的来临。那些滑雪运动员都会来到山里，不管是谁住在那里，还是谁想赢得比赛，那都无所谓了"。这里的"好天气"与好"天时、地利、人和"一样，还有"打雷"（产生欲望风暴）、"山脉"（寓意激情高涨）和"比赛打赌"（获得亵渎的胜利），等等。关于文学修辞，对于《情欲》这部小说来说，我们可以说它的"修辞过多"，它的图像激增、泛滥成灾。无论哪种方式——文本成为身体，还是身体成为文本都一样——"这个男人玩弄和涂抹这个女人，就像她是他生产出的纸一样"。

《情欲》中，主人公格蒂被贬低为丈夫赫尔曼满足欲望的工具。"性"给了他一种能够超越自我的感觉，他要在这个世界和妻子的身体上通过性暴力留下可见的痕迹。因此，他在她——他的财产——身上做标记、签名，留下了伤痕，带着虐待狂的快感，让可能的竞争者能够认出他就是她的主人。格蒂并不质疑男人和女人之间的权力关系。她毫无例外地将性体验视为羞辱，被动地忍受着残酷的性暴力。无论何时何地，无论怎样，她都无精打采地忍受着一切。似乎被折磨的不再是她的身体。她已经失去了与它的关系，疏远了自己的身体，抛弃了它，把它留给了她的丈夫。"在这些大山的后面，格蒂已经有些沉沦崩溃了，她遭到了讥笑，就像她的整个生殖器一样被人嘲笑，她可以用生殖器激发打开家用电器的电源，但却不能管理自己的身体。"她已经放弃了自卫的努力，屈从于男性能力表现出来的力量，她无法保护或捍卫自己。她的生存策略是喝酒、麻醉和关闭自我。赫尔曼就是她的生计，格蒂为了生活和一点点奢侈而卖淫。她承受着痛苦和希望，但没有反思，没有能力采取行动，只能作为一个受害者玩着压迫的游戏。

她是他的财产，他在其中投资，因此他可以使用她。作为妻子她是一个被使用的对象，就像一辆帮助丈夫到达其目的的汽车，一个准备接受他的欲望的容器。他"现正在家里啄食，当然那里的味道最佳"。丈夫想"把他野蛮的货车开进这个女人的泥潭里"；她几乎无能为力，不能做任何事情，"以避免他吱吱作响的阴茎闯入她裤内的灌木丛中"。可怜的格蒂无法躲开和逃脱上述的身体部位，丈夫日夜强奸她，在她身上和体内大小便，撕破她的衣服，捏揉她的乳头，竭尽所能地在她身体所有的地方折磨和羞辱她——而且他总是能做到。"我们也未曾明白，深处的这些阴影在这个生物（格蒂）体内通过这根管子到底延伸有多远。但不管怎么说，它还有待进一步的发现，是的，甚至在这里，就在这外阴门的上方，阴毛常常被拉拽、被拔扯。"直到格蒂大声尖叫起来。"这可是很痛的呵，难道就没有人想过吗？"耶利内克只能以愤怒来与男权主义抗争。

格蒂厌倦了丈夫的要求，做了最后一次绝望的尝试：

逃离赫尔曼的攻击，向年轻帅气的学生米夏埃尔寻求爱情的庇护。然而，米夏埃尔也代表了一种永恒的确定性，即永远相同的机制：同样是施虐受虐，在她体内挖掘乱翻，格蒂参与其中，并经历了这种不变的痛苦。米夏埃尔还扮演了偷窥者的角色，目睹了格蒂的丈夫对妻子的无数次暴力。最后，他站在楼上的窗前自慰，而在楼下，格蒂再次在敞开的车门内被前来接她的丈夫强奸，此时的他突然忘记了对艾滋病的恐惧。小说的结尾，格蒂在无数次地被夜间强暴之后，来到她儿子的房间——给儿子吃了安眠药——然后用塑料袋让他窒息而死。后来，儿子的尸体被拖进房子附近的一条小溪中，"水已经拥抱着这个孩子，并把他带走了"。至此，读者又自然而然地联想到了什么呢？

这种表述对读者而言，寓意难以跟随，对译者来说也不能以根据译语的规范合理地表现出来，自然对二者都是一个不小的挑战。综上所述，作品中的词汇到底寓意为何物，就只能由读者自己去联想、解构、领悟了。

三

就《情欲》中的语言而言，暗指层出不穷。甚至连丈夫的名字赫尔曼（Hermann）也暗藏着玄机——这是一个组合词的浓缩：Herr+Mann/ 主人 + 男人，就有一家之主之意。类似的浓缩词还有多个，如："lärmentiert"（gelärmt+lamentiert/ 怒吼 + 喧闹）、"Geschlechtsbetrieb"（Geschlechtstrieb+Betrieb/ 性欲 + 企业）等。小说开篇的第一句话："薄薄的帷幕在这个女人的躯壳里和其他那些也都拥有自己的财产和特质的人之间拉开了。""财产和特质"这种文字游戏到底隐喻着什么呢？而"薄薄的帷幕""财产和特质"之间又有什么关联呢？若通篇进行这类日常生活词汇的堆积和连用就难以调出读者的口味。作为一个阅读者，若不了解其中的暗示，就可能失去了阅读玩家的能力，因为有关段落对他来说几乎是不可理解的，因此他也就被剥夺了对文字和内容的乐趣。这里"帷幕""财产和特质"无疑都隐喻着两性生活的基本条件，男女之间，一纱相隔。

耶利内克很善于通过语言的隐喻和转喻来表现施虐受虐的性关系，模糊性行为中的主体和客体。隐喻涉及几乎每个句子，每一个词。似乎这种隐喻会给读者带来快乐似的。如推车不可避免地要落入泥土，而落入泥土中的是愉悦。这是为了通过文字和阅读使性关系变得可以体验，变得切实可感。无论从语言上还是从主题上看，《情欲》的愉悦在于女性视角下的施虐受虐性行为；在这里，折磨就是快乐，而虐待性的折磨是其中的一部分。

由此，可怜的格蒂也是其欲望的主体，而赫尔曼也是格蒂性欲的客体。例如："他抖动着他的骨头，倾尽浑身解数，将其身上的全部内容都挥霍滥用在了这个女人的身体里，远比他所挣的钱多得多。对这个女人来说，她怎么可能不被这束射流所感动呢？是的，现在她装满了整个男人，尽她所能，装多少是多少；而只要他还能在她的体内和壁纸上找到乐趣，他就可以满足她。……很快，他这匹高头大马就会在尖叫声中轻松一把，解脱自我，拖着他的车进入泥土中，只见她那眼睛翻了个白眼，喷雾便喷在了豁口上，满嘴浆沫，牙齿上溅满了碎片。"（见第一章）

无疑，耶利内克是我们这个时代最活跃的小说家和戏剧艺术家之一。她的小说总是给母语读者和译者带来理解和翻译的障碍，她的戏剧文本也总是给母语导演造成麻烦，但也正是由于很多的不确定性，恰好给导演留下了巨大的自由发挥空间，从而导致一个剧目存在多个不同的舞台版本。

耶利内克通过语言的双关特征，描述而又不迎合偷窥的欲望。"性欲"被描绘成机械的过程，具有动物属性，或者远离任何感性，被功能化和非人性化时，使读者失去兴趣，从而达到作者"反色情"之目的。例如："这个女人就像一个厕所里的马桶静静地矗立在那儿，一动也不动,等着这个男人在她身上动手动脚,在她体内搞事儿。……在这个男人干了一段时间后,就冒出了一种乳白色的液体,并带着一层油渍……"

尽管耶利内克用丰富的细节和令人困惑的语言描述幻想,并充满了隐喻、暗喻和押韵,但读者还是或多或少感觉到,格蒂为她丈夫每天"发泄"的被动对象,为主人性欲的对象:"当他的气息和浆液(Lüfte und Säfte)流动时,他滔滔不绝地大谈他的所作所为和永不停歇的能力。""是的,我们渴望被人窥视,但别人只是瞥眼瞧着我们,并啃嚼着椒盐卷棒或男人那粗大的香肠(die dicken Würste),或啃咬着女人那高高凸起的地方(die dicken Wülste)!""你应该感到害臊(sich schämen),给自己涂上面霜(sich schäumen)吧……"从词形的相似到词意的关联,耶利内克都把握得非常精准且富有创意。

同时,《情欲》中的语言结构也比较随意,不受德语语法规则的束缚,创造出了词汇之间非同寻常的关联性以及其隐喻特征,这无疑会给读者和翻译造成极大的困惑。"女人继续行进着。很有一段时间了,这条奇怪的大狗一直跟着,期待着咬她的脚,因为她没有穿好鞋。阿尔卑斯山俱乐部警告说,死亡正在山中等着她。这个女人朝那条狗走去,它不必再等了。各家各户的灯很快就要亮起来,然后就会发生真实和温暖的事情,小锤子就会开始敲击女人们的罐头了。"这段如同梦境般的话语看似缺乏逻辑关联,但无疑符合其暗喻的逻辑。诚然,倘若作者直接描述性行为,那作品也就没有任何文学或艺术价值了。反之,一定有人怀疑,难道这种缺乏一定常理的描述就有价值了吗?也许这正是该作品自身的价值吧。

在一场暴风骤雨般的性事之后,作者是这般描述的:"在激情燃烧的地板上,我们总是希望反复轮回,撕开我们的礼品包装纸,在这张包装纸下,我们把旧的东西伪装成新的东西,并隐藏起来。然而,我们沉坠陨落的星空却不会向我们证明任何东西。"文字间没有丝毫的关于性方面的痕迹,平淡得让人难以置信。读者在此处是匆匆而过,还是停留并回味片刻?若联想到那事,句中每一个名词和动词所指、内涵就会生变,最后所品味出的意义就迥然不同了。

此外,耶利内克的语言还具有音乐特色。在《情欲》中,当联想链在同音异字的混淆中被调制成不寻常的声音组合时,"符号掠过"的现象就形成于文本的表面,而情感语言的隐含成分则令人回味。《情欲》中隐藏的东西往往变成了半句话,以便引出一条迂回的路,作为继续发展的路径。这就是耶利内克通过她的十二音系列构建的自己的写作方式:醉酒、音乐、暴力;金钱、世界、性欲；时间、食物、运动；辛劳、笑声、死亡。其中没有一个音位会明显占据优势。然而，其共同特征都涉及到男人的性器。可以说《情欲》是一场戏，然而，对于那些只习惯于阅读作品中严格地、符合逻辑地传递和谐音调信息的人来说，它是一场没有按照剧本演出的戏。

四

由于耶利内克的不少作品涉及女性话题，女性读者对她的著作情有独钟。耶利内克所描述的，都是一些不受同情和怜悯的、毫无感情且不和谐的性世界。其行为的背景为奥地利阿尔卑斯山，而且日常的性变态生活，都与冬天的大雪紧密联系在一起。耶利内克把人类普遍共有的性爱情欲，放在现代社会的大框架下来认识、解构，写出了特定时代背景下特有的社会意义，而且在表达艺术上突破和发展了历史上众多情爱或色情小说的套路和形式，实描与幻觉兼容，高雅与粗俗并举，达到了颇高的成就。许多地方令人感到，读耶利内克，宛如读D. H. 劳伦斯，说她似女劳伦斯也不为过。无论性行为多少次翻新花样，仍然摆脱不了重蹈覆辙。但是耶利内克的与众不同就在于：她用她那强有力的语言魅力，通过非常的形象比喻把性行为描写得淋漓尽致，使读者陷入完全的迷茫之中。正因为如此，才使得她的作品具有特别意义，也正因为如此，才使得她在国际文坛上奇葩异放，受到国际的一致推崇。

德国文学批评家福尔克·哈格（Volker Hage）在《时代报》上发文表达了他的"失望"，称这本书让他不仅没有"愉悦"，反而觉得"反感"，没想到这正是耶利内克想要的。当然，像哈格这样受人尊敬的批评家所理解的"情欲"不是"性欲"，而是审美欲。耶利内克正是通过使用色情材料，即酒桌上、低级趣味的长篇小说中、画报杂志或电视上所使用的淫秽语言，通过蒙太奇、视角的变化、怪诞的扭曲、讽刺和老套等文学手段加以歪曲和破坏，以防止人们在阅读时感受到"快感"。

情欲、淫欲毕竟不同于爱情。塞万提斯说："情欲只求取乐，欢乐之后，所谓爱情就完了。这是天然的分界线，不能逾越，只有真正的爱情才是无限无量的。"小说《情欲》反映的种种情欲几乎无不打下社会扭曲、人性恶化的深深烙印，它提供给我们的只不过是认识资本主义社会病态和研究西方一位有影响的女作家的艺术创作的一面镜子、一个标本。也许其中有些极端的性暴力描写，令人感到触目惊心、哗众取宠，或欠真实性，但这也只是作者对社会叛逆的一种手段。也许基于这一点，就使得耶利内克的诸多作品在奥地利具有极大的争议。我们的读者不可能去认同作品中主人公的心理和行为，这自是不言而喻的了。

诺贝尔文学奖官方网页上如此评价此书："在《情欲》中，耶利内克将对女性实施的性强权描写成我们这个文化的基本模式，在这里，她的社会分析深入到了对文明批判的深处……"从中足以看出作者的与众不同，正如该小说开场白中给主人公下的定义一样——具有个性特征。

《情欲》曾因涉嫌色情文学引起非议，经过争论，后来有关部门对这部作品的每次检验都表明以前的判断是错误的。舆论最终还是认同它是一部有独特价值的反色情的讽刺作品。德国《明镜》周刊指出："《情欲》玩弄文字游戏，但造诣极高，在荒诞中显见出清醒、准确，可以当作一部讽刺滑稽作品来读。它通过句子的节奏，通过重复，使始终可以支配的妻子和总是性欲旺盛的丈夫显得滑稽可笑，并用男人的幻想和男人的语言进行清算。"

在接受瑞典《今日新闻》记者马克乌斯·布尔德曼的采访时，耶利内克说，她的语言来自音乐，是无法被真正翻译的。"我在作品中也较少使用对话，更愿意把更大的空间留给建立于声音的语言。最大的缺点就是，人们几乎无法把它翻译出来。我属于那种无法真正被翻译的作家。"

《法兰克福评论》中说:"耶利内克激烈的反淫秽作品《情欲》已经成为畅销书,因为在当代德语文学中,眼下没有一种在语言和才智上可以与之媲美的阅读挑战。"

《南德意志报》的评论作者从书中"咄咄逼人的不雅和无情",感到《情欲》"处在高于当代德语文学的孤独高峰上",赞扬作家:"改写了愚蠢好色的语言,并且坚决地把它进一步推进为荒诞和喜剧。尽管引用的是一种无情的、不断重复的、丰富的性语言,但还是毫不犹豫。更确切地说:是一种讨论性的方式。"

该书德语原名为"Lust",有兴趣、兴致、愉悦、快乐之意。与"情绪"关联紧密,有纵情之意;与"情爱"关系密切,具浓厚兴趣之感。汉译时可以不同程度地理解为兴趣、乐趣、情趣、欲望、情欲、性欲、淫欲等。应该说,作者为该小说赋予标题"Lust"本身就有一种含义,为读者创造了一种与故事保持距离的效果。它暗指一种"欲望",这种欲望在小说中被"活生生地剥脱出来"并"框住",但实际上从未被叙述出来。因此,译者根据作品全本的含义将小说名译为"情欲",虽然内容更甚之,但觉不能再越过此界。坦诚地说,书名虽为"情欲",但可能不会给读者带来情的欲望和乐趣,因为在耶利内克的作品中,对不快乐的刺激被发挥得如此淋漓尽致,以至于许多读者发现自己都应接不暇了,甚至感到不快，或放弃阅读。其实，不悦和愉悦的交替和混合是阅读文学作品的构成因素，这也与弗洛伊德遵循的心理学知识传统相一致。如果没有作品中先前或同时出现的不愉快，读者就不可能最终获得快乐。根据弗洛伊德的观点，幻想活动的快乐源于富有想象力的人缺乏不愉快的体验。即使根据弗洛伊德的"愉悦原则"，包括阅读在内的所有心理活动，都旨在避免不快和最终创造愉悦，但文学对愉悦的刺激也是依赖于对不愉悦的刺激。作品中情节紧张的悬念现象可能"难以忍受"，但却几乎会令人上瘾，这是很常见的。正如诺奖授奖词中所云："阅读耶利内克的困难在于，那里没有一个读者可以信赖、可以认同的富于同情心的叙述者。读者的觉醒是从阅读的沉浸和陶醉中逐渐实现的。"

文学作品通过翻译，无疑会失去一些原有的味道，加之译者和读者与作者的文化背景完全不同，就更难品味出真谛。瓦尔特·本雅明在《译者的任务》一文中指出："如果说在原文里，意涵和语言的关系仿佛果实与果皮，浑然天成，聚合成一个可靠的整体，那么译文语言就像一件大褶王袍一样包裹着意涵，多少变得有些不合时宜、牵强迥异。"在《情欲》翻译过程中译者着实遇到诸多困惑，除了对奥地利作家或者说耶氏语言风格深感陌生外，还有作品中那许多联想丰富的奇特象征和隐喻也难以把握。善于联想是西方文化的特征之一，对于善于直观视觉的中国译者或读者来说无疑会有很强烈的不适应性，但无疑也是个挑战。小说充满了词形相似、词义近似的并列词汇，人称代词的多种变化，等等，极易给读者（含译者）造成错觉或误解，多国译者都有同感。许多《情欲》译者在接受记者采访时都坦言，耶氏语言真的难以完全清楚，不具有可译性。

应该说，译者的任务是用自己的语言在重新诠释中忠实地释放原作中所囚禁的东西。由于本人水平所限，解构很不到位，理解难免有误，不尽如人意之处，诚请读者不吝赐教。前译未密，后译转精。在此，谨向各位读者致以由衷的感谢！

译者

2022 年 5 月 8 日于武汉

第一章

薄薄的帷幕在这个女人的躯壳里和其他那些也都拥有自己的财产和特质的人之间拉开了。那些可怜的东西也都拥有自己的藏身之地、栖身之穴了，在那里，他（它）们[1]友善的面孔聚集在一起，只有那种始终如一的东西或同一件事情才能将他们分开。在这种情境下，他们入睡了：暗示着他们与厂长之间的联系，他就是他们永恒的父亲，正喘着粗气。这个男人的统治如此天经地义，他像呼气一般向她们倾吐真理。他已经拥有足够多的女人，以至于他四处炫耀张扬，他只需要这么一个女人，属于自己的女人。他就像四周的树木一样无知无术，如同草木愚夫。他是已婚之人，这对他来说是一种享乐的平衡。夫妻之间，楚梦云雨、笑靥秋波，没有嫣红羞色，

---

1 此处把"可怜的东西"拟人化是作者的写作特色，暗指可怜的小生命体，译文保留了原文措辞，以便读者品味。——译者注（后文均为译注，不再另行说明）

朝朝暮暮同床眠便是彼此的一切。

此刻，冬天的太阳显得十分柔弱，这让整整一代在这里土生土长或来这里滑雪的欧洲年轻人感到有些沮丧。那些是造纸厂工人的孩子们：清晨六点时分，当他们走进牲口棚，成为动物眼中十分残酷的外来人时，这个世界才能被他们认出来。这个女人正牵着她的孩子散步。这里一大半的人都是她的，另一半在汽笛鸣响之后，在造纸厂的这个男人手下干活。接下来他们紧紧抓住下身伸出来的那个东西。这个女人拥有一个大而清醒的头脑。她牵着她的孩子漫步了一个多小时。可这孩子醉心于光明，对这项运动麻木不仁，不那么敏感。一不经意，孩子离开了人们的视线，他就会把他的小骨头扔进雪地，制作些小雪球，并把它们扔将出去。大地上好像被注入了新鲜血液，变得鲜活起来。皑皑白雪覆盖的路面上散落着鸟的绒毛，一只鼬或一只四肢爬行的猫，如同自然景象表演着，一只动物被咬住了，衰弱无力的躯体被拽走了，在行进的一路上鲜血飞溅。这个女人是从城里被带到这里来的，她的丈夫在这里拥有一家造纸厂。这个男人算不上是本地的居民，堪称独狼一个。

话说这个男人：他仿佛一个硕大的空间，那里面还有说话的可能性。就连儿子他也得开始学习拉小提琴。这个厂长并不认识他的每一个工人，但是他知道工人们的总体价值，并会向大家致意问好。他置办了一个企业合唱团，该合唱团靠捐款资助维持运营，这样厂长就能够亲自指挥了。该合唱团常常是乘车巡演，所以人们都说它是独一无二的。为了做到这一点，他们不得不经常在途中的各小城镇里转上一圈，在本省的橱窗前展示他们不经意的脚步和无节制的欲望。表演时，合唱团从前面的大厅里提供自己的声音，后面的大厅面向酒馆的边缘。当这只鸟儿飞起来的时候，人们也只能从下面看到它。歌手们从租来的大巴里走出来，身上热气腾腾，冒着粪便的臊气，迈着从容不迫又辛劳的步伐，他们马上就开始在阳光下测试自己的声音。当那些囚犯被带到他们面前时，歌声的云彩在苍穹下冉冉升起。而此时，她们在家中没有父亲的时候，只得靠微薄的收入勤俭持家。她们吃香肠、喝啤酒和葡萄酒，她们伤害自己的声音和感官，因为她们不假思索地使用着这两样东西。遗憾的是，她们只是低等人的后代，出身卑贱。格拉茨的一个管弦乐队便可以取代她们中的每一个人，但也可以支持她们，这取决于布局和事态的进展如何。这些极其微弱的声音，被气流和时间所覆盖。这个厂长希望她们，用自己的声音乞求他给予的照顾和救济。如果她们能用音乐引起他的注意，即使声音很小，也可能会在他身上获得一个伟大的开端。这个合唱团是用来培养老板的爱好的，男人们在不开车上路的时候，就站在她们的跑道上。涉及血腥的、臭气熏天的地区锦标赛的淘汰赛时，厂长也会把自己的钱投入进去。他自己和他的歌手们支撑着度过这转瞬即逝的时刻，在逃离的那一刹那保持着连续性。看看这些男人，再看看地上的这些建筑吧，他们还想继续不停地建造。这样，在他们退休时，他们的妻子仍然可以通过他们的建筑作品来认出他们。但是，每到周末，龙体欠佳，圣体就会变得虚弱起来。周末，他们不是爬上建筑的脚手架，而是走上酒馆的歌台在胁迫下唱着歌，仿佛逝者也能够回来为其鼓掌喝彩似的。这些男人希望自己变得强大起来，同样希望自己的作品和价值观也是如此。这便是他们内心的喜悦和满足感。

有时候，这个女人对丈夫和儿子给她生活带来的这种肉体和道德的瑕疵感到不满。这儿子是一幅色彩斑斓的插图，是一个出色而又罕见的孩子，但可以给他拍照。他紧随其父颠沛流离、跑来跑去，因此也可以像父亲那样成为一个男子汉。父亲还把小提琴架在他身上，以便让泡沫从她收缩咬合时的牙缝间喷溅出来。女人对自己的生活很负责任，一切都能顺利进行，而且他们彼此都和睦相处，感到很舒适。通过这个女人，这个男人把自己交给了永恒。而这个女人很可能最好的是出身，并把血统遗传给了这个孩子。孩子很乖巧，除了在运动方面，允许他放纵狂野，可以不接受朋友们的任何指责，他们一致推举他为他们在充分就业之天堂的领袖。他的父亲不允许自己被吹离地球，被人们所遗弃，他经营着这家工厂和他的记忆，在这些记忆的口袋里，他翻找挖掘着那些试图逃离合唱团的工人的名字。孩子滑雪滑得很好，村里的孩子们像脚下的草一样瞬间逝去。他们都站在自己的鞋子旁边。这个女人每天都要洗干净自己的袋子，不再站在滑雪板上，不，她把孩子锚定在她那神圣幸福的海岸上，但是这孩子却一次又一次逃离，就是为了把他的火种带到可怜的小山寨里。那些人应该被他的旺盛活力所感染。这孩子身着美丽的长袍想要驱车穿越大地。而他的父亲像一个猪膀胱一样被填充得满满的，他歌唱着、玩弄着、尖叫着、交媾着。合唱团顺从他的意愿从田野到悬崖，由吃香肠改为吃烧烤，一个劲儿地唱着。他从不问津要从中得到什么，但那些成员从未拿过工资，也没有从工资单上被删除。房子布置得如此敞亮、富丽堂皇，这又可以不用开灯，省电了！是啊，它取代了灯光，而且歌声还为这道菜添彩，使这道菜变得更有味道。

合唱团刚刚抵达。当地的年长者希望逃离他们的妻子，有时候女人们自己也披头卷发想离开。（乡村理发师用大撮的烫发来调剂美丽的女人，这是一种神圣的力量！）她们走下汽车，构成了一幅节日的景象。毕竟，合唱团不能单独只在灯光和露天下歌唱。星期天，厂长的妻子也悄悄平静地站了出来。在修道院教堂里，上帝和她谈话，说其画像给予他的印象简直就很离谱，令人无法容忍。跪在那里的老妇人早已知道结局了。她们知道结局是什么，可她们由于缺少时间而一无所获。她们现在在十字路口的路标上前后摸索，攀爬前行，越过了一个又一个指示牌，以便能尽快面对天父这个头脑简单的人的肢体而告终，她手中下垂的波纹管便作为入场证明。最终，时间静止了，只倾听到那终身品味的碎片爆发出的滚滚鸣声。此时，公园里的自然景色绚丽，酒店里的歌声优美动人。

在周围叠嶂起伏的山岳中央，在这个训练有素的运动员前来参观的地方，这个女人意识到，她缺少一个坚定的立足点，一个生命可以期待、可以在那里照料生活的驿站。一家人可以做得很好，但也必须吃得好，还要拥有节日的战利品。最受宠的孩子总是依恋母亲的，他们总是幸福地坐在一起。这个女人对她的儿子说着话，用她那柔软而温馨的叫声（开始操我吧，让爱的蛆虫在里面吃嫩草——让儿子在腹腔里吸吮吧）使他充满了欲望。她关爱体贴他，并用其柔嫩的武器保护着他。随着年龄的增长，儿子似乎每长大一天，就有可能瞬间死去。儿子对母亲的长吁短叹很不满意，于是他立即要求得到一件馈赠的礼物。在如此短暂的协商之后，他们希望与一家玩具和体育用品商店达成一个共识。母亲慈爱般地扑向她的儿子，但她也像一条急流的小溪，在他身下奔流而泄，消失在深处。她只有这么一个孩子。她的丈夫从办公室回来，女人就会立即拉近两人的身体，免得她丈夫的感官闻到它的滋味。此时，留声机里响起了巴洛克时期的音乐，要尽可能地与那些假日的彩色照片结合在一起，就不希望照片随着年份的变化而改变。如果没有关于这个孩子的真实消息，我向你发誓，那他就只是想带着他的滑雪板去滑雪了。

除了喂饭的时间，儿子很少和母亲说话，尽管母亲总是恳求用一条食物毛毯盖在儿子身上。母亲引诱这个孩子去散步，而且每分钟都得为此付出，因为她得好好地倾听这个衣着漂亮的孩子的话语。毕竟，孩子说起话来甚至就像是从他赖以生存的电视里说出来的一样。现在，他又毫无畏惧地消失了，因为他今天还没有看到那些恐怖的视频呢。有时候，晚上八点，山里的儿子们就已经入睡了，而这位厂长用他灵巧娴熟的双手再次为他的引擎灌注更多的工艺技巧。还有什么更强有力的声音能使草地上的那些兽群一起站起来呢？还有那些穷困潦倒、疲惫不堪的穷人，他们一大清早就起来，朝河对岸望过去，富人的度假村在哪儿呢？我想，就是自称为奥地利广播电台三台的闹钟，从清晨六点钟起，就开始播放乐队的流行歌曲了，这些辛勤劳作的啮齿动物，从早到晚把我们吞噬。

在加油站的多个喜特乐房间[1]里，他们现在又彼此撞击、斗殴起来。这些被拴在皮带下的小性器，他们这些隐藏在色彩缤纷、五颜六色的小内裤屏障后面的少男少女，就像半份冰激凌一样消磨着、互相浪费。这就是他们为什么总是结束得如此之快、匆匆而过的原因，同时也是他们能够长时间持续工作和像岩石一样矗立的理由。这些人只能通过自身无休止地重复繁衍生息。这些个饥肠辘辘的家伙，他们把自己的性器，从它们实际上依附在小裤门的地方拉拽出来。这些人的居室都没有窗户，所以他们也不需要注视他们的伴侣在干什么。他们把我

---

1 "喜特乐房间"（意指后视女下体的空间，德语为 Hitlerzimmern）系作者新造词，由单词 hinter（后面）和 Hitler（希特勒）两词辅音字母"n"和"t"交换、错位并与房间（Zimmer）组合而成，读者容易理解为"希特勒房间"，这种文字游戏在干扰读者性意象的同时，也暗示了奥地利过去压制、批评右翼的政治倾向。

们当牲口一样圈养着，所以我们还在考虑怎么逃离，正在为怎么出人头地而犯愁呢！

在这个地球上，有很多和平的途径。在家庭中，要么总是有一种人无所事事地等待，要么有一种人是为自身利益和争夺优势而战的牺牲者。为安全起见，这个母亲付出了许多辛劳，而在乐器旁萎靡不振的孩子又毁灭了这些辛劳。当地人在这里并不自在，当运动者的夜生活刚刚开始时，他们必须去休息。白天和晚上都属于那些运动者，他们拥有白天还拥有夜晚。母亲蹲在她的墙头看着孩子，以免他太不安分。可这孩子对她这把小提琴不是特别感兴趣了。按惯例，情趣相投、志同道合的人总是固执地走他们自己的路，这样他们就可以倾注于对方，相互倾倒在一起。个人专栏都被认真地阅读着，每个人都会为自己能把这点儿小小的光芒注入另一个陌生身体幽暗的隐秘处而欢欣鼓舞。有本事的生活巨匠做广告，就是为了能把他们胯下的那小壁挂镶嵌进陌生人奇怪黝黯的壁龛中去。两个和尚抬水喝，独自一人是难以办成大事的！这个厂长阅读了这些广告，并且为妻子在专卖店里订购了一个隔间，她可以躺在里面。这隔间由红色贝纶网织品制成，隔间里的星星好像还透过小孔洞在寂静中闪闪发光。对于这个男人来说，只有一个女人是不够的,然而,可怕的性病威胁使他无法延长他的刺以吸食蜂蜜,阻碍着他拈花惹草、寻花问柳。有那么一天,他会因性欲的迅速减退消失而被人们遗忘,他会要求分享他的那份收获:我们想要快活!我们要分道扬镳,各自分享快活!这些广告者内心复杂地躺在他们的床垫上,描绘他们行走的路径。希望他们还没有耗尽炉膛的激情,不然他们就得自己走出去,亲自体验一下失望的滋味。对于厂长来说,他妻子是满足不了他的。但现在,他这个公众人物却要依赖这辆小车。他要竭尽全力过最好的生活,并被人所爱。再说那些作为权宜之计的孩子们:他们都是造纸厂的帮手仆人(那个被解开的东西对他们具有吸引力,而书籍都是用那个东西的材料装订的),他们形状难看、令人不爽。警报器必须冲着他们大喊大叫才能唤醒他们,以激发他们的活力。与此同时,他们又再次被生活所抛弃,从平日养精蓄锐的高处像瀑布一样落下来,成为多余的东西。方向舵已经从他们手中被夺了过来,他们的妻子却代替他们,要去男人们费了很大力气才避开和布雷封锁的那个安全的港湾。他们从干巴巴的主茎中被采摘下来,很快就被精挑细选。在他们的床垫上,他们充满了极乐欲望,而他们的妻子便窒息在他们自己的手中(或者她们必须得到公共财政的支持和保存)。她们不是私人的,因为她们没有漂亮的住房，她们只是人们看到的和有时从合唱团那里听到的那样。没有什么好事。尽管可以同时做许多事情，却不会在厂长的妻子穿着泳衣向天花板伸展的泳池里泛起涟漪，激起水花，因为自然界中的天花板高高在上，高得不可估量，对我们普通的消费者来说遥不可及。

如醉的淫水，流淌不息。但这个男人结束了一天的工作就回到家里。每个人的味觉各异，习惯都各不相同。今天下午，孩子有课业。于是厂长便把一切都转换到了电脑上，并把编写程序作为自己的业余爱好。他不喜欢野生动物，而沉默的森林对他来说毫无意义。这个女人敞开了门，他意识到，对他的统治来说，此门无须太大，也绝不可太小，否则，就会立即被打开探个究竟了。他的贪婪和欲望是真诚的，就像他孩子下巴下的那把小提琴，这贪婪和欲望非常符合他的要求。那些相爱的人们在屋子里多次做爱，因为这一切都发自他们的内心，都是不言而喻、光明正大的。此时此刻，这个男人就很想和他天使般的缘分妻子单独相处。那些可怜的人们则必须先付出金钱，才能到达幸福的彼岸。

现在，这个女人连眨眨眼皮的工夫都没有了。当她要进厨房干点儿什么事的时候，厂长就不依不饶，他紧紧抓住她的手臂。他要先和她干点那事儿，为此他还取消了两个约会。女人本想开口说不，但想到了他的力量，最终还是把嘴闭上了。这个男人也会在岩石的凹陷处弹奏他的旋律，他会在抚摸小提琴和肢体的时候发出声音。这首歌一次又一次地唱着，这雷鸣般的声音是那样令人害怕和生畏，并伴随着不情愿的眼神和表情。这个女人不忍心把自己弄得筋疲力尽，但她也无力反抗。这个男人总是有备而来，所以他总是充满期待、满心欢喜。上帝将幸福的日子既赐给富人，也赐给穷人，但不幸的是，穷人不会把幸福快乐的日子赐给富人。当穿着大衣的丈夫当着女人的面脱光衣服时，她怯生生地笑了起来。他并没有因为把自己的尾巴[1]伸过去而感到羞耻。女人笑声更大了，用手捂住嘴，吓坏了。她受到被殴打的威胁。她的声音和唱片音乐遥相呼应，和谐交响。她和其他人的情绪在约翰内斯·塞巴斯蒂安·巴赫的音乐声中浑然一体，好一支圆舞曲，完美地适合人类的快乐享受。男人热血沸腾了，阴毛丛中的那根茎刺迅速勃起。男人们就是这样膨胀自我和他们的作品，也会很快在完事之后疲软下来。更有保障的是森林中的树木安然无恙耸立着。厂长漫不经心地谈起了她的阴户，以及他将如何将它拉

---

[1] 德语词 Schwanz 有尾巴和男性器的双重意义。

扯掰开。此刻，他像喝醉了酒似的，话语断断续续，有些语无伦次。他用左手紧紧搂着女人的腰，如果她穿了衣服的话，他就会把这遮羞的衣服往上拉，套在她的头上。她在他重量级的身体前扭来扭去、来回摆动。他大声咒骂她还穿着那紧身裤袜，他早就禁止她穿连裤袜的。而长筒袜穿上去更具女人味，根本不用弄一些新的孔洞，他就可以更好地充分地利用女人身上的洞穴。他宣称，从现在开始，他将要至少两次尽情享受、好好品尝这个女人的全部内容。女人们总是充满希望，在记忆中生活，而男人们却乐于生活在属于自己的当下，并且经过精心培育，非常珍惜地充分利用属于他们的每一时刻。夜晚，此时他们的孩子无法补充燃料，不能再加油了，他们是必须要睡觉的。它们纯粹就是火，只能在自己小小的容器里取暖加热。令人惊讶的是，这个女人由于偷偷服用了药片而使其不孕不育，也是因为这个男人那颗永远躁动的心，不会允许生命从他体内那始终满盈的油箱里倾泻出来。

衣服像死去的动物一般被堆落在这个女人的身旁。而这个男人还一直穿着外套，硕大的阳具直挺挺地矗立在其衣服的褶皱间，仿佛光线照在一块石头上，刺眼夺目。这个女人脱下拖鞋，紧身裤袜和内裤在她的拖鞋周围形成了一个潮湿的环。她简直不敢相信，这种幸福感竟然能让她浑身软弱无力，近乎瘫痪。厂长身下那颗沉重的龟头钻孔般地顶咬着她的阴毛，其欲望随时准备着从她那里索取什么。他喜欢将龟头伸到外面，并把她的私处压到它的脖颈上，这里才是她应该品尝的地方。她的双腿被男人束住，并感觉到被人触摸。他把她的私处劈在自己的尾巴上，尾巴便消失在她的身体里，他用力地掐捏她的屁股，以作为一种交媾的辅助方式。他还把她的私处往后推，使其领口发出吧嗒的声音，仿佛裂开一般，他津津有味地啜饮着她的下体，把这里的一切都紧紧地揉挤在一起，捆绑为一体，便可以让生命默默地从他的眼睛里遇见她。果实终将是要成熟的。当你把人类的许多习惯串联叠加在一起时，就能从树梢上摘取果实，它不一定适合某个人的胃口。然而，这一切都受到欲望先行者禁令的限制。即使是在一个小山丘上，很多东西也不会无止境地生长着，我们的极限也不会超出我们的能力范围，我们也无法用我们身上坚硬的小血管做很多的事情。

　　这个男人独自继续前行，然而，对于这个女人而言，长时间与这个男人在家里，保持着这种姿势并没有任何好处。她有些烦躁不安了，整个身体抖个不停，还得张开双腿，稍不留神他的牙齿就会从她的肚子里滑落出来。

这个男人生活在自己的生命洞穴里，但有时候他也出来到牧场游猎一番。这个女人却在挣扎，但肯定只是为了掩饰，她要是真想否认这个男人的灵魂，就会被扇更多的耳光，因为男人的灵魂就是想要炫耀和闪闪发光。女人此时已被恶灌满溢了，厂长几乎全身心地投入到他昂贵的环境中，在他的女人身上也几乎把自己掏空了。暮色中，他为女人为他做的饮食而怒火中烧、大发雷霆。她不愿意让他进入。然而，他感到自己很伟大，觉得自己很了不起，仿佛他就是所有人。只要他在落地灯之间发泄一点儿，就会变得轻松一些，这样可以减轻他的压力，因为他不得不承受许多人的负担，这些人就像河岸边的野草一样傻傻地生长，不会考虑早上什么时候该起床。再来说说赫尔曼，现在，他脱下了女人的鞋子，把她抱起来，平放到客厅的桌子上。任何人都可以看进去，都会羡慕富人们隐藏了多少美丽的东西。女人被压在桌子上，她的乳房又大又热，仿佛两堆粪便，向两边散摊着。这个男人在自己的花园里抬起了那条腿，然后走出去，在其他每个角落都要抬起它。夜色的朦胧和角落的幽暗也并没有影响到他。这如同爱神厄洛斯[1]一样是再正

---

1 厄洛斯是希腊神话中爱神阿佛洛狄忒和赫尔墨斯或阿瑞斯之子，被称为小爱神。形象一般都是蒙着眼睛，寓意爱情是盲目的。其"武器"是魔力标枪或弓箭。被射中的人将会对其见到的第一个异性产生不可抑制的爱情。

常不过了。但爱神从来没有能够用细细的木柴点燃他俩的激情，因为他们生来就是这样，他们不想置身于出生的方式之外，但又没有得到庇护。不，这个厂长要给广告做回应了，他要用他的福特帝国汽车换一款更新、更强的车型。要不是害怕最近的疾病，厂长的工作室是不会保持沉默的。就连公寓里的布告栏上也贴着布告：色欲、白人议员；波涛汹涌穿越时空，是男人就总是要推波助澜什么的。距离对他们来说是宝贵的，他们喜欢天涯海角，但他们也享用近在咫尺的东西。这个女人想要离开，逃离这臭气熏天的羁绊，因为枷锁上的木头在她的小屋前苦苦等待，有些如饥似渴了。这个女人被人悄然耗尽所有，每天还一再因男人的印章而贬值。她迷路了。男人把她双腿间的挖掘机铲子搬到自己的身上。属于孩子的几件物品从桌子上掉落下来，轻轻地在地毯上弹跳。这个男人才是那种还懂得欣赏古典音乐的人。他伸出一只胳膊打开了一个设备，听起来这个女人很能忍受，普通人都是靠工资和工作为生的，但事实并非如此，音乐也属于其中的一部分，有了它，人们也随遇而安。厂长用他的体重压住了这个女人。为了不让工人们快乐地从劳作转为休息，他的签名就足够了，他不必将自己的身体躺在上面。而且他的肉刺从来不会在他的睾丸上睡觉。但是，那些曾经和他一起去过妓院的朋友们却在女人的胸脯上睡着了。答应了要让这个女人穿上一件新衣服的，这个男人反而自己脱下了身上的外套和夹克。他酒意大发，领带被扭成了绳子。在这一点上，我现在想重新用话语描述一下！事先，他使了一着阴招，先打开立体声系统，现在音乐就从碟片里飞驰而出，使这个厂长的动作节奏加快了。唱针头跃跃欲试地向前直挺挺地伸着，为了插入，作为一个厂长他就必须把他的性器带到这个世界上！他的享乐应该可以持续良久，直到完全彻底，持续到这些可怜的家伙必须把他们所有的爱都释放殆尽，从她的轨道里滑出来，然后去找就业办公室。男人们如是说，这一切都应该是永恒的，并且可以经常重复，他们也是这样拉拽着他们的母亲曾经充满爱心时拉过的缰绳。是的，这样就很舒服了，就能一切顺顺利利。现在，这个男人像抹了润滑油似的在他的妻子体内进进出出。在这块田野上，自然界不可能是错的，因为我们从来不想让其他东西生长。他们身处一个肉类社区，那些兼职农民在没有被雇佣时，他们就很容易哭泣，是的，当他们的妻子轻轻抚摸那头准备屠宰而受到惊吓的牛时，他们会变得很愤怒。但君子乐与生死之交，生意还得继续经营。即使是最贫穷的人也很乐意幸福地享受女子怀抱的快乐，从晚上十点开始，女子的怀抱每天都可以使这位厂长变得伟大起来。然而，时间对厂长来说并不适宜,因为他在自己的工厂里创造了时间,时钟嘀嗒作响冲击刺痛着女人,直到她们尖叫起来。

他啃咬着这个女人的乳房,使得她的双手前伸,这样只会使他更加清醒,他抚摸着她的后脑勺,更加紧紧地抓住她的手,把他的老宿敌抓得更牢。他不喜欢他的女人像女帮手仆人。他把他的性器塞进女人身体里,音乐声在喧嚣,身体在前进。厂长的妻子开始发飙了,有点儿失去冷静了,这就是为什么灯泡发亮时有这样的问题。这男人就是一条睡着了的狗,而睡狗是不应该被叫醒的,也不应该从商业朋友的圈子里带回家来。他的裤腰带下扎着武器,现在他就像一发出膛的子弹,在运动中插入进去就消失了。这个女人被亲吻着,倾吐出的爱欲流入她的耳廓,这朵鲜花并没有盛开多长的时间,难道你就不应该感谢她吗?刚才男人还在她身上翻来覆去,很快他的手指就在小提琴上弹奏出一种好听的音符,发出美妙声音。这个女人为什么还会转头呢?在自然界中,我们都有自己的空间!即使是最小的肢体器官也是如此,虽然它的需求量不大。这个男人掏空了自己,把一切都倾注在这个女人身上,总有那么一天,他要为它在游泳池里搅动黄金的事迹更加汹涌澎湃!在一次很棒的曲身跳跃姿势中,厂长蜷缩着身子从这个女人身上滑脱下来,并将他的废物残留在了女人身上。因为很快家务事儿又缠绕着她,所以女人又回到她原来的地方。太阳还远远没有落山。这个男人痛痛快快地这么发泄了一通,他的嘴里和生殖器还在溢出泥浆时,他就在享受了这每天的糕点之后,去清洗自己了。

在所有的事情上,社区的人都盯着他们,他们那里没有这么多运动女孩儿。这个女人在忧虑悲伤中摇晃着身躯,而赫尔曼在这宁静的夜晚徜徉在她身上。还有他们的儿子,他控制和驾驭其他的孩子们比对自己的小提琴更完美。父亲制造出最小的东西,那就是在他激情的火焰下飞翔的——纸。在目光停留在那些男人的作品上时,留下的只是灰烬痕迹。女人把目光从她摆好的桌子上移开,在连衣裙侧边打开了一个小窗口,把食物垃圾抖落了进去,同时也保持着自己的本色,留下了忠诚。今天,这一家人私下里充分畅饮着放映机里自己的记忆。饭菜很晚才端上桌子,与此同时,孩子在里面发怒。他完全不按照别人说的那样做,而是来回走动、折腾一气。几个月来,他一直承诺提高小提琴演奏技艺,然而父亲却更喜欢给这个亲切的幼小生灵扇几个耳光。总的来说,这个国家也会产生这类无用的支出,因为它依靠艺术来滋养自己,但并不是所有的市民和信徒都可以这样,他们中没有一个人配得上使用这个口号：特别有价值。

　　这个女人的舌头就是一件覆盖一切、包罗万象的衣服。它像是一种咸味的零食，在电视上看起来更大，但它在我们的嘴里很快就不起眼了，看不见了，在噼里啪啦的声音中就被吸收了。尽管如此，我们还是把它倒进了我们晚上调节身体的下水道里。父亲弯着腰俯视儿子，儿子就像香肠一样柔软，他肯定会得到他的小轮车。这个厂长的儿子享受着村里孩子们羡慕的目光，就像获得了一股坚硬的力量。他立马走到外面去捣弄什么东西，然而，这位父亲要求他作为一个猎物，威胁他今天应该把头靠近那把小提琴并奏响它，这样，小提琴的声音就可以在其他地方用来润滑感情。这位父亲喜欢在这个乐器上炫耀他高贵的出生切口。而作为一个父亲，他自己操纵着他孩子的乐器，仿佛它就是一个被抛弃的贝壳！这个孩子应保持柔软轻盈的活动关节，用结构最精致的拉弓在永恒艺术家们的牧场上来回演奏，用流行的、众所周知的声音来活跃气氛、重整旗鼓。如果你很幸运，你的脚踝被绑住了，这样你就不能去另一个牧场吃草了，这时听起来就是阴森怪异的、残缺不全的莫扎特之音了。

银行用胯下的袋子向客户做广告，以争取获得小客户最小的利润。即使是底层民众，父母的仆人，也需要一个有余额的账户。几年以后，这笔钱就很可观了，或者变成一辆用于杀人的车辆，或一套用于死亡的居家设施。前提是，你得跟厂长的儿子一样，还不到十四岁，仍然单身，充满活力，还是个孩子，但是你已作为生活的顾客被解约了。对于这些未来的真正消费者来说，工作时间将是漫长的，他们希望自己变得更有价值。也许我们中间有些人会自己成为柜台职员，否则，为什么银行家们都会站在这里呢？很难说是为了我们的长辈，长老们将成为店主。这孩子几乎还没有烤好，一出炉就匆匆跑出去进入严寒之中。他只需要从他的家中出来，在有益于健康的骤冷中让自己冷静下来，倾听其民众的呐喊声，这样他就有理由发出更多的尖叫声。

这个男人第二次整理干净，刮净胡须又重整旗鼓，这个女人像个船长一样在他的急流狂澜前漂流。她那高山、峡谷连同肢体的精致构图，形成一幅丰富多彩的图案，但却因人格低贱而缺失了最后的一丝典雅。这个男人把这个女人造就了一番，像被风吹起来一样，他拉拽着她的头发，像掰开干枯的骨头一样分开她修长的双腿。他在她的大腿根部看到了上帝纷繁复杂的构造断层，但这些并不妨碍他沿着安全熟悉的小径，在家乡的山峦上爬行，他知道自己走过的每一步。他不会掉下去，他在这里就像在家一样，轻车熟路。谁不希望终于能够在桌子下面伸直自己的双腿呢？财富可以使所有者一无所有、一贫如洗，也可以使竞争对手羡慕不已。多年来，这个女人只想回归到自己的平日生活中，她还期待什么呢？他把手伸到短裙下抚摸着她，在她的内衣和内裤壁上扑腾，啪啪作响。他要强制性地进入妻子的身体里（家庭就是彼此之间，即一个人在另一个人之上），这样他就能感受到自己的极限。我想，如果这个控制不住自己的人，在自己的小径上不晕头转向的话，他很快就会精满则溢、欲达彼岸。一般说来，如果我们有时候不把他们锁在我们的身体里，直到他们变得小巧而安静地被我们裹住，他们就会变得势不可当，骑在我们的头上撒尿。现在，这个女人不由自主地伸出了舌头，因为厂长在她的下巴上压了一块肌肉，只要借助下巴激活它一下，一条蛇随时都可能吐出毒液，只要向她展示一下就明白了。这个男人把她带进浴室，平静地和她说话，然后在浴缸边缘让她弯下腰来。他伸手在她的灌木丛中摸来摸去，不停揉擦，这样他就最终能够进入了，而且不必等到夜晚了。他拨开了她的叶子，也弯曲地分开了她的树枝。衣服的碎片从她身上撕扯了下来，她的头发垂落到排水孔里。

她的臀部受到重击，这个门户的紧张感终于可以松弛缓解，这样才能使大量的人群大喊大叫，推推搡搡地冲向自助餐，才能使强烈的性欲汹涌澎湃，推进式地到达高潮。这便是消费者与食品企业间的一种亲密联营——爱之盟。在这里，我们服务于他人，同时我们也需要服务。一个类似的、等同的或相似的器官伸展到了这个女人面前。他掰开她的屁股。其实，这就是他真正需要的一切，他除了每月的最高薪水，什么都不需要。他抖动着他的骨头，倾尽浑身解数，将其身上的全部内容都挥霍滥用在了这个女人的身体里，远比他所挣的钱多得多。对这个女人来说，她怎么可能不被这束射流所感动呢？是的，现在她装满了整个男人，尽她所能，装多少是多少；而只要他还能在她的体内和壁纸上找到乐趣，他就可以满足她。他把她的前半个身子推进浴缸，并作为这家餐馆和类似场所的经理，他又打开了她的后院。除他之外，任何客人都不允许吹进这么多的新鲜空气。那儿是海绵体生长膨胀的地方，可听到它汲水和产生废物的声音。除了这个厂长之外，没有其他人可以这样把这个女人威逼到他的雨水和屋檐下。很快，他这匹高头大马就会在尖叫声中轻松一把，解脱自我，拖着他的车进入泥土中，只见她那眼睛翻了个白眼，喷雾便喷在了豁口上，满嘴浆沫，牙齿上溅满了碎片。尽管如此，也不应该让这个女人驾驶自己的客车，因为他已经用他的弹头为她划定了一条弹道，子弹咆哮着冲破了进入森林的通道。

这个女人穿着带跟拖鞋以一种不相干的方式往后一顶，以触碰她丈夫硕大无比的重物。她听到他的阳具像一台联合收割机一样撞击着浴缸的边缘，这让他很生气。很快，污物就会粘到他身上，这是一种多么美好的生活啊。在性生活中，聪明的人会巧妙地烹饪，弱者的性就会努力保持美丽。于是，这个男人决定，要求这个女人遵守婚约。他用手捂住她的嘴，却被她百分之几的下巴力量给咬住了。然后他不得不把手抽了回来。他用黑夜笼罩着他的女人，但是将他的电线插进她的后庭，以让她开悟和使自己获得满足感。她试图摆脱甩开他，但很快就陷入疲惫，筋疲力尽瘫痪了下来，只得继续紧闭着眼睛。他不喜欢动粗，而他自己就很粗野了。除了她和他的肚皮前的那一小丛毛发紧紧地粘连在一起，屋子里面是空荡荡的，它标志着：这里有服务，供应酒水。在这里，每天都有新酿的葡萄酒，我们都不是昨天的，没有陈年老酒。男人所能有的一切权力，就是粗暴地滴灌着这个女人温暖的耳孔般的小洞，无须采取欺诈手段，也无须动用任何武器。她只需要敞开大门，因为这里就是他的住所，他就住在这里面，他只能在各种借口和多层遮帘下尽力地克制和留住自己的种子。造物主总是微笑着从男人身上推销自己的产品，以便让它养成在我们中间不停地疯狂嬉戏的习惯。这个男人用强劲的节奏和速度裂变着这种上帝的造物，而时间又在以自己的速度悄悄流逝。他打碎了这个阴暗房间里的瓷砖和玻璃，在喧嚣和明亮的灯光下欢欣鼓舞。只有这个女人身上的空间是黑暗的。他进入她的后庭，她前庭的脸撞到浴缸的边缘上。她再次尖叫起来。他准备在他的小飞行员驾驶舱里安顿下来，想多待一会儿时间。他自己可能已经安静下来了，但是他的阴茎仍然随着他的欲望从一个悬崖跨越到另一个悬崖。这样，就像一个人和其他从海滩上跳入大海的人一样，自找麻烦，他用额外的吸尘器完全彻底吸空了他的垃圾袋，可谓坦坦荡荡，光明磊落。

第二章

后来她呼唤着儿子。然而,她已经被孩子的可爱形象——唯一个抵御男人在她下部挖根的庇护所——浸透了、满足了,他把她抱得紧紧的,比游客抱着自己选择的饮料还要紧。做爱时,他不需要为他的性器提供庇护,不用避孕套,因为他的河流走的是最短的捷径。这个孩子对这一切了如指掌,他笑眯眯地注视着这些钥匙孔,通过孔洞这孩子就可以探寻里面的乐趣。在孩子从外界进入后,就立即狡猾而厚颜无耻地看着他母亲的身体,这个世界在儿童杂志里被称为神奇的世界。母亲满怀笑容的私处像是一条小舟在漂浮荡漾,还是牢牢地把它镶嵌在肉肉里面了呢?当孩子自己挤在母亲的白色兜帽中,他在母亲下面由父亲搭建的巢穴里是观察不到母亲的任何隐秘的。对于那些拥挤在栅栏前,彼此争夺的肉类检验员而言,他们都属于彼此,就像紫红色天空中的云彩一样,乱云飞渡,毫无章法。也不知为什么,这个孩子有一张饥饿的嘴要填塞,这就要他母亲用肮脏的话语和经常流血的裤子来搪塞了。这孩子什么都知道。他本应是白种人,脸部却被太阳晒成了褐色。到了晚上,孩子就会吃饱喝足、精神饱满,就要祈祷和干活。他紧紧抓住这个女人、享用她、欣赏玩弄她,啃咬她的乳头,作为对她允许父亲扩张她的隧道和管子之前的惩罚,你听!语言本身现在想要说话了!

旅行的奇妙之处就在于,人们去了一个陌生的地方,却又不寒而栗、诚惶诚恐地逃离此地。但是,如果你必须继续和别人待在一起,被看作一个全色的、做工粗糙的自然复制品,完全属于彼此,是一个家庭,那么你会发现只有教皇、厨房和奥地利人民党才会尊重这个作品,并对其所有的罪恶给予宽恕和折扣。这个家庭、这个贪婪的男人,把自己当作宠物。孩子也从来不注意听别人说话,他坐在他的秘密玩具堆上,一部分是一些乌七八糟的下流图片,一部分是这些下流图片的模型。这个儿子盯着自己的小根茎,它经常有充血的现象。这个孩子吝啬地埋头蹲在他的秘密私人藏品上,他喋喋不休贪婪地收藏的几乎都是与人有关的东西,一整个图书馆的这种收藏。此时,孩子被吞噬了,在麻木的胃里,这个男人仍然觉得他妻子准备的食物值得称赞。今天,她自己做饭了。她的盘子上所盛的东西已到他的居住地去了，深深地抵达他下腹部的那个地方。在那里，孩子像一只雏鹰在空气的甬道中旋转循环，被抛来抛去。是这个女人造成的，这也是女人们该操心的事儿。这个男人用沉默的眼神询问这个女人，是否到了该把她从铰链上彻底清扫的时候。但是，如果父亲现在进入他妻子空荡荡的洞穴里，这孩子的声音就可能会变得清晰可闻。她让他考虑一下，并且希望能够逃过一劫。然而，她又顺从了男人的玩弄，继续进行。她紧紧地抓住卧室的门，但欲望的界限就在一门之遥的浴室里，今天已经被越过一次了。

一切都在静悄悄地发生着。今天，这个男人破例回家吃午饭。在悬浮状态下，他从外面的牧场上获取动物般的食料。但是，在碗里他却不认识他那些四条腿的朋友们。到了最后，这个女人还是应该脱掉衣服，现在我们有更多的时间来做这件事了。这个孩子已精气饱满，血气方刚，他还得静静地待在学校里。为了让这个女人激动起来，得到提升，她必须进入波涛汹涌的浪潮中，进入这个男人喷涌出的浪花里。这个在妻子的肉店里购物的男人看起来更加英俊潇洒起来。这个家就像火车站的快餐店那么小，孤零零的。一个小男人得靠自己，独立自主，因为第二条腿即女人是靠不住的，是男人永远不能依靠的。这个男人提出要求拥有自己的领地，在这块领地上只有他可以走天堂般的山间小道，该要求已在奥地利妇女民事保护局进行了登记。在美丽的小路上愉悦地爬山时，他只顾自己玩耍，但在晚上七点时分，山里的人突然准时将他扔回他用自己收集的树枝做成的鸟巢。他微笑着对自然界撒谎，说他的妻子在等着他。他得像索套绷带一样束住她。他与她是一个终生组合。一个狭小的房间，就像记忆一样空荡荡，但能容纳下他的全部。这个女人不会死去，她还是刚刚从男人的性爱中产生，男人在他的实验室里已经完整地再造了她的下腹部。当一些物体从这个男人的腹腔里冒出来，并很快解冻，活跃起来时，他是多么喜欢和疼爱它们呀！

这个孩子正在无聊地触摸着邮箱入口上的那条缝隙，其间他的父母亲呢，父亲兴奋得像一团火焰，而母亲只是一层蒙在玻璃上的雾气，一阵接着一阵。今年冬天，这辆校车有时候会困在厚厚的积雪中。孩子们在里面挨着饿，但他们毕竟还有一个舒适的家。面对这原始的牧场，他们不得不向自然界认输（这残酷的自然界还总是敢对我们提出要求，真是奇迹！），他们会被带到一个紧急避难所，在那里阅读一本米老鼠画册或者另一本他们的父亲手上没有的小册子。他们会在睡袋中得到香肠，但他们是不会被放弃的。在这种天气条件下，即使是汽车有时候也会晕头转向，也会发疯的。然而，我们会对神圣的转变感到温暖和安全，因为我们终于准备好，让我们的伙伴对我们失望。这多好啊！在体验手册告诫我们不适合居住之前，就不要孤身一人静静地独自待着。

父亲扑向母亲的钱箱上，那里有她的秘密，要对他深藏不露。一个小时接一个小时，无论是重要之昼，还是足量之夜，他都是唯一的储户，他走神了，情绪难以自制，有些失控。他的性器几乎沉重得有些抬不起来了。这个女人现在也应该稍微顶他一把了。每天早晨，在半睡半醒的朦胧中，他就把手摸进她的臀沟。她还在睡觉，他从后面伸进她那柔软的阴阜。灯呢，光呢，你在哪里，我心已醒。这场网球比赛可以在他的会所里等待，那里是抗菌防腐的。首先，像孩子一样听话，只把两根手指头插进女人的体内，然后，再塞进紧凑坚实的燃料包。整套组合音响播放着迷人而令人陶醉的音乐，将我们最崇高的欲望储存在了我们的记忆中。一切都会圆满实现的，这是我们应得的，让我们深深地呼吸吧！我们清楚地记得，最美好的时刻就是在我们家的餐具台上发生的。这个男人用手握住他那安静的阴茎推向女人紧张的肛门。

她可以听到他那身板粗壮的马车从远处驶来。刚开始，她还感觉不到有什么东西在里面，但是我们毕竟还有一个类似轿车后面的行李箱！在那里，这沉重的生殖器推塞了进来，但不要担心，它没有什么气味。只是铺设好了的垫枕并不能保持干净。这个男人给她挤着奶，看得出这个女人是多么盲目地从他身上的唾液分配器中获得安全感啊。我们现在达到高潮，回到了家里，树木把树叶都从山上扔了下来。这个精神抖擞、长盛不衰的男人不需要在这个女人身上保护自己，他只是被友善地包裹着，天空中没有乌云。这财产与我们同在，是多么令人高兴啊！它的最佳位置莫过于我们的私处，没有比这更好的地方了，我们的私处就像溪流上方的悬崖一样，在它的上方裂缝张望。作为回报，这个女人每个月都能得到男人射出来的鲜活生命，以用于她的日常性生活。明天，她将再次为孩子打开从学校通往生活的大门，这个男人也买下了这首生命之歌，并在女人体内的烤箱里用蓬松的毛发和酥皮煎烤他那根沉重的香肠。然而，他的这辆校车被卡住了。

这个女人说，这个孩子也必须吃东西了。她的丈夫没听见，只是匆匆地翻阅着他口袋里的袖珍字典。这房子是属于他的，他的话已经抵达那里，并且会被听从。

他掰开他妻子的生殖器，看看他是否也在那里清晰可辨地刻下了自己的名字。他生气地将舌头伸了进去，曾经有一天他用这种艺术技巧突如其来地达到高潮。他快活得像神仙一般。很快地他又会回到办公室和女秘书说笑寻开心。他得展现一下自己的本事了！他总是尝试着更换新的姿势，用有力的步履将他的小车推入他妻子的清醒水域，然后像一名猛将开始划桨。他不需要救生圈，他从来不会仅仅为了保持健康而给充血的龟头罩上一个塑料套。长期以来，他的妻子都很健康。她在他的身下蠕动翻滚着，大声地尖叫着，一大群活泼不安分的精子成堆地从他那充盈的龟头里倾泻而出。这是怎么回事儿呀？这声音之大，只有一个不必担心自己生活状况的人才会得意忘形地喊出来。

现在，这个男人把他的宠物夹在大腿间，以便亲咬她的脸颊和掐捏她的乳房，他最后还设计了一个自己的方案，以减少他核心部件的经营活动。是的，这些你都完全看到了！你还会看到更多的情景，早晨，当那扇大门被唤醒/敞开时，闪闪发光的成群牲口都弯腰驼背（醉得够呛！），在它们几乎没有意识到有太阳的时候，就再次消失在黑暗中，以将它们的命运晾在那里，是的，有时候它们中还有那么一只仍然藏匿在淫水欲滴的贝壳里。

谁又来同情我们呢？对公司而言，与其让那些多余的人（至少名副其实）为花园和家庭生产一些东西，不如为这家康采恩创造盈余。为造纸厂所属的跨国公司赢利，这样就能让这家康采恩咆哮着从睡梦中惊醒，并把我们大家都裹在纸里吃掉。这个孩子有自己的工场车间，他在这里栖身并被精整打理。圣诞节期间，他举行了自己最好的独唱会，在圣洁的婴儿床前他自己就像一个上帝的孩子那么可爱。今年的雪来得很早，而且会持续很长时间，我很抱歉。

后来，有一位不请自来、毫不留情的女邻居走进了这个女人的屋子。她的责备像雨点般落下，不停地谴责这个女人的性欲长期偏弱而不旺盛，现在女人已经觉醒，而且还上升了一层，只能在抱怨中突破自我，爆发出来。这个女邻居像昆虫一样令人讨厌。她用自己的光芒和悲伤照亮了草地上的那些人，她放弃了对这位厂长夫人的怜悯，还赞美了神的儿子，是上帝之子在女人这片狭长的地带用泥土创造了人类，并将土地上的树木变成了纸，以便在他面前获得怜悯，因为她的女儿即将完成商学院的学业。她的丈夫不再与她见面了，而是和车站餐馆里一位二十岁的女服务员幽会。然而，厂长的妻子对她的客人没有更多的话语，她已经用完了那些茶点，提神用品已经用尽，新鲜感已经过去。她很容易就被她的家具和那些图片财富包围起来，在听到她的叫喊声之前，它们是不会休息的。

毋庸置疑，这个男人人高马大，和颜悦色，是一个能唱能演的公民。他通过购物清单为妻子购买了一些性感内衣，以便她的身体每天都能正常工作。他做了大胆的选择，让她看起来像图片中的模特儿一样。他花费不少的钱给她买衣服，而她却总把衣服忘在箱子里，并保持沉默。要是没有充血的龟头骚扰，她就能长时间地平静，但仔细想想，这正是他的偏好：当他的民众扭动爱的绳索时，他们就完全忘乎所以了。他们就会在自己的公寓里打发时间，等待着他。这孩子，如饥似渴地喜欢运动。这女人，渴望与照片和电影进行比较。而家庭呢，没有朋友和亲眷的牵牵挂挂，就又可以开着客货两用车出行，后备箱里的工具有皮鞭、棍子、锁链，还有为襁褓中的大孩子准备的橡胶襁褓带，这些孩子的幼小男女只顾着哭呀、叫呀、喊呀，抱怨着争抢不停，最终一个大一点儿的孩子有可能驯服他们。总有一天，他们的女人最终会让他们安宁，给他们提供乳汁。即使是像闪电般的喷射，也是由男人们充满爱意地进行的，这样他们就可以在其女人们急切迎上来咕咕作响的罐子里坚持更长的时间。这样男人们就可以重整旗鼓，振作起来，然后去坑害他们的生意伙伴。在男人下身零食拼盘的上方，女人们弯着腰大笑着。很快先生们就跳到了沙发的角落里，在那里，他们一起下沉，身体摊开着，生殖器裸露着垂吊在灯光下，想尽可能快地再次逃离被他们迷住的人。男人们多么渴望他们射出的子弹射程远、不可阻挡，并让人乐此不疲、轻松愉快啊！女人们则通过褐色的狭长地带让他们的孩子留在她们体内做标记，她们必须为自己服务，像生孩子时一样，赤身裸体为她们的乳儿服务。沉重的酒杯在托盘上不停地摆动。她们的天国主人从前前后后、四面八方拥抱着她们，手指不停地进进出出，嘴巴在大腿间吸吮，撕裂着她们最心爱的玩具。是的，现在他们同房后在性爱伴侣的陪同下应尽量地休养生息、养精蓄锐，还有许多狂暴的马力伴随着。一些理发师的杰作被破坏了，又给清洁女工制造了新的垃圾，然后他们又都毫无拘束地在自己的汽车里继续做爱，就像躺在他们妻子那可爱的怀抱一样。谁还会在自己的汽车座椅面前感到尴尬害羞呢？只是这里不吃巧克力，那些在我们看来是留下的最好东西，它是唯一的污渍，且通常是去不掉的。

这个男人是从来不会瞬间消失的，他总是喜欢蹲在自己漂亮的房子里。傍晚时分，这房子笼罩着森林的幽暗和充满着居住者的狂妄自负。这氛围正适合他的胃口！同情对这个女人来说是多余的，她的孩子的毛孔还是那么小。这个女人在其沉重的财富重量之下有些不堪重负，摇摆不停。有了明智的指导，她的隐秘之地就仍然可以保存下来，然而，她却不能拒绝丈夫的休息。一顿快餐应该已经开始在他体内沸腾了。他已经在这儿待命，似乎正在滋润他肉的缝豁口了。通常情况下，公司在结束远足之旅后，都有一种愉悦的潮湿，那个隐藏的东西在抽搐着，它要将分泌物释放出来，洒在外面。在很大程度上，生命意义就在于，没有什么东西愿意始终停留在原有的地方。于是，静则思变，就想要改变！这样一来，就发生了动荡，人们相互拜访，但必须随身携带，走到哪里就跟随到哪里。那些井然有序的帮手仆人们，站在自己的性器香肠前，用餐具敲打着桌子，以便能更快地被端上一个洞穴为他们服务，让他们很快地潜入进去，若变得更加贪婪，那就得反复出现，向新的有需要的人提供他们的盛情款待。甚至连女秘书们也不愿意承认，她们感觉到有人把手伸进她们的衬衣侮辱胸部。她们都笑了。在这里，有许多无礼放肆的人，他们都得到了足够的不雅食物。

一大早，这个男人就赤裸裸地露出真容，作弄这个女人。他远远地走过来狠狠地在她的屁股上打了一巴掌。浴室架子上的软管发出嘎嘎的声音，抽水马桶上方护盖在抽搐。坩埚摇晃着，闪耀了很长时间。整夜里，这个男人的阴茎寂静无声，人们听不到它的声响。然而，现在它有话要说了，谁也阻止不住。这个女人站在平地上，因通宵的夜间行车而显得疲惫不堪，现在她的孔洞需要拓宽了。孔洞早已变得如同轧机一般与他亲密无间了，甚至在商业伙伴面前，她的长度和宽度也会被吹嘘和炫耀。伴随着短暂而强有力的引体向上动作，厂长体内的脏话连珠炮似的匆匆抛出，冲向高处。而下属们则仍旧怯生生地沉默不语。这个男人还想整出些个什么东西呢，我们还得相互了解一下。厂长进入这个属于他的身体的口袋里，相爱的人就这样彼此你我，融为一体，拥有了一切。这个男人是个放荡不羁的朋友，黄段子高手，总能诱惑女人。这就是他不能使自己坚持很长时间的原因。他的这个无声开罐器，就像植物一样，一旦关闭了光源就要无奈地去寻找光明。这个孩子光听命令就能玩得很好了。当这个孩子长大成人，成为一个父亲时，就像爸爸在旅行乐趣中所做的那样，看看他是如何上演的吧！这个孩子将不再考虑长期令人厌倦的母乳喂养，因为他的所有要求依然能得以满足。长久以来，这个女人向孩子倾注了自己的心血，而孩子又从中学到了什么呢？天空就像一座小山丘，人们必须要有毅力，坚持不懈，并付出极大的代价方可登上山顶。

不，这个女人并没有搞错，她早就失去了这个孩子，孩子在成熟之前就走了。父亲用力地把这个女人拉到灯光下，她不得不为这趟呼啸而来的特快列车袒露身躯。即使风景因季节而发生变化，即使由于无所事事，同样的事情每天都在发生。于是，这个女人就像一个厕所里的马桶静静地矗立在那儿，一动也不动，等着这个男人在她身上动手动脚，在她体内搞事儿。他把她的头推进浴缸里，用手抓着她的头发威胁说，床有多大，爱有多宽，上床睡觉，做爱自然。谁铺的床，谁就是想要做爱。不，这个女人哭着说，在她身上谈不上有什么爱。这个男人迅速地解开了自己的衣扣。她的尼龙睡衣被翻卷起来，裹住了她的耳朵。在他的腹腔里，就像有被囚禁的动物在哀鸣，渴求狠狠地踹开笼子跑出来。他的那件麻纱睡衣像一盏闪烁的灯，时明时暗，被塞进了女人的嘴里。男人的本性从外表上看，显得有些犹豫不决。他那无辜的水喷射而出。紧贴着这个女人，涟漪从那浓密的阴毛丛中掠过女人下垂的面颊，飞溅到了浴缸里。浴缸的珐琅瓷闪耀着清新的光泽。在这种亲切友好的环境中，男人的阴茎很快又茁壮成长起来。在女人的胯部被拉开时，她不得不咳嗽起来。那个可怕的开罐器从法兰绒裤子里被掏了出来，在这个男人干了一段时间后，就冒出了一种乳白色的液体，并带着一层油渍，爱不释手地让自己在一片扎人的卷毛中发出声音。这个男人的阴茎从他的壁洞里出来得太早了。这个女人把自己的屁股，一条阴暗的街道，翘得老高，张开到了极限，并且必须背朝男人。他扭转她的脑袋，迫使她看着他。他愤怒地转过她的身体正面朝他，迫使她抓住他那渐渐萎缩的阳具，它又开始抽搐了。因为他想住在你的身体里，天哪！住在您的身体里，你这个充满爱意的夜晚！他把这个女人的头发浸泡在他倾泻出的液体里，浸泡在她清纯的眼睛应该瞥眼就能看到的残余精液里。他们干完事儿之后，英雄们还在努力思考着。这个女人身上沾满了精子，被精液浸润着。这样一来，男人在女伴身上建造了一幢美丽的房子，他就不会失去她了。而在外面，那些轻而易举地从妓院里猎取的可怜的平房都准备批量抛售，或公开拍卖，或被秘密焚烧。曾经的一个住宅，现在被社区领主们匆匆拍卖，被推到了他们的榔头之下。原来的算作一项工作，现在是使用暴力让你撕心裂肺。我们只能以小硬币的方式从女人身上把我们自己赎回。女人呐，她们还能到哪里去呢？只能去那些能大量潺潺流出分泌物的健壮男人那里，他们用舌头舔她们的私密处，用嘴里溅出的垃圾般的唾沫引诱她们，使她们轻松愉悦。他们的发电机生产着一些不必要的产品，而他们的后代也造成了一些不必要的问题。现在，这位厂长及时地中止了他的临界状态。当面，他将女人的脸压在自己的私密产品上，然后，让她看着自己的私密部位。她并不情愿地吞噬他那浓烈的射流物，但是她必须吃掉它，爱情要求她这样做。她必须爱惜它，把它舔干净，并用头发擦干它。当初，耶稣赢得这场比赛，就是因为他被一个女人擦净了身子。最后，这个女人的屁股再次遭到了一记重掌。她主子的手指粗暴地在她的裂缝中搓来揉去。他的舌头舔着她的脖子。她的头发蓬散垂落到浴缸里，她的阴蒂被用力地翻拉了起来，双膝向前弯曲着，屁股像折叠椅一样弹跳了出来，而且其他许多人也都服从他的命令。

是呀，我们现在该对这个孩子做点儿什么呢？在这段时间里，孩子在考虑他想要的礼物，这样他就不会在父母交媾在一起的时候看到任何秘密了。这孩子在看到的每个商店里，都希望拥有一份新鲜的生活体验（从生活中，从生活中的美好事物中）。这孩子什么都会，包括所有棘手的拼缝对接游戏。这就是最新的一代，上一代对他们来说已经足够好了。但是，很快她也要走了，否则，我们还怎么继续呢？

父亲倾泻了一大堆精液，并告诉妻子要把所有东西都清理干净。她没有舔干净的东西，她必须清理干净。这位厂长脱光了她的所有内衣，看着她擦拭、打结、编织和缠绕抹布。当她的乳房前倾时，乳房就会在女人擦洗和更换抹布时在她面前摇摆晃动。他用大拇指、食指和中指掐捏着女人的乳头，揉来揉去，仿佛拧着一个微型灯泡。他面前有一扇明亮的天窗，从他裤前的开口处露出了沉甸甸的赘肉，他就用它咆哮着从后面拍打她的大腿根部。她弯下腰时必须张开双腿。这样，他就可以用一只手握住她的整棵无花果树，让他的手指肆意地漫游。话又说回来，如果她已经叉开了双腿，她就可以站在他身上往他嘴里撒尿。什么，她不能？那我们就抬高她的双膝，像鼓掌（鼓掌！鼓掌！）一样，她那柔软的阴部也同样会悄悄地一张一合，并发出微弱啪嗒啪嗒声，立刻，我们男人就得用大啤酒杯敲打桌子，开怀畅饮了。如果她还是不能发作，还没有分泌物，我们就把她布满阴毛的整个女性生殖器往下拖，直到她的膝关节弯曲，把它沉入到厂长先生的胸部，使大腿张开到最大限度。就像翻开一个打开的手提包，他扒开了她阴户边的毛发，把脸贴到她的私密处，狠狠地舔她，像一头公牛舔着成熟的盐棒棒一样，整个山脉都沉浸在了欲望的烈火中。成功与否的重担就落在了男人们的肩上。真是不可思议，他们的水不断地潺潺流出，女人们用自己强有力的吸水布，甚至用艾佳艾斯[1]来吸纳它。

这个女人从她浑浊的杯子里喝下了剩余的凉咖啡。仿佛是为了逃避，她又赶紧用一蓬连裤袜遮住了自己。这里没有一个人拥有她那么好的条件，那样出色。她主人那只无声的利爪就悬吊在她的头上，这样她就可以在捕食者的笼子里安家了。傍晚时分，这个厂长对着这个疲倦的女人笑了笑，开始瞄准他的目标。稍后他就会对她发起冲击。他得保住在这家奥地利储蓄银行第一的位置！这个女人有些失落感，因为食物都变质了，仿佛她要把他从她那沉睡的地方唤醒。这样一来，他们就将在为他们开辟婚姻这条令人生畏之路的宽阔渡口上总是互相错过，彼此难以共享快乐。这个女人打扮得非常漂亮，村民们都很羡慕她。女人房子里的污垢是被一名清理女工吸走的，她是从那些只想像兄弟一样生活的村民名单上雇的。这个孩子出生得相当晚，但对于有可能成为一个怨声载道的成年人来说还不算太晚。这个男人在欲望

---

[1] Ajax 在德语中有多层含义，根据语境应为一种清洁剂。

中呐喊，这个女人的声音依偎着他，这样他就可以挥舞着他的魔杖，为家里购置昂贵的好礼物。那就是一整套全新组合，这样，他俩就可以用来摩擦他们幸福的性爱火车站，最终达到终点。然而，没有人会施展魔法。当这个男人从醉酒中醒来时，他立刻低头向女人赔罪，去取悦这个女人。他的品行还好，心地善良。是的，他已经付出了代价。这里所有彩色的东西都是他所支付的。你还是擦干你的面颊吧？

到了晚上，他们的盘子里就会装满无家可归的东西。这些菜肴将会匆匆地呈现给对方，并很快在他们的身体内甜蜜地混合在一起。它的独特之处在于，它只在有些家庭里发生！在这所房子里，食物并不重要，而对于这个男人来说，就一定很重要，食物必须很多，这样强壮的男人才会微笑着垂首、屈服和沉沦。晚上，还要加上香肠、奶酪，还有葡萄酒、啤酒和烧酒。还要有乳汁，这样孩子才能得到保护。这就是传说中黄油果酱涂层和面包切片的关系：中间层在下受到保护，在上也受到自然的保护（处于自然保护状态）。也就是说，躺在下面的女人要托住他，保护他，不让他跌入无底深渊。

一大早，这个男人就解了便，一身轻松。他身下积聚了大量的东西，胯部和大腿上也黏附了不少。他用尿液四处扫射，满屋子都能听到噼里啪啦频频的响声。他沉重的阴茎撞击着妻子的服务区，在那里，他终于可以排空自己了。他摆脱了自己的产品后，又轻松地回到了他那最小的生物状态，在他的指导下它创造着自己的产品。对他们来说，他们自己生产的纸张已经陌生了，并且不会持续很长时间，而他们的厂长却在他的性冲动下尖叫着、翻滚着，他与这些纸张是有关系的。竞争是激烈的，迫在眉睫，因此，有必要事先了解他们的秘密和伎俩，否则一些有福之人就将不得不被解雇，并从他们的存在中解脱出来。于是，这个男人就进入自然界，并肩负起自己的责任，这样他的双手就得到了解放。他要求他的妻子——他统治的妻子，让他重生的妻子——在他从办公室专程走二十公里回家时，她必须在家里的幔帐下赤身裸体地等着他。届时，这个孩子将会被送走。当他上校车时，不慎摔倒在了运动器材上，并被困在运动器材里面了。

这个女人从她藏在温暖的月经带后的休息中匆匆醒来（经期过后，这个女人很快振作起来）。她把孩子离开前给她的所有东西都保存了下来。其余的工作就由管家完成，她在这所房子里看到并从地板上捡到了许多东西。

当孩子还小的时候，母亲有时开车带着他去超市，在老板的亲切引导下，沿着一群等待的家庭主妇的队伍走着。这个孩子坐在购物车里，就像坐在母亲的子宫里一样，孩子多么喜欢待在里面啊！只是，因车速很快，经常会在错误的地方出现漏洞，比起自己的家人，更受那些刚满十八岁的年轻人所喜爱，他们在生命垂危之时还要紧紧抱住快车，咬合在一起，逃离父母和他们的家。然后，是装配在新衣服上的这些神奇、磁性的保护装置，哦，如果那个男人有这些东西就好了！免得他因欣赏自己没有的前景而自暴自弃。生殖器应该受到保护，防止染上疾病，就像女人不应裸露在世人面前一样。这样，她就不会漫不经心地看着窗外，走在人生的道路上，并且想要改变自己的生活。是的，但只有衣服受到百货公司的保护。当有人未经许可，与他们一起突破屏障，并常常在半途中作为漫游者，想进入死者和咖啡店的寂静王国去看看时，它就会发出尖锐刺耳的声音。因此，我们最好步行，衣着简陋，进入我们的两性中，生活在我们自己的垃圾中；至少我们不能容忍我们的小车队中有任何其他的车辆。只有这样，我们才能生命永驻。在生活中，有拉动的地方，在那里，我们自己也被拉动，被一张亲切友善的面孔所吸走，在这张面孔里我们看到自己的可怕镜像。

上周，这个女人才在精品店里给自己买了一款套装裤。她笑了起来，好像她有什么要隐藏的，然而她所拥有的只是她身体的一个沉默王国。她在衣柜里藏了三件新毛衣，为了不给人任何怀疑的理由，说她是想借她那血淋淋的皱纹犁沟为由，准备度一个新的例假。但她只是想从她丈夫的摇钱树上采摘仁慈的果实。这些树上已经没有可爱的叶子了。这个男人检查了她的账户，成千上万棵在风中肆虐的树木再次成为他斧头下的牺牲品。操持家务的钱是付给这个女人的，只会多不会少！实际上，他不认为他这个心满意足的男孩应该花钱买一把舒适的摇椅来让他的阴茎得到休息和舒展。她处在他神圣的家族姓氏保护下，处在他账户的保护伞下，由他对这些账户做定期报告。她应该知道，她在他身上拥有什么。反之亦然，他知道她的花园总是开放的，非常适合深耕和挖掘。属于你的东西就得用啊，否则我们要它有什么用呢？

一旦这个女人独处时，她就会把金钱、货币价值和货币贬值看得很重，离不开它们，并带着她那牢牢拧固在身上的证券去散一会儿步。她就像一个影子，在生产纸张人群的海洋中滑行，她的生命之舟就在这纸张上起舞。是的，这大海，它也喜欢把我们活活地淹没！因为在他们身后等待着一群愚蠢的失业者，期待着终于有人追上他们的机会。而我们呢？想继续飞行吗？为此，我们这类自作聪明、自以为无所不能的人就得爬到更高的地方，然后像雨点般落下，因为：雨会带来祝福！运动使人健康，勤劳给人幸福！这个女人将她的手——万能的裙子——放在她的眼前。很快，丈夫和孩子将不得不再次被食物覆盖。今天晚上，当这个男人还是那么结实粗壮、电力充足，如同新出厂产品一般滑下生产线，而不停歇休息，将会是什么样的呢？他像一个母亲一样让生命在自己的瓶子里精心培育。而到了晚上，他就要放飞这些生命。他感觉痒痒的。我们差一点儿给忘了，今晚是法律允许的时间，这个女人用她的吸附袋，正等待着接纳这个男人白天体内产生的一切。而其他人则渐渐消失在阴影中，将他们的希望活活埋葬。

必须强调的是，这片风景区面积相当大，是笼罩在迷雾中束缚我们命运的一个松弛枷锁。两个男孩儿骑着轻便摩托互相追逐着，但积雪很快就结束了他们的继续骑行。他们跌跌撞撞，摔了一跤又一跤，耶，这个女人狡黠地笑了。至少有一次，她想坚定地向前迈进。今天，她的丈夫在她的身体里出尽了风头，炫耀了一番，仿佛双双都达到了高潮。再等一会儿就到晚上了，就可以流入电路了！现在，一个约有电话机大小的钢制秤砣，把这个男人拉进了办公室。在碎石飞溅的情况下，他被推挤到了他的办公椅前，这里是他掌握着命运的地方，他还被推挤到一个屏幕前，上面正在举行一场滑雪比赛。他也很喜欢运动，他的孩子从他那里也学到了这一点。如果没有来自屏幕的运动，有时还有来自他们自己的脚和心的运动，人们通常就会耐心地在床上摇晃。当这个男人沿着乡间小路奔跑时，细细的茸毛就会压在她的肌肤上。这就是他开车的速度，太快了。当他呼唤着某个人时，仿佛民族服装节上发出的喧闹声。那个合唱团也该快要登场了。

比如说，他们星期天去教堂就是军队中盛行的社交生活。之后，他们在肉体消耗战中满足自己，其中不乏他们受奴役的书籍和纪念品、欢快和自由。甚至医生和药剂师也不会回避去教皇和圣母玛利亚那里。他们不羡慕任何人的工作，他们在中学期间就冒尖出芽、脱颖而出，后经过培养和精心照料，便进入酒馆。他们在那里停留了一段时间，并互相恢复了活力。这名医生很羡慕药剂师的药房，他自己也乐意经营这家有利可图的药房。这个药剂师看到医生刚刚给那些人称了体重，又发现他们的血压太高了，便把自己准备的药剂慷慨地分发给该地区的失业者，以使他们重新获得快乐，愉快地在自家门前玩弄自己的脚趾头。他们的女人已经料理好了食物，而且总是大量丰盛地奉献自己。她们不会让自己被排除在菜单之外。这样，男人们就什么都不缺了，她们也不会被一无所有的工头纠缠和折磨。有些人在习惯了我们之后就离开了。

在这一点上，厂长的妻子有类似于银行女职员身上的强迫症（每天都穿不同的衣服），每天多次在她和村子里的妇女们渴望着的男人们之间拉上一条刚刚洗净的窗帘，一条白云般透明的窗帘，在这里，跟妇女们在一起，她要比在自己的客厅里安全多了。这个厂长正在和他那个不由自主地跳得老高的孩子说话，这样他以后就可以到一个朋友那里去了。这个孩子还没有权力，为自己选择满足欲望的朋友，因为朋友们的父亲都吃**他**的面包！这个孩子在地上漫步前行，像开他自己的玩具车一样引导着其他人。母亲用钢琴为她找到的所有东西伴奏，而在外面，那些沮丧的头沉入了对方的胸膛。他们用比他们的胃口更大的眼睛，买下了他们所看到的东西。现在，村子里的人正在享受这些光秃秃裸露在土地上的建筑物的拍卖。他们站在银行柜台前，身上裹着温柔的欲望，就像洗过的精致羊毛一样。在柜台的后面，幸福的孩子们穿着白衬衫，玩着别人的钱。他们把她的命运和她住所的命运从工资袋全部清空，投到了广泛的滚滚利息流中。这家银行的行长低头看了看，他感到头晕目眩，因为人们在其收入方面撒了谎，这样他们就不必放弃为自己建造的房子。但凡是他们曾经喜欢过的东西，终点近在咫尺了，行长必须从他们手中夺走。当他这个没有人性的人看向他们的窗户时，他们的痛苦就会浮现在他的脑海中。在这冰冷的地方，那些可怜的人吵吵闹闹，喋喋不休。闹声听起来像机关枪和猎枪（装水射击时）发出的噼噼啪啪的声音。条条绳索缠绕着生命的游戏。赖夫艾森银行[1]的人管理着村民的钱，并看着这些钱在腐烂和衰败，就像鱼儿得水一般，欢呼雀跃。对于农业合作社来说，这是一个永恒的乡村节日，他们不想知道具体的人是谁，他们只把不新鲜的奶制品和有毒的奶酪兜售给他。即使是他们最小的社员，他们也会掏出最珍贵的东西，慷慨奉送。直到有一个人让他的车轮转动起来，像杀手一样，对逝去家人的巢穴周围叫嚣着乱砸一气。就这么一个小小的容器，怎么能装得下这一切呢？只有一张小报才敢于从我们胸膛的狭小钱包里用几个先令[2]，就夺走

---

[1] 赖夫艾森银行（Raiffeisen Bank）又译雷菲森银行或瑞福森银行，是一家奥地利集团银行。
[2] 使用欧元之前的奥地利货币单位，相当于人民币中的元。

那些遭遇过可怕经历人的伟大生命。

在窗外看到的东西往往生长得很漂亮，那就是女孩子的自然界了。这个男人，即使在情欲中也还是个公务员，他追求的是人的需求，不可以与对一个人的不愉快的需求混为一谈！厂长就像一道风景线躺在那儿，但却充满了不安分的神情。他把烤熔的奶酪均匀地涂在身上，当他看到他妻子的脸时，他会怎么想呢？难道他看到自己独裁统治的人性面孔了吗？仿佛被抹去了一样，这个女人穿着这套新买的性感内衣，按照他的要求，她应在内衣里面蠕动着，仿佛在一个新整理的房间里来回移动。这是玩着金钱与人的游戏。有时候，厂长会在某个清醒的时刻感到懊悔，于是他把那张大脸埋进这个女人的石榴裙下。紧接着，很快又再次将女人的头压在脏兮兮的浴缸边缘，看看新开辟的小径是否一直延伸到她那黝黯的阴户，在这户门的后面，女人坐在生殖器上摇晃着，男人就可以在一个被宠爱的女人身体里放心地尽情地放纵，直到他们实现最美好的结局。那么，如果那些失业者没有这种廉价的小说作为样板，他们又怎样在这个世界上生活下去呢？

这位厂长平静地与工作人员交谈着，并让他们唱着她的歌作为回报,厂长更喜欢在白天,光天化日之下,将他的财富扔进这个女人的子宫里。他很喜欢看着自己健康成长。女人恳求要谨慎行事,至少在她的孩子面前,在这个放荡的动物面前,然而,到最后它可能会从它拳击场的角落里出其不意地冲/射出来。她的儿子,也就是她育的雏,在适当的时刻悄悄地出现了。他略微注意到了父母亲的享乐时刻(看见他们是如何紧紧抓住他们丰盛而又纯净的自助餐盘),然后就又消失了,以便用他的运动器具和运动话语折磨邻居——那些在没有人工艺术的氛围中长大的孩子们。这个孩子像水果一样沐浴着阳光长大成熟起来。正如你的看法一样,他的父亲把他那健康的龟头插入母亲的体内。这种事儿可谓一言难尽。我们希望看到的还是行动,并必须在庇护所的入口处付钱,而且要把自己的欲望抛在脑后,不要只想到像流水一样不断涌入的需求。

当那些小户人家不得不早点儿睡觉的时候,大户人家却生机勃勃、灯火通明并充满两性的生活和灯红酒绿。当我们谈到水时,水会顺着他们的身体流下来。我们之间非常私密,因为我们在大众面前也不必感到尴尬。当一对男女有缘倾心相爱,在酒液从带有金色标签的瓶子中溢出时,他们就会舒适地摇摆并放松自己的内心。他们在搅动了自己的私处，双双达到性高潮后就在对方身上找到了平静，他们彼此是一体的，而且也是独一无二的。他们已经从翻云覆雨的尘土中解脱出来，当他们周围的穷人在消逝时，优等人却享受着彼此的陪伴，他们每天都在重新创造着新的沉默权利。当然，男人们在他们的阴囊里、裤裆里和心里积蓄了足够的力量，以便他们能够使劲儿地咬住含苞待放、如此美丽的桃子。所有的东西都属于男人们，甚至在睡梦中他们也享受到亲热和奉承，因为人们看不到他们贪婪的眨眼。要是不被所爱的人重视，他们可能永远不会留下。因此，他们每天都会进进出出，去收获新的衣服和账户。他们带着那根摇晃着的万能探测仪，探听到顶级富商——那些超乎寻常的富人——的秘密。对他们所爱的人来说，他们希望她们每天都是陌生的，每天都具有新鲜感。但是，那些弱者们拥住在一起，因为他们是我们不想成为的那些人。他们仍然认为，在任何地方都没有更好的生活，而且只习惯自己的食物。否则，他们什么东西也吃不到，而且还没到时间就被吵醒了。没有多少人会成为他工作的牺牲品。仅这一点就足以使我们更想得到它！一支自动步枪！就在灯光下行事。当我们必须亮起我们手电筒的时候，其光芒刚好适合远道而来令人尊敬的人群中的两个人；而我们必须正好就是这两个人！

第三章

在鲜嫩多汁的宁静中,这个男人把视线移到他妻子那细长的豁口处。令人毛骨悚然的是,那茂密的森林延伸到了房子附近,房子里面的视频图像显示的是一群有生育能力的人,他们在目击者面前的屏幕上行进。女人们被强行地拖拉硬拽进了画面中,只不过她们的日常习惯更加冷酷无情。这个女人的目光停留在这些画面上,这是她每天要和丈夫完成的事儿,直到最后她自己也不得不跟着就范,求饶放弃为止。而这位厂长则没有为他负有全责的工作所折服,他精力充沛、热血沸腾、动力十足地吸吮着她的乳头和阴户的缝隙,呼唤着黑夜来临,渴望着夜间表演。因此,女人山丘上的那些充满生机的图景是如此鲜嫩,那些登山者穿着结实的鞋子正稳步踏入其中。

和当地的气候一样,这孩子出其不意的闯入差点酿成一场悲剧。儿子像一枚运载火箭,笔直地、神采飞扬地射入屏幕上的房间,房间里荧屏闪烁,这个男人的精液猛射其间。当他们彼此进入探访时,他那不屑一顾的眼神瞥见他们此刻正在难受的躯体,张开的裂缝仿佛痛苦深渊,男人们带着沉重的造人工具,工匠们带着欲望,在女人的体内回荡。只有当她们的身体和男人的龟头分离裸露在外时,才会出现可以向内窥视的受孕玻璃试管。随即,由于他那粗糙的发动机放了个屁,父亲一个转身腾跃,从母亲身上滑下来,回落到地毯上。孩子假装什么都不懂,毕竟他自己就是一个挑三拣四的、挖掘翻找的消费者。他的需求像树叶一样,在他的脑海里飘荡,他的味蕾也已被体育商店的运动目录中令人难忘的图像所宠坏了,这些图像可都是公民的福祉啊!这一切都属于他和他亲爱的父母亲,孩子也是父母亲的。母亲像用干草遮体一样胡乱地遮掩住自己。这孩子已经学会了称呼这位邪恶的父亲,但是爸爸还是一如既往地购买着那一筐筐货物、一袋袋肥肉,并把儿子绑在金丝带上。儿子好像没注意到正躺在一旁沙发上休息的母亲那个天赐自然物,他向父母读着一份充满相互竞争的物品的愿望清单。这些东西必须购买,人们才能够在沙滩上、鹅卵石上、石头上、水上、冰上、雪地上甚至波斯地毯上骑行,这样就可以远离风景,回望家乡。女人散开放松了自己的双手，两条腿乱踢起来，两眼目不转睛地看着她那还具不确定性的孩子，他将变成什么样子呢？成为一只追逐小轿车的小鹰？成为一个用乌鸦嘴啄进女人乳房的人？还是成为一个在障碍滑雪时——通常人们习惯于回转滑行，而他却为求娱乐躲在房子后面——被别人战胜的人呢？总之，这个孩子和这个男人以其方式所渴望的一切，都有其危险性。母亲试图用牙齿咬拉一条毯子盖在自己裸露的乳头上，这里父亲刚才还使劲儿地咬吃过。电视屏幕上的图像突然静止不动了。孩子已经进入体内了，他希望有一辆雪地摩托，但是，这东西在这地方是被国家禁止使用的。这个孩子的要求是：这个女人看起来就得与其相适应。

厂长希望任何时候都能随时给家里打电话，甚至在办公时间，他要确认女人是否想着他。他像死神一样不可避免。他希望他的女人随时准备着，把心掏出来像一块圣饼似的放在他的舌头上，并向他表明，她身体的其他部位也是为他准备的。为此，他控制着她的欲望，把她置于他的眼皮底下。他注视着她的一切，也有权力注视着一切，因为，他的狗尾巴（花）在他那充满荆棘的苗圃里急剧绽放，热烈的亲吻在他的嘴唇上膨胀。然而，他首先得看清一切，这样他才会有食欲。因为，人也是可以用视觉去享用的。人在做，天在看，他们最终希望死后升天，那里除了逝者羞涩的眼神以外，世上没有什么是可以隐藏的。因此，这个男人要为他的女人准备人间天堂。而女人只是有时候做做饭，备好食物就行了。男人就完全可以向她提出每周三次的要求，享受她那著名的林茨圆形大蛋糕，这个男人也可以在酒家后房里敬仰和崇拜林茨的名人逝者，在那里人们可以享受历史的恩赐，并随时能够重演，同时还可以在显微镜下仔细研究政府即将发布的信息。

这个厂长是如此之大，以至于在一天之内不可能绕开和躲避他。这个人四面开放，也能四面开花，但特别是对上面，雨和雪来自的地方。他的上方没有任何人，只有母公司，反正也没有人能保住自己。然而，面对女人富有刺激性的一面，他就能毫无顾忌地打开他的阴茎，充满信心地射出精液。这个女人像一条鱼儿一样不停地摆动着，因为她的双手被绑了起来，而男人则给她挠痒痒，用针一点点地刺她。男人在倾听着自己的心声，那儿是他积聚情感的地方。词语像树叶一样从女人私密处屏幕上的视频中落下，飘落在了这个独男－人类面前的土地上。出于保护性的尴尬，这个女人朝窗台上即将枯萎的花藤看了过去。这个男人现在也说话了，话语粗俗得像果子里的好内核一样。他口无遮拦,毫不吝惜自己的言辞。当他的气息和浆液流动时,他滔滔不绝地大谈他的所作所为和永不停歇的能力。他用野性的爪子和驯服的牙齿在女人身上给自己开辟进入交媾场所的通道,以便能够更多地夸夸其谈一些无关紧要的东西。他妻子的生殖器就是一片森林,从里面冲着他发出了愤怒的回响。

最近,他还禁止他的妻子格蒂洗澡,因为她的气味也都是他的。他在自己的那片小树林里大发雷霆,用他那沉重的面包前端撞进她的停车位,还啪嗒啪嗒着响,以至于她那里常常全都肿胀起来,着实令人震惊!自从他不再敢用交换伴侣的广告来引诱有趣好色的陌生人以来,他在这股驱使妻子穿上裙子的风中,就是唯一最可爱的人。这女人像一条龙似的跟在他身后,不停地散发出汗味、尿味和粪便的气味。而他检查这条小溪,是否在他有要求时也尽职尽责地留在他的床上。这是一堆活生生的垃圾,是虫子和老鼠的挖掘场所。他却满腹牢骚地冲了进去,投入其中,并加快了自己的节奏,这很快就使他到达了终点,那里就是他的家,他如鱼得水,又想自得其乐,再次好好地舒服一把,还让人开一次车或者跳一次鱼。他看着报纸,从她的枕头窝窝里一把拽过妻子，并猛地一下劈开了她。今天，有那么一次，她整个人愉快地坐在沙发上，玩弄自己的乳头，而这导致他的阳具再次充血并颤抖起来。

他感到高兴的是，这个穿着当地最漂亮衣服的女人应该在她自己黄色下流的污秽中行事。他生气地敲打着她的头[1]。在这次神圣的化体[2]仪式中，他让她的身体按照他的尺寸重建了。这是一个容器，意在取用，它也将在许多个夜晚满载而归。这是个自助商店，是为孩子们营业的商铺，人们可以在这里毫无顾忌地小便。只要有了房子大门的钥匙，人们就已经获得享用白天套餐的权利。人们可以玩弄地拉长阴蒂或关闭浴室的门，这个罗马天主教的故乡就会屈服，让人们去参加怀孕咨询和结婚。当真正要使用这个女人时，这房子就不得不发出求救信号了。后来，打开了一瓶特制的精选葡萄酒，然后在屏幕上就能看到兴高采烈、放荡的精英人物，彼此面对面坐在对方的私处前，往里窥视，那手柄在抖动摇晃，跃跃欲试，那插口在一阵阵抽搐，倾吐心声，射出液体。是的，我们渴望被人窥视，但别人只是瞥眼瞧着我们，

---

[1] 暗喻私处。
[2] 化体（die heilige Wandlung），意即使圣餐面包和酒变成耶稣的肉和血。此处意指让妻子的身体按照丈夫的尺寸改变。

并啃嚼着椒盐卷棒或男人那粗大的香肠，或啃咬着女人那高高凸起的地方！

也许明天，这孩子会被安置在邻居家，他们的房子一模一样，只是东西少了点儿。这个男人想把他野蛮的货车开进这个女人的泥潭里，女人憋着一口气迅速侧向一边，以避免他吱吱作响的阴茎闯入她裤内的灌木丛中。他的身体已经通过歌声和音乐征服了各种各样的人，把他们分成了一个个小份额，并将他们冻结起来，供以后在劳务市场上或合乎市场法的合唱团中使用。月光皎洁，星星闪烁，男人那沉重的机器也从远处回到家中，切开它曾用牙齿撕开的女人的沟壑，让割下的草像泡沫一样在空中飞舞，让女人高潮起伏，情欲满满。

第四章

　　这个女人很快脱光了身上的衣服，尴尬地摆动着自己的身体。她变成一堆肉团躺在我们中间。全方位为那个饥饿者服务，这已经成了她的马路酒吧：为了这个男人，为了这个孩子，她生活在他们温柔的束缚中，任其使用。她试图在她牢笼般的家庭里喘上一口气。她披上睡衣，穿上拖鞋便开始沿着积雪覆盖的道路跋涉前行。

　　在此之前，她必须把杯子和设备放在储物柜里，以备不时之需。她站在自来水下，冲刷掉瓷器上家人使用后的痕迹。这就是一个女人保护自己的方式，即女人就是用来制作食材配料的，又在这些配料中保养自己。她都是按照尺寸大小对所有东西进行分类的，包括自己的衣服。对此她笑起来时都感到十分害臊，但这并不是一个笑话。她厘清了她曾拥有过的幸福，就她本人可以说是一无所有了。在她曾经走过的路上，再也看不到那带血的羽毛了,因为:动物也是要吃东西的。一层烟尘般的薄膜已经在雪地上沉淀下来,没几个小时就完工了。

在他的办公室里,这个男人快乐地把手伸进了他裤裆的内裤里。他让那玩意儿透透气,发泄一通。他谈到他妻子的身材时,事先没有任何暗示,他现在就要说话了。请大家安静,现在他的杰作就要为他说话了,而且专门为此目的,他为自己置下了一个多声部合唱团。不,面对未来他并不感到害怕,因为他的钱包依然还挂在他身上!

女人感觉到,雪是如何缓慢穿透她的空间和时间的。春天的日子不会太漫长。今天的自然界甚至也无法让它看起来那么清新了。看啊,泥土粘在树上,一只狗蹭蹭地从她身边走过,一瘸一拐的。一群女人向她迎面走来,她们衣衫褴褛疲惫不堪,仿佛在纸箱子里被存放了多年。她们好像在一幢漂亮的房子里刚刚苏醒过来,女人瞥见她们当中的这一个,她看上去有些特别,因为她总是孤独一人,独来独往。这家工厂给她们的许多男人提供了就业机会,还有什么比这更重要的呢。他们没有时间概念,宁愿用许多双份的酒来打发时间,也不愿意和自己的家人共度时光。这女人从她们身边飞快闪过,爬进了黑暗中，甚至还没有穿上鞋子，就开始下雪了！与此同时，这个孩子也正在某个地方和他的几个小伙伴嬉闹着、奔跑着。他用打击母亲伤口的话语拒绝了刚煮好的食物，并从盒子里拽出了一个香肠三明治来。母亲整个上午都在用礤床擦胡萝卜丝，她认为胡萝卜对孩子的眼睛有益。这孩子的饭都是她自己做的。在垃圾桶——一个弯腰驼背像拐杖手柄一样的人——上方，她随即吃着孩子的那一份，毕竟这孩子也是她自己做出来的。这时，她还保留着一点点幽默感。小溪边的栅栏上还挂吊着冰柱，如果以人类的车辆为标准，那么首都就已近在咫尺了。这里山谷开阔，很多人并不在其中忙碌。其余的人，他们也必须待在某个地方（在他们赖以生存的地方），每天往返于造纸厂和更远更远的地方！那里有我和我的羊群千百次站立过的山头。这个女人的嘴冻得像一颗雪粒一样小了。她紧紧地抓着布满冰霜的栏杆上的木头。小溪的两边被完完全全地堵上了，冰块拍打着溪流的两岸。造物主在自然规律的束缚下咆哮。它发出咕嘟咕嘟声，微弱地汩汩作响。就像我们大家过的美好生活中的融雪天一样，冲破层层障碍，以便使我们能够从一个人跳到另一个人身上，所以，死神可能会认为这个女人的世界走到了尽头。但我们现在还不想变得具有人情味。一辆小车的车轮在坚硬的雪地上嘎吱嘎吱作响。无论他来自哪里，他都比他的主人更有宾至如归的感觉。要是没有他，这个往返上下班的人将会是怎样的呢？他的议会代表认为，他是一堆粪便，因为他和火车车厢里的其他人一起都只是一堆粪土。我们的工厂之所以没有倒闭，是因为有一大群人在努力架设社会的东西，从内部把工厂支撑了起来。首先是失业者，他们组成了一支由无足轻重的人构成的阴暗大军，人们不必害怕，因为他们都选择了基督教社会民主党。这位厂长先生是血肉之躯，他吃得也很好，因为有穿着隐士围裙的女士们为他提供服务。

在这种天气条件下，建议你不要开车，应离开车辆，另一方面，你也不能太晚到达你的工作地点！在这种节奏下，铲草犁车驶过大街并留下它们的货物。看来这个女人也只能自己服侍自己了。还有一件事儿，那就是：有必要把故障车从他们的居所弄出去！毕竟，你要是个人，也不会喜欢这样。

孩子们在塑料做的生日套子里号叫着，套子仍然还粘贴在肌肤上，或在他们的耳边飞来飞去，最终越过他们特意平整的雪地飞下峡谷。不幸的是，他们下面的大个头转过身来，在她们柔软的身躯上摇摇晃晃，但并非魔术般的速度。他们叫嚷着就像喧闹的火车站一样，这个女人见状顿时惊愕了。惊恐中她把自己压在铲雪机为她留下的坑里。车辆载着她的家当嘎吱嘎吱地向她辗转而来，这只不过是一拨又一拨微不足道的打手。滑雪板压在汽车的盖子上，以压住车内人员的冲天怨气。那设备犹如机枪一样防御性地盯着下面。它们耕耘在许多其他的人类容器中，是因为他们都想理所当然地有一个更好地方。这就是每个人的想法，并以他们伸出窗外的姿势，用可爱的污物来表明这一点。

运动吧，他就可以从小男人的这个堡垒，射出去！

请你一定要相信我，真的，任何人都承受得起摔断脚或双臂的代价！尽管如此，就不得不把那些人看成瘾君子，因为他们爬上女人的山坡，在那里滑倒了，但仍然感到很舒服。那么他们到底对什么那么上瘾呢？是的，他们是对自己从不重播、永远不会恢复的图像上瘾，每天都在向他们展示新的图像，而且更大、更美、更快了，仿佛是对现实的一种补充。因此，他们的目光从遥看淫水满盈的分水岭转移到了另一边，最终落到男人白痴山丘上的那个小家伙身上。噢！他们在切磋中从不说话，如果说了，他们就会担心立马输给一个上了货车的行家里手。那个研究过我们性能业绩表的高级人士对女人渴望拥有一套自己房子的抱怨通常充耳不闻，房子是必要的，这样就可以从前门开始玷污这类运动——这种崇高的奥林匹克理念。

女人每动一动就打滑一次，两张笑脸无声地指着小车车窗，点头示意，却没有一丝声响。而这个司机则将自己置于致命的危险之中，一心想着自己的享乐。雪花纷纷飘落在大家身上，滑翔姿势千姿百态，就像人一样，各不相同。有些人可以做得更好，有些人则想做得最好。哪里有适合各种难度的升降坡呢？好让我们能够快速提升呀！原本萎靡不振地生活在他寓所里的那个东西，在裸露的空气中就立马坚挺起来了。然而，相对于她那岿然不动的阿尔卑斯山脉，它还是显得渺小多了！

女人从她所处环境的笼罩下走了出来。愀然不乐地把她的睡衣裹在身上，双手紧紧抱在胸前。这时，她听到远处传来一些孩子的哭声，他们都已经从每周为举办活动而且精心打造的舞蹈队和节奏小组中被扯了出来。这些孩子都是为这个女人的爱好而培育的。毕竟，我们有足够的空间和爱让孩子学会拍手的节奏。在学校里，这将有助于他及时点头，或在祈祷时站起来。她的儿子也是其中的一员，他的每一声尖叫都在证明，他就是那根悬在别人头上的肮脏手指。他必须每个香肠三明治都要先咬一口，因为每个孩子都有一个父亲，而且每个父亲都必须去赚钱。他用他的小履带滑雪板恐吓着那些坐在雪橇上蹒跚学步的小孩子们。他是一个明亮星座中的那颗最璀璨的星，这个星座也有一个额头，它每天出现时都焕然一新，也经常穿戴一新。没有人把它小心翼翼地向上翻一下，只有他的背部不得不容纳许多隐藏不露的皱褶和多此一举的姿态。他已经视自己为他父亲的化身了。这个女人并没有弄错，她含含糊糊地抬手朝远处的儿子伸了过去，她能辨别出他的声音。他用自己的方式对其余的孩子们发出咆哮。如同冬天大煞风景一样，他用言语来挖苦和刺激肮脏的山丘。

女人用手将符号显露出来。她不必挣钱谋生，她被她的丈夫赡养着。他下班回到家后，理应得到的回报就是：在一天结束时把他的标题放在符号上面。这个孩子不是一个意外！儿子就是属于他的，现在他不再有死亡的意识了。

她怀着满腔的爱意，在那堆孩子中找到了这个儿子。而他却咆哮如雷，声音没有丝毫的减弱。难道他就这样从她的底层爬出来了吗？或者用他天父的话说：只是通过人为的误导（强行诱骗），才把该年龄段的一个人较好地雕刻成另一个人呢？这个孩子要求从那些持不同意见的人那里得到权利，像国家条约所涉及的知识一样广泛，他继承了他父亲的公式：让自己变得更有价值，更强大！很漂亮！勃起啦！男人们就是要这样面对自己，只有这样他才能在任何时候都能观察自己的状态。而这个孩子，由一个较早前像废渣一样洒落在他父亲身后的生物（和他母亲腹中倒挂的钟状物）制成，在几年后，孩子也将很快茁壮成长，长大成人，也会射向天空，溅到天堂，那里已备好点心等待着小生物群体的到来。

这孩子驱车，像穿过一道道妩媚迷人的门一样，穿过小伙伴和女人下身的摄像机。

寒气爬进了这个女人的脚底，她的鞋底已不值一提了，但她自己也什么都不说。这种家庭泥潭不再可能将她与外界的冰块分开。她朝冰块蹒跚前行。她应该小心翼翼地向前滑行，以免被别人催促，但她必须抓紧时间！当金色头发的男女两性在家具前展开时，这只会意味着，那家具是他们才华的唯一知己。要是他们一旦被人从欲望的顶峰不屑一顾地扔下来，一落千丈，那又会如何呢？这个女人就会紧紧抓住栏杆不放，她的进展相当顺利，会舒舒服服地走得很好。食物总算从四处拖回家来，因为对家人来说，食物就是家庭生活的重点。燕麦片从女人的牙缝里飞溅出来，在我看来，她们害怕这些昂贵的成分在锅里会互相影响。而男人们呢，他们都发生在她们的盘子前。那些失业者呢，他们只是勉强维持生计，因为他们已经偏离了上帝赋予的一切生活条件和赐福予他们的婚姻之约。不再允许他们去体验任何东西，无论是夜间昂贵的游乐场、冒险家的乐园、去电影院看一部精彩的电影，还是去咖啡馆里和一个漂亮的女人在一起。他们只有使用自家人才是免费的。这样一来，一个人通过性别将自己和别人区分开，而自然界是不可能以这种形式来决定的。因此，自然界与我们分享，这样我们就可以吃着它的产品，而作为回报，我们又被工厂和银行的老板吃了。那些租金和利息会使我们一贫如洗。但是无人知晓，水会发生什么。但是，我们对水的处理，你可以在纤维素厂或造纸厂将自己朝溪流排空后马上看到，没一会儿小溪里就奔腾起来。小溪还应该将毒物冲带到其他喜欢吃鱼尸的地方。女人们把头埋进购物袋里，从里面拿走了失业救济金。当然，她们是由便利店引导的，该商店会告诉她们有特价商品的信息。是的，特别优惠，她们自己就曾是特价商品！而这些男人也是根据他们的财富被选中的，他们能做的事情比劳动局给他们的荣誉要多得多！他们坐在餐桌旁，喝啤酒，打扑克：即使是一条狗都不会有如此的耐性,被拴在富丽堂皇的商店前面,它的那些货物在嘲笑我们。

我们没有任何损失,即使我们看不见,国家也会继续与我们合作共赢的。要是我们最终失去了钱财,那它们又会去哪里呢?当我们握着钞票时,可以感觉到手很温暖,而硬币握在掌中时,它就会融化,最终我们不得不松开手让硬币撒出去。时间应该定格在每个月的第一天,在我们将温暖的钱堆存入我们的账户之前,尽管它在我们的房事工作中散发出腥臭味和蒸汽,也应让我们好好地看上它一眼,这样我们的生理需求就会增加,就会精满多汁。最好是,我们在我们热腾腾的金色养料中好好休息。但是,不安分的、激动人心的爱情早已在我们四周环顾寻找,看看哪里有比我们现有的更好的东西。那些像草一样土生土长在这儿的人们,在滑雪的原产地(在奥地利施蒂利亚州的米尔茨楚施拉格有世界上最著名的滑雪博物馆!)只通过观看来了解滑雪运动。他们朝冰冷的地面深深地弯下身来,以至于他们找不到路径,而其间,其他的人都从他们身边经过,并将他们的废弃物都存放在了女人私处的森林里。

这女人像一匹马一样,拽着她的缰绳。那些被特刊上的广告引诱到这里的陌生人，身着令人尴尬的旅行装，通常是成双成对地依偎在一起，蜷缩在她的沙发上。女人们面对摆在她们围栏上的酒杯多少有些压抑地咯咯直笑，而她们丈夫的肢体所需要的则是决心：那就是，前进！冲锋！先生们是如此自由，他们还很喜欢更换一下饲料袋。他们熟练地站在客厅的桌子前，把女人的腿一左一右架到自己的肩上，因为，在异国他乡人们喜欢暂时摆脱自己的习惯，只有回到家里，才能得到安慰，重新恢复旧的习惯。在家里，他们的床就放在坚实的地上，为了开花结果，心花怒放，每周去一次理发店的女人都要经受磨难，会被男人纠缠不休，抱入怀中。穿着成套精致内衣的身体与大腹便便的胖子交媾在一起，翻来覆去，就好像我们彩票中奖赢得了无限的体验储备一样。性感内衣被脱掉了，甩到一边，这样，当孩子出来拜访我们时，就是为了重新找到正在睡梦中的我们，并把我们储存起来，这种体验——就像我们女人喜欢尝试没有结果的经历一样——看起来总是不同的。

厂长在其肉体和榨汁机的诱导和怂恿下不知疲倦。他随心所欲、肆意妄为，比如说，在他用妻子和她的衣服堆成了一座小山之后，他就喜欢像狗一样，在他的妻子身上撒尿，这样，他的激情就可以来得更快，更陡峭地下坡。欲望的热度是开放的，并一直处于上升状态，对此，我们不需要法官来加以评说。这个男人玩弄和涂抹这个女人，就像她是他生产出的纸一样。他只关心和顾及他自己的舒适快感和不幸，他在还没有关上门时，就贪婪地把阴茎从袋子里拽了出来，把这块在屠夫那里还热的肉塞进女人的嘴里，这样她的咬合就会吧嗒吧嗒作响。当客人来吃晚饭为他们助兴的时候，他甚至还在他妻子的耳边胡言乱语，谈论她的生殖器。在桌布下面，他鲁莽地对她动手动脚，将手放到她的大腿上，耕耘着她私密处的犁沟，女人满脸恐惧神情，但受到控制，不能在商业伙伴面前叫出声来。这个女人应该绕不过他，所以他在短时间内就把她搞定了。她不禁总在想，男人会怎样用他那闻起来气味十分冲人的污物浸透她。他当着客人的面将手抓住她的阴沟，大笑着，把肉棍塞了进来。他们中谁不需要纸，不想达到性高潮呢，满意的顾客就是上帝。谁又没点儿幽默感呢？

女人继续行进着。很有一段时间了，这条奇怪的大狗一直跟着，期待着咬她的脚，因为她没有穿好鞋。阿尔卑斯山俱乐部警告说，死亡正在山中等着她。这个女人朝那条狗走去，它不必再等了。各家各户的灯很快就要亮起来，然后就会发生真实和温暖的事情，小锤子就会开始敲击女人们的罐头了。

山谷里萦绕着那些兼职农民工的愿望,他们都是上帝的孩子,但不是他们人事经理的孩子。山谷越来越狭窄,越挤越紧,像一台单斗式挖掘机一样收留了女人的脚印。那些失业者的不朽灵魂已经不再出现,可失业者则如教皇所吩咐的,每年都在增加。青少年摆脱他们的父亲,在穿越空荡荡的棚子和谷仓时受到父亲们诅咒的追逐,咒声尖锐如斧击。这个工厂亲吻着大地,它贪婪地夺走了人们的生命。我们必须学会合理有效地利用我们的联邦森林和联邦输送工具/开采手段。纸张永远都是需要的。你看,要是没有地图我们将会走向深渊绝壁。这个女人尴尬地把手放在睡裙的口袋里。她的丈夫肯定在处理失业者的问题,相信我,他正在为他们着想,并把他们带到了阳光下。

这是一条山涧溪流,在它的源头还没有化学制品在流淌。这个男人在女人身边的床上摇摇晃晃,只是偶尔会有微不足道的人类排泄物。斜坡变得越来越陡了。前方,在转弯处的后面,被毁坏的景观又重新生长在了一起。风越来越冷了,这个女人深深地弯下腰来。她的丈夫今天已经干过她两次,让她很是兴奋了一把,后来,他的电池能量似乎终于耗尽了。然而，他还是贪婪地带着巨大的沉积物，克服一切障碍，直到驱车进入工厂。地面嘎吱嘎吱作响，但大地还是紧闭着它的裂齿尖牙。在这个海拔高度，除了泥石流冲下来的鹅卵碎石之外几乎别无他物。这个女人的双脚早已失去了知觉。这条路最多只能通向一个小的锯木场，而这个锯木场通常处于停工状态，那里常常寂静无声。谁要是没有什么可以咀嚼的，那也没有什么可锯的。我们是孤独的，沿途的几间平房和小屋都是一样的，但又大同小异。屋顶上有老烟冒出来，屋主人在炉边擦干流下的泪水。茅厕旁堆积着垃圾，破旧的搪瓷桶已经用了五十年或更长的时间。还有木头堆、旧箱子、兔舍，从这些地方涌流出了大量鲜血。如果是人杀死了他的伟大偶像，那么狼和狐狸也会这么做。它们在鸡舍周围鬼鬼祟祟地徘徊，因为它们也很狡猾，诡计多端。它们只在夜里才出来。许多家畜从它们身上染上了狂犬病，并传染攻击人类——它们的上级。它们一起吃东西时，都要看着对方。同样，许多男人也会从它们身上染上恶习，随时攻击女人并强奸她们。交媾时，都看着对方。

略微从自己的观察角度出发，我们看到这个女人在她的性欲道路尽头消失了。太阳已经快要落山了。她笨手笨脚地走到岩壁边。这孩子有些心不在焉，他关心的是运动。这个男人的儿子，女人的孩子，其实是胆小懦弱者，他带着他的工具潜入浅滩，你再也听不到他的声音了。现在，这个女人最终也该回头了，在前面，只有一个人仍然被钉在十字架上：这是一种苦难——这种苦难使得其他所有苦难都黯然失色。鉴于这般美丽的景色，人们不知道是否应该无限延长这一时刻，还是放弃剩下的时间？照片往往能给人留下这种印象，以后，如果我们还活着，并能看到这些照片，我们就会非常开心。这并不意味着，我们可以把我们剩下的这些时间送进去，然后收到一个赠品作为回报。然而，万物总都有个开始，没有什么东西是应该永远结束的。人们走到田间地头，就是想给人一种疲惫的双脚从泥土里挣扎出来的印象。甚至连孩子们也只在乎自己的存在，并且几乎在还没有从汽车里跳出来之前，他们就想尽快地登上电梯斜坡。这样，我们就可以轻轻松松地喘口气了。

这个女人的孩子还没有超出下一个层次。他的父母还得替他在他的城市里做到这一点，在城市的主干道边祈祷，愿他们的孩子能够超越其他所有的人。有时候，孩子身上湿透了，就把嘴转向母亲，他的脸被磨损了一半，犹抱琵琶半遮面地已经从小提琴的领口里解放出来。

再来说说他的父亲。在县城的酒吧里，父亲谈论他妻子的身体就如同谈论一个由他的工厂资助成立的协会一样，尽管这个协会很快就要降级到理智联盟。从父亲的嘴里冒出来一些辛辣难闻的话语，都是任何书中没有的。当然，一个活生生的人不可能就这样恶语伤人，真看不出来他是这样的人！几百年来就不能小看这样的男人，他总是能重新站起来。耶稣说，他也不可能被杀死！

今天早上，这个女人还在做白日梦，梦见她在醒来的房子里来回徘徊，不假思索地走来走去，等待着她的丈夫闻她身上的气味来舔她。他现在想要喝橙汁还是葡萄柚果汁呢？在房事的飞行中，他愤怒地指着果酱。按计划，她应该等到晚上，等到他来，上床把龟头伸进她的体内的。他每天都在使用他的技术，就像他多年来一直在做的那样，难道他们就没有产生过一种酣畅淋漓的结果？也许一个人可以如愿以偿、随心所欲地击中他的目标。而男人生来就胸有成竹、目标明确，他们让父亲送他们翻山越岭，目的只是再次击落其他人。

地面上结了厚厚的冰。疲惫不堪的砾石斑斑点点地洒落在阴户高原上，仿佛有人在这种气候下丢失的一些东西。社区把沙砾送到这里，这样车辆就不会磨损爆胎。

人走的道路上没有铺设砂石。那些失业者踏着轻便的鞋底，游手好闲，无所事事，这给养精蓄锐的预算带来了压力，但几乎没有雪上加霜。有一个男人抓住了她的命运，他的双手已经捧满了丰富冷餐会的酒杯和盘子。这就是政治家们不得不把他们精力满盈的心转移到舌尖上的原因。这个女人抬起脚撑着宴席，托住这个盛宴。在这里，催化剂定律占了上风：没有金钱的加入，环境就不会对我们这些雄心勃勃的漫游者做出回应。甚至连那片迷人的森林也会死掉。打开窗户，进来感受一下里面的世界吧！然后，这个女人便展示了男人世界正在遭受的痛苦。

格蒂站在一块冰凉的床板上无助地摇晃着，她在奉献着自己。她的睡裙在周身飘拂。她双手伸向空中，一只乌鸦尖叫着。她的整个身躯向前倾去，仿佛她要掀起一场风暴，但她似乎又不甚理解这风是怎么回事儿，这风是在母亲节那天，当男人在桌布下面用嘴巴搜刮她的下身时，或在舔刮她生殖器的水坑时，在她周围制造出来的。女人总是追寻她经常被比喻为的"大地"，这样她就会敞开怀抱、袒露自己，并吞噬男人的肢体。也许可以在雪地里躺下休息一会儿？你也许不会相信，这个女人家里有多少双鞋子！是谁总是在刺激她多买些衣服呢？

何为人？这对于厂长来说很简单，那就是，她们之所以是人，就因为她们要么可以被消费要么成为消费者。厂长就是以这样的方式对这一地区的无地位者说话的，她们被认为是工厂的食物，却想要养活自己。如果她们会弹奏某种乐器或能唱上那么一曲，厂长就会得到双倍的期待。比如颤抖和手风琴：全身晃动和像拉手风琴一样推推拉拉、进进出出。时间在流逝，但她也该向我们说说了，可没有片刻的宁静。如果你有耐心而没拉小提琴，请听，立体声设备一直在唱着，响个不停。房间沸腾了起来，一束光朝我们透射了出来，为运动和休闲付出的代价幸福地升到了天空，他们又将再次躺在行动台上，直到根据台面大小调整到他们能承受的性爱姿势为止。

第五章

　　从超市里溢出的商品都一一被女人所接纳。每逢星期六，这个男人就应该成为伴侣，帮忙把她收进网里，这样渔夫就会唱起欢乐的渔歌。这意味着，他已经学会了这种简单的卑鄙方法。他默默地住在妇女中间，她们数着自己的零钱，并与饥饿作抗争。如果连人与人之间的联系都没有，那如何创造两个人之间的和谐一致呢？这个女人有人陪伴，她的行李有人提、包裹有人扛，都不会有任何大惊小怪的骚动或喧闹。因此，这位厂长在众人面前摆阔，设身处地为她们着想，占据她们的位置，检查她们，看她们买了些什么东西，尽管这原本是他女管家的事儿。他呀，像一个上帝，匆匆地走在他的生物群中，这些生物比孩子还要小，它们在诱惑下崩溃散去，比大海还要无边无际。他还要查看其他篮子里的货物，还有那些奇怪的乳沟，那里冒着持续的感冒泡沫，顽强的欲望被围巾遮盖着。女人阴部的这些房子通常阴冷潮湿，离溪流很近。当他看到妻子的怀抱，看到她少有的肉体展示，看到她美丽的衣服，当她笨拙地用手在生动的胴体上行走时，这一切，他就迫不及待，恨不能马上就把自己身上的肉体重量——他的阴茎交给她，这里的一切都像一张纸一样廉价，都是那么色欲、那么淫荡，就让阴茎在她那柔弱的手指下不断膨胀强硬起来，直到它发出灿烂的光芒。在她那淡淡的清漆指甲的玩弄下，他想看到他的小动物醒来，再次躺在女人身上休息。她终于应该在她的丝绸衬衫上做出努力了！他不必总是亲自动手，把她的乳房从上衣里抬出来放在他的手掌上玩弄了。这一次，她总得为自己服务一回吧，义无反顾愉快地奉献自己，而不需要他用手指花半个小时，费力地由阴茎来摘取果实。可这都是徒劳的。他在她的收银台前徘徊了一会儿，握着他那空荡荡的财富，正是在这个收银台面前，商品货物都得立正敬礼，射出的商品才使他像个男人。超市里有几个员工围着他手舞足蹈，因为他把孩子们带到了她们身边。有一些安排去了工厂，另一些现在不得不马上离开，或者向酒精屈服。时间对这位先生来说就显得并不那么重要了。

随着厂长的步伐，符合要求的购物袋匆匆穿过走廊，发出沙沙的响声。他脾气暴躁，有时他会狂怒地摇晃颤动、践踏食物，导致精液食物飞溅到空中。然后就把他的妻子扔到床中间，和她一起摆好完美的姿势，这样就可以让她吸着他排出的气体，舔着他的阴茎和肛门。在交媾进行中，他像练习过一样，急不可待地把她的乳房从衣服里抓出来，揉搓着，用绳子从乳根部绑住她那已经枯萎干瘪了的乳房，使它们相互拼挤，像一对快要爆炸的气球一样。他抓着她的领褂，弯下身子，好像要把她抱起来并征服她。家具转眼间就不见了踪影，顷刻间，衣服散落一地，这对男女与其说是紧挨着挂在一起，毋宁说他们已经彼此交媾在一起了。多少年来，这片区域一直被放牧。这时，厂长耸了耸肩，抽搐着抛出了他的产品，它可不是便宜的纸。它是更坚硬的东西，是人们在困难的时候需要的东西。人们喜欢把最隐秘的东西展示给彼此，以此表明双方都没有什么可隐瞒的，一切都是真实的，即他们对伙伴所说的无穷无尽、涌流不断的一切都是真的。他们互相派出他们的身体和肢体，这些唯一的使者，它们在事后总是又一次地回到他们身边。即使他们喜爱金钱胜于喜欢心爱人的喇叭和锥体，而且它们都被对方的狗舌舔过，狗牙咬过，他们也不会谈论金钱的事儿。在抽插和叫喊声中，微小的身体工厂就嘎吱嘎吱地研磨生产出产品来了。那谦卑的阳具财产，只抱怨被从孤独的有声电视机中翻滚的幸福所拖累，将自己的精液倾泻而出，像小溪的涓涓细流一样，进入一个孤独静态的睡眠池塘里，在那里，人们可以梦想和期待更大的货物和更昂贵的产品。那便是人类萌生的彼岸。

这个女人躺在地上，躺得很开，面对世界敞开心扉，滑溜溜的食物散落在她身上，一层又一层，不断增加。她的丈夫是唯一与她打交道的人，他善于独自处理一切。此时，他已经将身上的财富投入了原本陈设家具的空荡荡房间。也只有他自己的身体才对得起他，如果需要的话，他还可以在性欲运动中听到声音和回声。这个女人不得不像一只青蛙一样，侧身弯曲她的双腿，以便她的丈夫能够尽可能开阔地仔细观察她的私处，直至进入这个国家刑事法庭进行观察，并对其进行检查。她被他浇透了，恶灌满溢了，身上全是他的屎尿精液，她不得不站起身来，让最后一波液体滴落在地上，然后去拿一块洗涤海绵来清理那个男人——她性器的天敌——和自己身上的黏液。他把右手食指深深地插进了女人的后庭里。女人跪在他身上，下垂的乳房在胸前晃来荡去，乳头在她面前这头苍白的虎鲸身上蹭来擦去，头发飘进了她的眼睛和嘴里，额头上大汗淋漓，脖子窝里流着男人的唾液。她不停地擦呀擦，直到温和的阳光西斜、暗淡了下来，黑夜即将来临，这个动物又可以开始用他的尾巴鞭答这个女人了。

在从超市回家的路上,他们有一个共同的习惯,就是保持沉默。有些人为着试探自己的马力即性能力,便从他们身边匆匆走过,这种不能和解的状况都被深深地留在了他们的记忆中。路边那些牛奶容器充满了沙漠微粒的气息,已经准备好,等待着有人来收集。由于竞争的原因,农业合作社在整个地区相互追逐,也是为了不在最小个体农民面前暴露太久而被长期遗弃,因为她们不能提供很多的奶,也不能让她们因流血过多而死亡。这个女人把自己包裹在其沉默的黑暗中。而后,为了侮辱她的男人,她对着他那身穿得像呆板主教一样的布衣又笑不出来了,当他看到女收银员的手指时,他的大脑就会在布衣里面发出轻微的颤动声。而且,就像许多失业者的妻子一样,她绝对不能犯任何错误。厂长偷偷地溜到她身边,她不得不再次输入进所有的内容,以免太多的货物被泄露出来。这几乎就像在他的工厂里,只是那些人显得更小了一些,穿的是女人的服装,撩开衣服他们就可以从里面露出来,因为对他们来说,她那家庭接缝的衣服又太紧了。他们对接上她们的两翼,从他们的身体里射出孩子,父亲们向他们新睁开的眼睛里投以闪电。迷茫的女性顾客群,在购买狂潮中挤过那些被商品迷住的人们，以便很快又消失在她们身体里墓穴般的地方。在特价商品前，他们脑袋像岩石一样高高耸立着。这些特价商品并不是馈赠的礼物，而是使他们在造纸厂获得的收入减少了一部分。她们惊恐地站在她们的上司面前，她们没有想到他还会在这里，事实上，她们几乎没有想到过他。我们经常意想不到总有人在我们的门口，而我们还要对他们的食物负责。面团做成的小椒盐脆饼棒和鱼、用土豆做成的薯片或薯条，就是我们可以放在我们可怜阴暗处的所有东西。

这个女人双腿间的沟壑向着远处的地平线延伸开来。她的奶子分散开来，客户的最后愿望，就像一件被汗水浸透的内衣带子，已经从早晨疲惫的肩膀上滑落下来。姐妹们、母亲们和女儿们，这对高贵的厂长夫妇一次又一次地反反复复，在永恒的重复中努力奔向他的性欲劳教所，在那里，只要愿意他们就可以尽情地抱怨诉说，以求解脱。但是，从阴茎皮瓣和小洞口射出的，只有可怕的、不温不火的食物，倾泻进女人体内的牢房，并沾满她伸出的双手。生殖器与自然界一样，如果没有它的附件、它的产品生产过程和产品的小众追随者，是不能享受的。它被纺织和化妆品行业的顶级产品亲切地包围着。人们还把它装饰得很好，为它锦上添花。是的，也许性欲是人的本性。我的意思是，人的本性就在于追求性欲，直到他在整体上、在他的能力范围内变得与生殖器和性欲一样重要。比较一下，你就可以确定：男人就是一个吃货，看他吃什么东西就知道他是一个什么样的人。直到性欲将他压缩成一堆肮脏的东西，一个融化了的雪人，无所作为；直到他从出生就是男儿那天起，甚至连最后一个可以滑进去的洞都没留给他。是的，人呐，直到他们最终被审问，才知道关于他们自己的真相……那就请听我言吧：这些有失尊严的人，只有在他们结婚的那一天，才是唯一重要和热情好客的。但仅仅在一年后，他们就要为他们的住房设施和车辆承担责任了。当他们再无力分期付款时，一个家庭就会失败。但他们还在那张床上打滚，分期款呢！陌生人露出笑脸，引领他们来到她们的马槽。这样他们就可以在睡梦的呼吸中吹几口小干草，然后再继续前进。每天，我们都得在不合适的时间起床，彼此陌生，相距遥远，沿途只看到我们的那条小街。在那里，我们酣畅淋漓的性伴侣正在被别人渴望和使用。此刻，女人身上应该燃起了一团火。但它只是欲望死寂的余烬。当他们从阴部槽床的洞穴口爬出来时，午后的阴影就早早地落在上面了。在那里，她们不得不照顾尖叫的孩子，让他们从那个洞穴口直接进入工厂的深处。你要是累了，就请回家吧！没有人嫉妒你，你的美丽容颜早已让人不屑一顾，征服不了任何人，反之，他却迈着轻盈的脚步，偷偷地离开你，在那洒满露珠的地方，在熠熠生辉的第一缕阳光下启动了他的车，这与你那黯淡无光的阴毛截然不同！

　　工厂。哦，它是如何将那些未受过教育的人从取之不尽、用之不竭的管道里随意扔出，又让他们进入她的身体里，它又是如何在行事时发出的无穷无尽的噪声中，超越男人自身这个立体声音响系统的?！这个所谓人类的房子就是这个厂长的房子，也就是厂长在情侣肚子里的那个夫妻间牢房，当我们操作可乐机的时候，它绝对会使我们精神焕发，并留下不容置疑的清新感觉！它还是一个充满阳光和生机的帐篷，是一个制造纸张的地方。这个工地上的竞争异常激烈，在这里还安装了一个摇柄杠杆，尽可能将所有员工刨削成薄厚一样的纸板。在与这家工厂相邻的联邦州有一家康采恩集团，它有更强的实力，而且位于一条生产力更高的大动脉交通要道上，员工可以在这条动脉里流血和射出琼液。他那根木头在不知不觉中萎缩变小，乃至面目全非，于是就送进纸浆厂，然后又将纸浆再送到造纸厂加工，在那里，人们将缩小了的木头加工到面目全非。至少我已听说过，也很满意，我自由了，可以在炙热的正午时分，向那片寂静的森林倾吐我的回声。那些跟我一样躲在厕所里看报纸且不负责任的大军,他们移走了森林里的树木,以便他们回到原处,各就各位,并将纸浆食物包裹起来。然后在晚上,人们喝着美酒,也难免有些忧心忡忡。一旦发生争执,人群就会变得趾高气扬和神魂颠倒,就会陷入夜色的深渊。

这家工厂已经迁移到了森林旁边,但长期以来一直在寻求另一个可以更便宜地生产的国家。主干道上的漂亮海报让人热血沸腾、冲动无比,催使着人们走上了她们的玩具火车轨道。路线方针已定,厂长也已经发号施令,行进中他要吞噬公共资金——敞开的钱币。而资金的主人谁也不认识,其政策也捉摸不透、难以控制。清晨五点,人们驱车百余公里去工厂,却在红绿灯[1]前入睡了,在最后一个十字路口被神圣的红灯任意玩耍和夺走了生命,因为他们的脚一直踩着油门,大脑已沉湎于周六晚上愉悦的睡梦中。现在,再也见不到在女人私处屏幕上的那些温柔动作了,因为多年来,他们都是靠扒、抓、刨、擦,呼哧呼哧地从这个屏幕上获取食物的。

1　红绿灯(Verkehrsampeln)一词中的 Verkehr 也含交媾之意。

因此，他们要让所有的妻子再次振作起来，发出一些声响，这样，至少到下个月经期到来之前都不用再次听到法庭判官的号声了。在这个地方，流言蜚语和菜肴从来就没有停止过，那些被银行抛弃的人还在女人的犁沟处叽叽喳喳鸣叫不停，吞噬着最后的一点儿面包屑。而在他们的身后站着一个女人，她希望能有点儿家用钱，想给孩子们买些新书和练习本。她们都依赖于这个厂长，这个脾气温和——但这脾气又可以像船帆一样猛地翻转过来——的大孩子，然后，我们大家就坐在同一条船上，很快就在最后一刻，我们就从一侧摔倒脱落出来了，坠入巨大而狂野的一面，因为我们不知道如何更好地使用我们的千声部警报器。即使是在愤怒之下，我们还是会被遗忘，只因我们身上滋长了溃疡脓疱，我们就只好射入杂草般的阴毛丛中了。

第六章

　　这个女人正在练习着手淫,心烦意乱中,她无法从记忆中找到紧急出口了,只好沿着志愿消防队的一间旧消防水泵房旁边的篱笆墙摸索着。她可以自由行走,不需要牵绳引导。那还没清洗的马具从她头上被剥脱开来。现在她再也听不见她辔头上铃铛亲昵且熟悉的叮当叮铃声了。她默不作声地向上舔吮着自己,感觉仿佛有炮击、射击或电火花一般。因此,她不和她那位很不错的丈夫来往,他原本是一个绝对值得信赖和能在一起干事的人,一个还在长身体的家伙,不经意间就会被他生殖器里喷出来的火花点燃,也不和那个受过提琴大师训练的孩子为伍,因为只要他俩结合在一起,就可以放声歌唱,嘶声号叫了。此时,在她面前只有从山间吹来的寒风;整个空间被几条通向森林的薄薄小路环抱着。曙光初现,在女人们身体的小小房间里,她们的心在流血,她们的性在流血。她们自己孕育的东西,现在也还必须用她们的手臂来培育和保持活力，而她们的手臂已经满载着她们的希望。

这个女人顺着走向山谷切口的冰道，笨拙地走过封冻的浮冰。从敞开的圈门里跑出来的动物随处可见，紧接着里面就什么也没有了。动物的肛门朝她颤动着喷出污物。农场主并没有忙着刮除它们大腿上的污物。在较富裕地区大规模生产的马厩里，它们会为了满足非真实的欲望，受到训练牛发情的电动震动器的电击。而在茅屋旁边，可怜的木头桩子就在那里倚墙而立。在这里，至少可以说说人和动物了：凡人会被精液软化，积雪会使动物疲惫。无论是摇摇晃晃的弱茎植物，还是坚硬挺拔的劲草总要出来见光的，都要有光亮才能生长。人体伸出的滑沥沥的枝条滴着精液，如同结了冰的枝条上挂着冰珠。偏偏就在这个地方——连回声都中断的地方——这个被压成冰块的海岸上，搁浅了！在自然界里，还应该包括她的尺寸大小，没有什么比她更小的东西，能永远激起我们的兴趣，能引起我们的好奇心，刺激我们去卖弄风情的欲望，去给自己买一套民族服装或猎装。就像汽车接近远方的土地一样，我们也像星星一样，接近这片源源不断、无边无际的大观园。我们可不能就这么待在家里，所以，已为我们准备好了一家酒馆，使我们有了一个歇脚的地方，而且自然界也十分到位、安排得井然有序，这里是一个驯服的鹿圈，那里有一条林地自然小径。而我们已经彼此重新熟悉了。现在，没有一块岩石还要愤怒地将我们扔下去，相反地，我们注视着对岸，看到海滩上到处都是空牛奶包装盒和锡罐，我们了解和认识到了自然界对人类的消费设定了底线。春天会让一切都拥有光明，变得清晰明朗。天空中挂着这个苍白污点的太阳，地球上仅存有少量的生物种类了。空气非常干燥。这个女人——她的呼吸被从她的嘴里冻住了，她用她玫瑰色尼龙睡裙的一角捂住嘴上的气息。原则上，对每个人来说，生活都是放开的。

如同鼓风机吹出的气流迫使她发出了声音。这是一种不由自主的，且有点儿野性的嘶喊，它从她的肺腑里被逼出来，是一种震耳欲聋的声音。但她就像孩子一样无助，这我们已经习以为常了，她的呼喊声再大也无济于事。为了她心爱的孩子，她不能反对他的父亲，因为父亲毕竟填写了音乐和巡演等额外服务的订单。现在，孩子就在她的身后。也许现在，儿子——像一只塑料瓢虫仰面躺在雪橇的塑料碗里，刚刚端上桌子，还冒着腾腾热气——正朝着黎明投奔山谷而去。很快，大家都在各自的家里吃饭了，但在她们的心中仍然还有那个白天在地板上生孩子时发出尖叫般的恐惧感。最后,这孩子身上的腥气还没有褪尽,污物还粘贴在身上!这可是最后的污迹了。孩子们的存在像时间一样地自行消逝,女人要对此负责了,她们用食物喂饱长得和她一模一样或者和父亲长相相似的幼小雌雄同胞,并告诉他们又要去哪里。父亲用他的那根毒刺,把孩子们都驱赶了出去,流放到斜坡滑雪道上,在那里,他可就成了无人操纵的自由人。

这个男人的小拳头毫无意义地敲打在这个女人私处的栏杆上,最后的贞洁早已被抛在她的脑后了。孩子们的哭哭嚷嚷清楚地说明,当你沉浸在男女关系的环境中,生活该是多么美好。可明知如此,这个女人总是要另辟蹊径,走不同的路。她总是把孩子从公寓的管道里推到户外。她经常迷路,已经失踪了好几次,还迷迷糊糊地来到了乡镇警察局。在那里,工作人员伸出援手,照顾她,让她好好休息。而他们对待那些长期待在酒馆休息的穷人的态度就完全不同了。现在,格蒂在即将躺在星空下的元素中保持沉默。这个将为她失去亲人的孩子,厚颜无耻地进入其他人的车道(滑雪道),进入自己滑行创造的气流中。明白人试图远离他,宁愿不与他同行,但母亲被他的意志所牵引,从一个山谷滑行到另一个山谷,以便给他奉献一点儿东西。现在,她就像睡着了一样，激情已经逝去。喽啰村民们隔着玻璃抚摸着她的形象图，并寻求见到她，以便她能为他们向缝隙口扔进一句好话。她们为小孩子准备的奥尔夫（音乐）培训课程，孩子们都经常怀着沉重的心情试图逃离，可她们为父亲们保证了工厂的工作。这孩子被当作抵押品寄存起来。她们用摇铃、牧笛、锣鼓弄出了叮叮咣咣的响声，这是为什么呢？因为她把她亲切的小酒馆父亲的手和他的工厂（这个无家可归的工厂）的手作为诱饵钩挂在了自己的凹槽处。有时候，这个厂长走过来，把小姑娘们抱在腿上，玩弄着她们的裙子花边和娇小的暖茶裙，但他还不太敢涉足裙子里的深水区。然而，这一切都发生在他的手掌之中，孩子们用乐器的气孔吹出咯咯声来，而在她们下面，就在她们的身体张开的地方，有一根可怕的手指悄悄地，仿佛在睡梦中一般走进了这片林间空地。直到一个小时后，孩子们才会再次回到母亲的安全气息之中。让小家伙们来吧，这样一家人就可以在一条阳光明媚的小路上，在友好的气氛中享用晚餐，并配以精心制作的经典美味菜肴。在孩子们挤满了整个房间之时，女教师就得到了一个喘息的机会，她一动不动安静地坐在她的车厢里，在车厢的窗户后面，车站站长在活动着嘴唇，直到她的火车驶离车站。

这位厂长同意他妻子的所作所为，而在她健康状况良好的情况下，她也心甘情愿地容忍他植入的肉体。他几乎显得很惊讶，因为，他全盛期的肥料如何不断地消失在她那个他向她倾诉的安静洞里，他的货物如何一批又一批地卸在了她的船甲板上。有时候，令他们惊讶的是，钢琴演奏曲从她的袖子生长出来，然后又渐渐凋谢了。孩子们什么也不懂，只知道有人抚摸着她们的腹部和大腿内侧。这些不懂音乐的人从未学过什么外语。他们从无聊的视角向户外眺望，在那里，他们可以安然无恙地躺在一边。厂长从他的天堂合唱团走来，他们的父亲正在那里忍饥挨饿、极度口渴、苦苦挣扎，这个暴跳如雷的天神用指尖握着他们早已在冰冷的硬垫子摇篮里长大了的草莓。

它，这个小小的凸起物，极大地刺激着这个男人，几乎到了白热化的地步，把他压碎到要飞起来了，啊，这是一个孩子们都已经拥有的小突出物，他在上面攀爬时用两根手指将这个小凸起从这女人的肉体中剥离出来。这个女人仅仅展示这一点儿，对他来说是不够的。他还需要在她体内伸展、抬脚，在她身上甩来抛去。他是不是也想在她身上隐藏和休息一下呢？有时候，他还在因那沉重肉翅的声音而颤抖抽搐着，他几乎是在尴尬害羞地向这只温顺的动物道歉，尽管他曾吞噬和吐出过她的每一寸肌肤，但他无法在上面都盖上自己的印记。因此，到目前为止，人们对自己诚实的夫妻生活产品感到羞愧！

碰巧的是，有些人因为快到晚上了，仍然还带着他们的小伙伴，从一个村子走到另一个村子，立体声喇叭产下的双黄蛋随着音乐依偎着他们的头。有一位司机，客串了一下他的车，把车停在了这个女人身边。他的轮胎下溅起了水花。森林道路上都是些粗糙的碎石。大多数男人了解自己的车况比了解他们妻子的生平简历更加全面。什么，对你来说恰恰相反？你真的那么了解自己，不亚于那个每天使你改头换面、焕然一新的普通人？你清除了你的旧橡皮圈，不就是为了揭开生命的奥秘吗？然后，你就可以幸福满满地坐下来了！

所有打算通宵达旦借酒消愁的人，请站起来，到一边去！剩下的给那些想要整夜喝酒的人，直到他们喜欢上另外的一个人。这个夜晚，越来越多地容纳了所有的酒瓶子：那都是一些从襁褓里出来在她的插图杂志上手脚乱蹬、哭闹不停的年轻人。如今，她终于可以打破那个滴着酒水的玻璃容器了，她在这个容器里已经像一个长大了的梨子，在迪斯科舞厅里画着她的手背，在钢桥栏杆上绘制着她的脸。这就是世界的发展。可以直接进入我们的身体里了。年轻的失业者都拥挤在通向自由的道路上。他们羞怯地折磨小动物，把它们关在安静的马厩里。县城的修理厂和闪烁的理发厅都不接受他们。当村里的一些小男孩儿鼓起了他们的小翅膀，低着脑袋撞到造纸厂时，工厂也假装睡着了，以避免引起社交问题（的麻烦），因为孩子们也想同许多人一起在造纸浆池里搅动劳作。然而，他们没有这么做，只是贪婪地看着杯子的深处。在工作日里，他们穿上了最好的衣服。那些在家里经济实力不强的人，就是率先从工厂里飞出来，在这个女人的家里创造最大经济价值的人，这样他们似乎就可以自给自足、丰衣足食了。人事部经理声明说，那些私下里屠宰动物的人，不可能完全把心思放在工厂里。不能脚踏两只船，三心二意。否则，不是孩子生病，就是父亲自缢身亡，甚至苦干了一场也会一无所获。

此时，这位乘客被亲自邀请到他的车上，在冰冻路面，紧挨着这个女人驶了过去。他虽然很年轻，但他已经完成了大学正当关系学和中学技巧课程的学业。即使无须关照父母，但他这位高级职员也得走那条枯燥的路，才能最终抵达奥地利人民党选举海报上空间狭窄的祖籍地。这条路就如同我们从门口到暖气片和报纸那么遥远，在这个国家中，这让我们这些中等收入水平的人都很舒服。父母在这里买了一栋周末度假的房子，不用担忧，签了房贷合同，没什么大问题。这所房子主要用来休息、运动和运动前后的休息。相反，这个年轻人是一个贵族兄弟会的成员，在那里，贵族阶层会把市民的眼睛熔化，然后立刻将他们封印起来。在联邦体操预备期刊《维也纳青年》上不值得一提的，就是这小伙子没有管理好的东西。他的结合本身并没有令人信服的证据，而人们但凡不想得到东西，就彼此取笑嘲弄。小的无情地落在对方身上，但大的让他们的光芒闪耀，在证明他们到来的强大阴影中，攀爬到其他人的手上和头上。然后，他们打开她们的肠子，在他们制造的气流中膨胀起翅膀。人们没看见他们的到来，但是他们突然间就出现在政府和议会里了。那些农产品也都被恭恭敬敬地摆放在了货架上，一旦进入腹腔，它们就会释放出毒液。

这个女人该停歇下来了。整日整夜都下着雪，山间寒风刺骨，穿过树叶射下来的光线已经消失了。这个年轻人刹车太猛，以至于那几部他久违的书掉在他身上，它们溢出溅到了前排座位的脚坑里。女人侧身看着窗户，对着一个昨晚还在自斟自饮的脑袋，就像这里所有绝望的人们一样，看到她胯下的地面正在蒸腾、冒着热气。他们在短暂的互望中认识了彼此，但都没有在彼此的身体里保存和记住什么。这个学生说出了几个她肯定知道的高贵名字。高处的四周都被套上了雪罩，闪耀着光芒，熠熠生辉，雪罩一直抵达深处，正是在这里，人们对新滑雪设备的愿望才得以在男人的车间里锻造。

与此同时，厂长在他的办公室里等着，当我们使劲儿地敲他的门时，他不会再帮助我们。他们跑到他的家里来，被父亲打得鼻青脸肿，被牛啃得体无完肤，这些农家子弟，已经敢于踏入这个行业的低工资群体了。他们很快就发现了这些妇女们，便大声狂吠地跟她们打着招呼，而那些女人遇到红灯时就在车里涂指甲油。他们是我们铺了台布的餐桌上的小客人，所以他们会及时地意识到，他们在社会上是多么不受欢迎。他们甚至无法从自己的座位上看到满桌子的社会负荷，他们坐在皮裤底端发出尖叫声，因为，已经有一个人代表他们坐在那里，想喝她刚从罐子里取出来的浓缩生命果汁。他们就像是大地之子，被造出来就是为了爱和受苦的。但是，一年以后，他们只对疯狂的行驶赞不绝口，从轻型摩托车到二手的大众汽车，无所不能，行进中被气流吹起的毛发拍打着他们的头。旁边的河流尽情地流淌着,最终,海纳百川,毫不犹豫地将他们都一一接纳。

这个女人太累了,好像她想随着她那仍然健康优美的身材向前倒去,而她的身材大部分被她的丈夫所遮盖。即使她只迈出一步,全世界的目光都会聚焦在她身上。她被埋在她的财产之下,这些财产高高隆起,泛着柔软的泡沫,一浪接一浪,仿佛从一个低矮的地平线到另一个地平线。然后,热心的村民和他们勇敢的狗走了过来,在成千上万次有关她的行为和财产的谈话中把她又扒了出来。几乎没有人能说出她的长相,但她所承载的,是这首赞美诗,是会众在周日的教堂里应该听到的那首赞美诗!成千上万的微弱声音和火焰,从阴暗的车间里飞向天空,在那里,为人们准备了多种日报,用泥土把它捏成了容器。厂长关心的是购物篮,他是一群女人中唯一的男性,故是一个中心人物。村里的女人们只是男人们肉体的附属品,不,我并不羡慕你们。男人们如枯萎的干草,倒在电脑打印出来的纸张上,他们的命运和他们必要的加班加点一起都被记录了下来,以便能够愉快地触摸到生活中更好的琴弦。下班后,就没有时间与孩子们开玩笑了。报纸像气象风向标一样在风中翻转,造纸厂的员工们随着歌声得以呼吸,发泄自己。在学校的时候，我还不知道，他们都表现不错。当他们后来成为商业、贸易和工业中的空穴或体育比赛组织中的黑洞时，他们必须忘掉这一点。世界青年运动会已为他们筹备好了，但当他们获知此事时，已经太晚了，他们还是会在家门口的浅坡上滑下去，这毕竟只通向另一条冰冷的道路，通往烟草商那里，在那里，他们就知道谁是获胜者。他们在电视上观看这一切，也希望自己被做成这般美味的佳肴。对他们来说，这项运动是用捆绑的双手所能实现的最神圣的东西。它类似于火车上的餐车，虽不是必需的，但它把无用的和不愉快的东西结合起来。这样人们就行得更远。

从黑暗中出来，厂长的妻子应该上这辆车，以免她受凉感冒。她不应该大惊小怪，但当她们——黏糊糊的丝线——首先给家人奉上食物，然后又抱怨不断，使家人失去了胃口和兴致，也不应该像女人喜欢的那样把自己封闭起来，藏而不露。这个男人整天生活在她的美貌面前，到了晚上，他们就会唉声叹气，抱怨不停。从他们窗外护栏的包厢型座位上——花和叶子形成了一个尖尖的堰塞湖——他们凝视着别人跨越的拱门，于是他们放开了自己已疲惫不堪的渴望。他们穿上节日的盛装，预先备好了三天的食物，走出家门，跳进这条河里或这个水库里，就像一个人躺在了自己的床上。

　　这名大学男生注意到了这个女人穿的拖鞋。他以助人为业。这些怕老公的女人穿着纸拖鞋，站在那里已经好几个小时了，她们绝望地让人把食物胡乱塞入她们的体内，这类食物都是她们的家人所鄙弃的。她从一个放在嘴边一个口袋里的瓶子里喝了一口。她和村妇们，还有我们所有人：脸上滴着露水，面对着厨房的炉子，清点着我们消耗食物的分量。这时，这个女人跟那个年轻人低声耳语了几句，她算是找对了人，因为他也经常喝醉酒，并多次在会友聚餐的桌上醉倒，从惬意的连接器表[1]上醉落下来。可在她还没来得及眨眼的一瞬间，他已经出手打入了。而且她的感情刚一涌上心头，昏昏欲睡的脑袋就已经依偎在他的肩头了。车轮发出吱吱嘎嘎的声音，而且还要继续前行。这时，一只动物站了起来，已经听到了它的插入。这个年轻人也准备在这个女人的存储箱中挖掘出一点零钱。这一次，一些不同的、新的、顽皮的、意想不到的事情发生了，事后就可以给它披上一件看起来平淡无奇的谈话外衣。这些学生联合会的同伴们早已缴获了他们的第一批敌人，并将他们的毛皮挂

---

[1] Rechtsverbindertisch，隐喻女性私处。

在肩头，这毛皮曾经被一位慈爱的母亲认真地梳理过。现在，人们急不可耐地想满足自己的欲望，总算可以吃一些从别人身上切下来的有营养的东西了。这样，他们就会变得又大又壮，甚至有朝一日在领导层的海洋里搅得风生水起。是的，大自然是严肃的，但我们很高兴给它戴上锁链，这样，我们就能够违背它的意愿，以达到我们的目的。自然力正在疯狂肆虐，我们已经进来啦！

第七章

在周边地区,被压迫的人们似洪水泛滥,漫过楼梯,从华丽的门廊上跌落下来,他们不知道自己的主子是谁了。他们在驯服的皮囊中不会出现过头现象,向目标外射击。早晨,收音机厚颜无耻地大声喊道,人们应该起床了。不久,他们爱恋过的温床和汗水淋漓的床单都将被抽走。现在,他们在妻子身边摸索,弄脏了精心维护的财物和已拥有的幸福。时间在缓缓地流逝。在到达退休年龄之前,他们是必须要赚钱谋生的。直到他们最终得到彻底的回报,得到他们认为一辈子该拥有的东西,才得以闭上眼睛,养精蓄锐,他们只是作为客人才被允许待在眼里,而他们的妻子则通过不断地使用,耗尽了那个东西的生命。只有女人才真正在家里,而男人们则在夜色中蹒跚地穿过灌木丛,跃上了舞池。说到造纸厂,在工人们多年来一直有用的情况下,工厂又再次抛弃他们,但是,他们首先要进入最高的楼层去取走他们的纸质证件。

在他们当中，这位厂长夫人是一位安静、沉默的白种女人。即使是好的烤肉也不能使她像我们一样，高兴地继续生活下去，享受生活的快乐。小孩子们被带到她的身体里，这样他们就能学会鼓掌和摇铃。直到这滋润的音乐戛然而止，沉寂下来，工厂才让她的号叫声响彻山间，超越群山之巅。第二天清晨，父亲们睡眼惺忪地把荡漾的喷泉倒进浴盆里，学徒们都还沉浸在音乐声中，闹钟一响，他们就更加粗鲁地醒来。在新铺瓷砖的浴室镜子前，半裸的身子拔地而起，拉链闪着光芒，小公鸡从裤缝里探出头来，带着体温的水被排泄一空。这个洗手间可能就像一幅你在镜中的自画像。所以，这里是你的世界，要像对待自己一样对待它，可以在此随心所欲了！

一辆汽车停在了这个厂长的夫人面前，一只动物朝外张望了片刻，就窜进了树林里，此刻，它在那里面静静地休息。当然，夏天里，人们也去自然界中，卸下原本沉重的生命之舟，在那里轻松释怀，也在那里摇摇晃晃。汽车很暖和，天空似乎一下子低了很多。时间在流逝，黄昏临近，爱慕萌生，兴趣犹存。林中的小鹿这时开始活动了，在冬天，它们过得并不比我们好。顶着仪表盘，这个女人哭了起来，她在手套箱里寻找纸巾来抚慰她的悲痛。当汽车开始启动时，野性般地翻找挖掘的天赋被充分显露出来。紧接着，这个女人迅速拉开了正在缓慢启动的车的门，一头扎进了森林里。她倾注了全部的感情，她不得不跳出自己，除非她像她的欲望本能一样，牢牢地把自己困在她身体的遥远视野里。这就是书上所说的，人们可以从中廉价地了解自己的一切，因为人们很珍视自我，否则就要付出昂贵的代价。这里，仿佛有蚊子和另外一窝莫名其妙的幼崽，将这个女人打入气流中，跌落在一根树桩上，陈年雪峰划开了她的脸，然后消失在森林最黑暗的地方。不，不是消失，而是她在那前面继续奔跑着。被树枝上的黑色卷毛绊倒了。紧接着，她再次心甘情愿地主动拴上绳子和皮带，使自己回到原地，让自己被塞进去，一直塞进座椅的底部，销魂般地闲散，舒服极了，非常轻松，整个胯部都被塞得满满的。此时，在她的内心深处，她觉得自己在变大，也乐意为自己服务。她此刻的心情，有一种恰似云里雾里、云卷云舒的感觉，像一列快车在她身体的站内飞驰。就连站长那薄薄的发车信号牌刮出的气流也几乎可以把她掀翻了。她听着自己的声音。她只听自己的声音。对这些有情众生来说，这来自苍天的威力是多么猛烈，充满了强大的电流冲力啊。这些人拥有足够时间，为他们寻求无人操纵和四处乱飞的感受制作飞行员执照，这样就可以在她们体内飞来飞去，这该是多么美妙啊！

到了中年，这个女人总是喜欢相信，其他那些逃跑的妇女有着圆滚的卵巢和膨胀的胸脯，为了前往一片更加茂盛的土地，她们必须运动，在那里，她们可以更加小心翼翼地为某个人抹去泪水。她还非常崇拜偶像，作为一个费用包干的旅行者，她喜欢参加她所有考虑周到的激情之旅。她可以在任何她想的地方与自己相遇，也可以在同一时间逃离，因为在别的地方，她可以与她的内在自我有一个更加辉煌的邂逅，在那里，她可以坐在云端，让他的欲望酒杯中更多的激情倾泻进她的身体里。就像一种连接，她可以转瞬即逝，惊鸿一瞥，随时都可能中断。

这与艺术有些类似，跟我们与艺术打交道的感受相似，我们每个人都有不同的东西，但我们中的大多数人却感觉到一无所有，然而，我们同意从我们身上把那最后的一点儿东西钻探和挖掘出来，呈现给对方，只煮到半生不熟，就让对方吞噬。就像房间着火一样，那是我们从小小的火炉里扇风点燃起来的。就像在一个冰道上，我们很快地就能满足自己的需求。阳光普照，我们的大厅，在那里，沸腾着对生活的欲望，也被加热得更加美好。万物都是炽热的，充满了精神，这精神被火焰温暖，在我们的上方升腾，以便别人能看到它。要是有一天，我们因失去了脚下的土地而摔倒，并坠入爱河，就不得不向我们的伴侣提出更加没有节制的要求。我们就是这样以各种身份在山丘上漫游，跑来跑去，直到我们的尖顶帽跑丢了，这是多么幸福的事啊。

这个大学生骑在他那高大而又昂贵的马的背上，仔细倾听着这个女人如何把自己交给他。这是一个独特的时刻，使她进入了她的情感殿堂，在那里，像植物苗圃般的宁静，却充满了狂热的交谈。她一股脑儿地把童年的日子和她那个时代的谎言都从她的口中流露了出来，令人不寒而栗。这个学生跟着她的思路被引到了她的斜坡上。女人继续叙述着，这样她就变得更重要了，而她的话语在她恍然大悟的那一刻就已经与真理分离了，看起来有点儿美。当这个家庭主妇因孩子哭闹、食物烧焦而要向内地转移时，谁又在倾听这些呢？这个女人在不停地说，越是滔滔不绝，她就越希望在她和这个男人之间仍然保持一种神秘感，换句话说，有足够的乐趣，他们很乐意进入彼此稍稍安静休息，不喜欢那种大起大落，刚冲上去,然后马上又掉下来的感觉,或者一下子就冲出去。

谁没有像器官一样曾经感受过痛苦呢?我们在哗啦哗啦的煮锅里有感而发地生产,让蒸汽唱歌。但是,谁会被裁员解雇的威胁所折磨呢?他们用额头撞击造纸厂,这家康采恩集团公司可能不得不放弃这家造纸厂,因为它已经变得无利可图了。此外,这家造纸厂还污染了这条溪流,已经有许多生物在成长,他们笨拙地磨尖他们的钝爪子,倾听着自然界的声音,那就是终于学会了说自己孩子们的语言。因此,这些高等学校培育出来的人,能够理解自然界在说些什么,了解她的空气和水中发生的事情。在这些唇枪舌剑、相互争论的人的脸上洋溢着笑容,因为他们都是对的。就像他们的感情一样,自然界与他们的感受是一致的。环境保护部门从已变质和起泡的水中小心翼翼地提取了样本,精心培育,但在自然界的某个地方已经被撕开一个新的伤口,他们都必须赶快奔向那里。过了一段时间,正是保育箱有需求的时候,前仆后继,人类的排泄物从前前后后射了出来。它们就像排泄物一样已经被射进去了。可不是吗,它们都是造纸厂在其居民和搬运工的帮助下生产出来的,那就是纸张,是我们的肥料,是我们留在沙发上那些血迹斑斑的皱褶，在这上面我们还可以记下我们的思考。无论我们要向对方说什么，让我们所爱的人在黑夜无声无息地消失，并在他们的排泄物上把自己提升到闻所未闻的伟大境界，都不会感动我们所面对的人，因为他正忙于自己的关切，并且每天都要清空洗净和重新填充。

在这个地方，幸福感越强烈，人们也就越少谈论它，这样人们就不会在这里迷失方向，邻居也不会羡慕和嫉妒。那些被工厂抛弃的人必须勤奋努力地四处寻找，以便他们可以在其主人心仪的企业中获得信誉，受到重用。他们的主人，就是这些居住在黑暗中的坐山雕，他们只要点一下他们的圆珠笔头，就有可能改变猎物的命运。但事实并非如此，因为，阿尔卑斯山的儿子们正无所畏惧地在轻质结构桥梁上跨过深渊，但他们也不得不弯下腰来。他们最爱的人都住在那遥远的地方，因此，他们必须去看望她们，去玷污她们，在她们家里和她们一起喝上一杯加了可怕调料的咖啡。然而，他们并没有意识到她们的感受，在她们向他们解释的时候，他们也不会注意听。

这位年轻男子爱慕着这个女子，向她靠拢，女人却稍稍挪开了一点，与她亲爱的亲戚——欲望者们聊天。

从她那双美丽的大眼眶里流出的泪水，正好滴落在她的胯间，那里可是欲望者们居住、期待和接受割礼的地方。我们毕竟不是一切事情都必须马上发生的动物，我们会理性考虑，我们的伴侣是否真的适合我们，在我们拒绝他之前，不知他有什么能耐，能否担当得起。现在，我们把所有的杯子放在一起，这些年来已收集了不少。人们只需牢记始终在水面上游泳，这样就可以看到远处的其他船只，观察到他们邀请了谁和装载的所有东西。他们反过来也可以静静地看着你是怎么挺不住而沉沦的。而且，穿着泳装，身体上那些本可以更好地隐藏起来的部分就会厚颜无耻地突显出来。没人比主人更了解他的身体、他妻子的那个房间，但这并不意味着就可以直接邀请别人。为什么另一个男人不能爱上我们呢？然后，那他为什么不这么做呢？

这个年轻男子从格蒂的肩膀上脱去了睡衣。女人在她的位置上已不能抑制住她自己，她扭来扭去的，似乎想占据更多的位子。正如他们亲密的卿卿我我的关系从他们的领口呼之欲出，但他们更喜欢坐在他们有权炫耀自己的地方，现在那里树木繁茂，别无其他。格蒂还没有来得及摆脱她房屋的安全带，一位年轻的法律官员就试图把手伸进她的手套箱里。人们可以稍加考虑，一个健康的人身上能有多少空穴凹洞呢，更何况一个有病在身的人呢？这个女人用她话语的利器敲开了她的胸膛，该学生便立即把他的意见碎屑和其他爱的礼物塞了进去。米夏埃尔最终把车停在了一个野物饲料槽前。是的，这些有权有势的人和他们的林业官员非常喜欢建造艺术天堂，然后，让自然界进入其中，笨拙地到处撞来撞去，无休止地发生冲突。如果女人知道如何为她们在地球上的丈夫和孩子准备好伊甸园，并适当地添加食物佐料，她们就被应许进入天堂。她们得不到片刻的休息，并被折磨得很痛苦，因为，在灌木丛中还有东西在闪闪发光！

这位青年男子希望，有一条渴望的小溪从这个女人身上流淌出来，他心满意足地趴在她的身上，用他的插头把蚂蚁从她的洞穴中捅出来。这些灵活敏捷的小动物被她哄骗出来，然后立刻向四面八方咆哮而去。要掌握它们实在太难了，但有时候就像梦幻一般，它们会自己出现。然后，人们还可以添加一些货物，这样就可以把那根粗糙的大木塞完全塞进洞穴去。这时的身体应该一直在激情燃烧。我们用一切手段来照顾它，只是为了让性器再颤抖一下，我们不能让它休息，必须经常用打火机点燃它。那些过早就先发出光芒的树干也必须被砍伐掉，这样我们才能展开双臂，让我们反正被赋予的生命一次次沸腾起来，一次次窒息下去。随着更年期的到来，女人生命中的溪流变得稀疏起来，并且很快就会断流，她们一直在寻找第二片水域，为了使其尽可能地滂沱，可以与之一起流淌，于是，一系列豪华的性爱符号和绚丽的爱情标志，像旗帜一样铺天盖地展开来；还有，动物们把它们的舌头伸进她们的水槽里，或者她们自己用电振动器骗出体内的液体。

在地板空间里，格蒂的梦想之布皱巴巴的，被人从她的肩上撕扯了下来。她把自己被毁坏的生活都抖落倾注在了这位男人之子身上，可他什么都不想，只想尽快地享受并填满她。她仍然顽固地待在这个灯火通明的巢穴里，是因为男人车内的射灯把光线洒在了她身上。她尝试着站起来，跳跳蹦蹦地进入她刚刚经历的生活。在保护着两个躯体的车顶上，不可动摇地扣着一对滑雪板。这预示着两个相爱的人总是交织在一起的，当然他们也随时可能会从感情的梯子上掉下来，因为在他们伴侣幸福的眼神里，那些他们没有在菜单上选择的东西使他们感到不安。顷刻间，他们将更好地了解对方，并巧妙地处理他们命运的转盘。

在车子里，是如此美好和温暖，血液在身体里沸腾，闪闪发光。同时，在自然界中，它却变得如此空空荡荡，令人吃惊。远处没有听见孩子的哭声。现在，她们的嘴被堵住了，在狭小的农舍房间里咆哮着，在凌晨的黑暗中，她们在那里遭到了父亲的狠狠恶灌，这些妇女的手上都得握住男人的巨无霸。外面冷气袭人，呼吸在下巴上结了冰。然而，这位母亲已经被她不怀好意的人猛烈地猥亵着。她的万能之主，这位工厂厂长，这匹身材魁梧，还在蒸腾着烤肉的高头大马，想没完没了地用胳膊和腿搂住她，不耐烦地剥开她的水果，使劲儿地舔着它的果实，然后，把他那永久件插入她那缝隙里。女人的这个地方就是用来被咀嚼的。他恨不得把她下半身的皮都剥掉，蒸熟了，趁着热气腾腾的，加上他那上等的调味汁后给吞噬下去。在他的大腿间，那性器熟练地待命。密集的毛发簇拥着沉重的麻袋，顷刻间，他就会在她凹陷的货场里卸下货物，发泄一通！当男人因饥饿而肿胀时，有一个女人就足够了，他要走他的正道。他想用他的枪头猛烈地敲击着她的腹部，试探是否有人在家，看看里面的反应。然而，令人感到好郁闷，阴唇终究还是应该分开来，塞进一条粉红色的平底裤里，好与其他类似的、以前认识的人进行比较。此外，与其他所有的交通幼儿园[1]相比,这个男人更喜欢口交和肛交。男人们除了让自己凉快一下、取下安全套、甩一甩卷发、欢快地跳进洞穴里去,他们还能做什么呢?这方面,任何人都不会迷路,也没有人会觉得声音震耳欲聋。

这位厂长的夫人是这里大多数女人羡慕的对象。她们必须随身携带着她们宽阔的骨盆,以便男人们把脚放进骨盆的热水里,打开她们的泄洪水闸和扩张她们的血管。这些重量级的野母马只有一种可能性,那就是被选中:她们把这个支离破碎得只有垃圾和废墟的家庭沸煮成一个温馨的家园。直到院子里长满了他们的无花果,但男人们还是喜欢浇灌别人的犁沟。而女人们则待在家里等待着,期待着画刊向她们展示她们有多棒。因为,毕竟她们被干巴巴地包裹在丑陋的家务劳动所用的一次性尿布里。但是,她们友好的骑手们都很高兴能骑上她们——这是多么幸福啊!

---

1 交通幼儿园(Verkehrskindergarten)一词由 verkehr(交通,交媾)和 kindergarten(幼儿园)组合而成。

第八章

我恳切地请求你们：为大家创造气流和情欲，它属于每一个人！

此时此刻，这个女人正向你走了过来，请少安毋躁。她得事先明白：如果我们所有的感官都亲密在一起，且又专心致志，接吻时（无论你想在哪里溢出，那就射出来好啦，无所谓），当然是件好事儿。这位大学男生表现得很棒，以至于她让他摸索骚扰。他把手放到她的大腿间，目光顺着他的手摸索的方向。他只顾自己把手伸进她的内衣，包括那件普通的睡裙也被脱掉了。就像许多人那样，如果他们假性器用得太久，又不得不乘坐可怕的公交车的话，那他们就会遭受可怕的痛苦。主人，更确切一点说：他这个三位一体欲望的占有者，更习惯跟我们在一起，他不再让我们离开她热情好客的底层公寓。对这个三位一体我还得再解释一下：女人被分为三个部位。如果你要触摸女人的话，那就是抚摸她的上部、下部或中部三个部位！直到她们可以沉湎于各种运动场馆快乐愉悦的气氛中，在那里，他们拥有彼此，但无法理解对方。她/他们在那里发狂咆哮，大喊大叫，扔出她/他们的果核和果皮。所以，现在这个女人已经迫不及待了，想要别人来将自己内心深处的楚楚动人驾驶一番。

不可能仅仅是过道厕所把我们驱使到了大门边，简直不敢相信，还是在午夜时分，我们很诡秘地向四周瞧了瞧，看是否有人在窥视，我们把手一直放在性器上，仿佛惧怕在我们还没有把性器放进他自己手绘的纸盒子里做爱之前，我们马上就在下一个交叉口再次失去它似的。

在众多的住房选择中，这位年轻人偏偏选择了这一间，这个房间不仅没有停下来，保持静止，没有，它甚至在黑暗和寒冷中匆匆地出现在他的前面，催促他！这时，他才发现，原来他是在做梦。这个格蒂还在他面前的野物饲料槽喂食。在这个地方，很多人都曾谈到接吻，打开他们的手电筒，向墙壁上投放出他们巨大的影子，这样他一人就能显示出多一个人站在面前，而不是一个人歪歪扭扭地吊在滑雪缆车上。仿佛他们能因欲望而长高，发出一阵大比一阵的淫荡叫声，再一次把球扔进篮筐,甚至准确地投中!一个球员是可以长大的。为了出现在搭档面前,他们就得拿出浑身解数,把自己的能量都发挥出来。有这么多迫切的日常工作要做——将肮脏与卫生联合起来——目的就是彼此拥有,也许这样讲有些不恰当。就在这家尘土飞扬的烟纸店里,我们的结局是,有两件最简单的几何状家用物品互相靠拢,向对方移动,因为他们本来想要相互切磋一番(以求焕然一新!)。现在!突然,一个身穿连衣裙的女人站在走廊上,手里拿着一壶水:她是引发了一场暴风雨,还是只想给自己泡一杯茶呢?马上,就有一个女人把这个最柔滑而又冰凉的地方变成了一个宁静的港湾,一个有蛋的鸟巢。也就是说,一个女人可以在她通过隐秘或亲热来回报你之前,就先让你有一种宾至如归的感觉。终于,有了这个年轻人,一个将来很可能是最伟大的知识分子的人,进入了她的生活。现在,一切计划都可能改变,我们马上制订一个新的计划,把我们真正充实起来。什么,你的孩子也拉小提琴?但肯定不会是现在,因为没有人按下他的启动按钮。

过来吧,她冲着米夏埃尔喊道,好像她还要从一个讨厌我们顾客的商人那里收钱似的。但是,他不能没有我们。他必须把一切都带给我们,这样我们才会付钱,才能让我们彼此受益，都得到回报。现在，这个女人终于想让自己变得激情无限，欲无止境了。首先，我们互相冲击，一、二、三（你也可以模仿跟着做，就像你坐在小轿车里，你的速度如同你的思维无疑都受到了一定的限制），对准我们的嘴巴，然后，对准我们各自身上的每一个空隙，这样，我们就可以学到一些东西。于是，伴侣就是我们的一切。再过几分钟，米夏埃尔就要进入格蒂的身体里去了，他几乎并不认识她，甚至不曾见过她，跟一个卧车乘务员事先总是拿一个硬器敲她的门一样。这时，他把这个女人的睡裙掀到头上，用他那自感激动的嘴朝一直非常孤独的女人靠近，她很害怕在柜台前排队，我们也站在队伍中，把裤门后面的那硬通货紧紧攥在手里。一旦涉及品味问题，我们各自就是最激烈的对手，因为萝卜白菜各有所爱，可不是吗？但是，如果反过来，我们想取悦别人呢？我们现在该怎么办？是在我们无边的惰性中，将性器呼唤过来，让它为我们工作，还是怎样的呢？

米夏埃尔将这个女人像无轨电车顶上的两根悬链杆一样的两腿拖过来架在自己肩上。在他研究般的冲动中，他很仔细地观察她那尚未冲洗的缝隙，这是每个女人身上都有的一个软骨性的特殊版本，呈薰衣草或紫丁香风格的不同色调。他稍稍又往后拉了一把，更加仔细地观察他曾在那里一次又一次消失的地方，目的是粗野地重新出现，并成为一个完全的鉴赏家和品尝家。可是，他也有自己的缺点，在这些缺点中体育运动并不是最小的缺点之一。这个女人在呼唤他的名字。她的示范者，勾引她的人怎么啦？格蒂没有得到洗澡的机会，所以她的洞口就变得浑浊不清了，就像被一个塑料罩盖住一样。这时，谁要是能够忍住而不立即把手指伸进去（你可以用豌豆、扁豆、安全别针或玻璃球），他很快就会得到她最小的、或多或少总是有些痛苦的热情赞许。这个女人不屈不挠的性器看上去毫无计划，那它到底是用来干什么的呢？也许就是为了让男人与自然界抗争吧。同样，也是为了那些从某个地方来吃下午甜点的孩子和孙子们吧。米夏埃尔看着格蒂那复杂的建筑结构，像被长矛戳住一样长时间大声尖叫起来。他拉着她的阴部，那里散发着难闻的分泌物气味，在他的面前揪着毛发，就像他在把一具尸体开膛破肚一样。俗话说，看马要看牙，因为通过马牙可以看出马的健康和年龄，从阴户看，这个女人已经不那么年轻了，但尽管如此，这个发怒的猛禽仍然在她的阴门前面扑扑振翅、忐忑不安。

米夏埃尔笑了起来，因为他是独一无二的。我们是否能通过这种行为变得聪明一些，使一个人跨越到另一个人身上，能和他交谈和相互理解呢？专家断言，女性的生殖器，虽然是不体面地建造镶嵌在山坡上，但大多数在特征上都有所不同，这与普通人很相似，他们可以戴各种各样的头巾或帽子等头饰。尤其是我们的女士们，差异最大，没有两个是一模一样的，但是，对于所爱的人来说却是一样的。他能从对方身上看到熟悉的东西，在镜子里认出自己就是他自己的主宰，他在深水里行走，还去钓鱼，鱼竿伸长了便可以把下一个女客户钩挂在他淫水欲滴的生殖器前面，进行插入和拍打。技术不是使我们成为人类的原因，也就是说，技术并不是使人如此强大的原因。

只要你看看任何一个地方，这种集成的、半导体似的东西就会使欣喜若狂的瘾君子们心醉神迷、目瞪口呆。你再斗胆做一次有价值的事情吧！或者就像某个不熟悉这个地方的导游一样，是要在你伸展的屈肌上，还是在你那软骨上张开的弯曲处产生的那种感觉呢？我们不一定要看着龟头成长，我们可以寻找另一个住校生，我们可以叫醒他，和我们一起享受快乐。但是，所有的配料都是像我们一样搅拌的，都和我们一样很激动。我们的面团在山坡上发酵膨胀，仅仅是空气在其内部起驱动作用，它就冉冉升起，仿佛一朵原子弹的蘑菇云。一扇门砰的一声关上了，上了锁，我们又成了孤家寡人。格蒂的丈夫高兴极了，他总是那么悠闲自得地摆弄着他的阴茎，晃来晃去地来回走着，不以为然，他的液体仿佛是从一棵更大的树干上滴下来的。现在，还不是他将手伸向他妻子那个地方，或者不让孩子玩乐器的时候。一想到这个，女人就笑出声来。这个年轻人愉快地站在一块墙板前，是因为他还不是像木板那样坚硬的人，他试图通过激烈的活塞般的抽插，以扩大这个女人的内部。此时此刻，他兴致勃勃，异常快活，他知道，即使是不起眼的女人也完全有可能在与男人大量热情奔放、新鲜奇异、气味怡人的性爱生活中发生转变。毫无疑问，尽管性生活是我们的中心，但我们并未居住在那里。我们更喜欢住在更宽敞的空间里，并配备可以随意开关和宰杀（精子）的辅助设备。这个女人已经在内心深处努力争取回到她的家乡，进入她自家的施雷贝尔小果园里[1]，在那里，她可以亲自从她的阴部摘取小灯泡，然后用自己的手在黄色受苦线内的私密处揉来揉去。即使是酒精也会在某些时候瞬间挥发。但是，这位青年男子却仍然在寻找他最感舒适的出租车，为他想要的自我变化而兴奋

---

[1] 以德国莱比锡医生施雷贝尔命名的市郊私家模式小（菜）果园，这里隐喻私处。

得几乎要叫出声来。他还查看了座位下面。扒开了格蒂的，然后又马上把她的合上了。什么也没有发现！

我们也可以并乐意戴上干净卫生的避孕帽，这样我们就不会生病了。否则，我们什么也不缺。即使先生们抬起她的腿，把他们的水倾倒进他们女伴们的身体里，也不允许她们停留，她们必须匆匆忙忙、继续流淌、永不停息，潺潺流到下一棵树下，她们的生殖器蠕虫就会愤怒地夹住那棵树，直到有人接受她们，把她们抱起来。阵痛如同闪电一般射进女人的体内，但并不会永久持续地伤害她们，不需要她们为碳化了的家具和烧焦了的工具而流泪。这时，又有一股涓涓细流从她们身上流淌出来。总而言之，你的女伴一切都可以放弃，只是不能没有你的感情，她很乐意生产这些东西，这种穷人的食物。我甚至认为，她是烹饪方面的专家，能最终裹住男人们的心。可怜的人们宁愿躲到一边，也不愿受到旅伴的驱使。在她们面前，他们的生殖器甚至还是垂下的，他们的精液水滴来自他们的心。他们留在床单上的只是一些小小的污渍，而我们却马上又带着它们出发了。

无论如何，在众多杯子里，唯一合理的东西就是葡萄酒。作为唯一理性的东西就是让葡萄酒放在这样的某个酒杯里。厂长深深地朝杯子看去,直到他看到杯底,这样,他就想要从他那强大的阴囊里流出液体,直接流到躺在他面前的格蒂身上。他一看到她就立刻裸露自身,她还没来得及保护自己,他的天气就四海翻腾、阴云密布了。他的性器硕大而厚重,即便把他的蛋蛋搁置一边,性器就能装满一个小平底锅。他曾经就把自己的部分提供给了许多喜欢吃草的女人。现在,没有什么绿草可以覆盖土地了。男人的性器因为丰富的闲暇和充裕的时间而变形,它在花园的躺椅上静静地休息,拖着身子走过碎石小路,还心满意足地从男人那小裤兜里朝下看,它由裤兜托着,像小孩子的球一样悠闲自得、幅度适中地摆动着。然后,这项工作迅速地改变了这个男人,也改变了他的工具,将他重塑成了他原本应该就是的粗犷的动物。自然界的一种天性在起作用,即男人们在学会正确穿衣之前,就已经意识到他们的生殖器缩得太小了。他们已经查阅了异国风情目录,以便由更强大的引擎驱动,同时消耗更少的燃料。他们首先把浸入式热水器挂在最适合自己的位置上,那就是最熟悉的人,即他们的妻子,同时也是他们最不信任的人。他们很喜欢待在家里,以便保护着她们。然后,他们把目光又投向那家烟雾弥漫的工厂。但如果他们有更多的忍耐性,那他们就会到亚得里亚海岸去度假,就会带上他们活蹦乱跳、坐立不安的蠕动锥体，小心翼翼地放进游泳裤的松紧带里。然后，而那些妻子们都衣着暴露的泳装，她们的双乳可谓彼此的朋友，亲密无间，但她们喜欢结识一只陌生人的手，毕竟这只手只是粗暴地把她们的乳房从躺椅上的紧身泳衣里拽出来，轻轻地、无所事事地摇晃着，在手指间把它揉成一团，然后扔进最近的废纸篓/胸罩里去。

路边的指路牌指向通往各个城市的路。只是这个女人必须干涉孩子们的生活，他们应该学会在自己人生道路上有节奏地行走。让我们静下心来，这样，我们就能够在彼此的身体里继续进行！这间屋子，还和从前一样阴森森、冷冰冰的。它散发着一股稻草味儿，我们体内一股牲口铺草垫子的臊味儿。有人经常在这个地方遛狗散步，还有许多人在这里溅起了水花，乱射乱喷——好像他们获得赛车胜利似的。为了赢得这场比赛，他们会把自己妻子的性爱全部奉送，以便在一个沉入地下的地方收获更多的女人，或者使他有东西要送人。他扔掉了避孕套，然后，就引导他的脚步回到了房子里。大多数人都不知道，如何处理神经异常敏感的阴蒂。但他们所有的人都曾翻阅过有关的杂志，那些杂志都表明，女人身上有比人们最初想象的更多的东西。是啊，它还会再胀大几毫米的！

这位大学生紧紧地拥抱着这个女人。他的烹饪锅装得太满，热气沸腾了，只需轻轻握住他的烹饪锅，锅里的水就会溢出，就可以自己解决从他的阀门里发出的嘶嘶冒气声。他还不想射出来，但也不想白白地等着。于是他用灵巧的双手又掐又拧女人肉体最不雅观的部位，软软地坐在他的软垫箱里，使她不得不更大地分开她的双腿。他在她那尚处休眠状态的生殖器里挖掘捣鼓，把它翻成一个袋子，然后又突然松手，让它弹回去。他对她的态度比对他的泥土家具还恶劣，难道就不应该向她道歉吗？他把她的屁股打得啪啪响，就是为了马上把她翻过身来。此后，他肯定就可以好好地睡上一觉，与那些诚实劳作、彼此爱抚亲热、品尝过许多东西的众生没有区别。

男生双手抓住她的头发，快速地操着这个女人，瞥都不瞥一眼这个世界，在这个世界上，只有最美丽的女人和美好的东西受到照顾和维护，每干到两千公里会有一次停车检修，在一个服务站停歇一下。他看着她，想从她那被丈夫扭曲了的脸上看出点儿端倪。男人都有摆脱这个世界的能力，想摆脱多久都能随心所欲，以便更加坚定地重新加入他们的祖先旅行团。是啊，他们都有自己的选择，了解他们的人就会知道，我们指的就是这个男人的世界。它涉及体育、政治、经济、文化等领域两千多人，在这些领域中其他的人都可以去游泳，可是又有谁会满怀爱意地拥抱所有这些自负傲慢的小嘴呢？除了他的肉体和粗暴无礼的本性外，男生还看到了什么呢？他看到了那女人流着淫水的嘴，看到了那块地板，她的肖像在那里嘲笑他。他们在没有大厅和橡胶保护的情况下相处得很好，这时，男人半转过身子，以便能在她的出入口进进出出时观察他那硬邦邦的性器。女人的风箱缝隙张开着，猪形储钱罐里面吱吱作响，它本来是用来吸入的，结果又不得不马上把它全部送出。在这样的行动中，两者都很重要，请你告诉现代企业主，他就震惊地蹙起眉头，赶紧把他的孩子高高抬起，以免孩子踏入躺在下面的女人的愤怒之中。

女人的抽搐渐渐地平静了下来，这也是男人达到目的的一种形式。她已经得到她的那份，并可能得到另一份。安静点儿！此刻，只有感官在说话，但我们不理解它们，因为在我们的座位下面，它们已经转变为我们无法理解的东西。

那男生在这个女人的动物饲养箱里倾泻着。现在，他们总算看到了夜幕降临，看到了黑衣人破门而入。其他人再次转过身来恩爱相依，他们想到了在一本杂志上看到的身材更漂亮的人。当米夏埃尔解开他的雪橇时，他还没来得及考虑到，体育，这项永久固定在电视机上的运动，在我们这个世界上是无穷尽的常数，它不会因人已经擦过鞋而停止。一切生命就在于运动，运动的衣服就使我们振奋，让我们充满活力，变得更有生气。甚至我们八十岁以下的亲戚也都穿运动裤和T恤衫。第二天的报纸已经开始销售，这样，人们就可以在前一天的晚上为它点赞了。有些人比我们干得更漂亮、更聪明，这都是明摆着的。但是，那些还没有被提及的人，以及他们虽有牺牲精神，但又没有很强烈进取心的阴茎会变成什么样子呢？这些人该把她们的小河引向何处呢？他们如饥似渴要投宿、满足了从那里出来后又得到安慰的床铺在哪儿呢？在地上，他们无时无刻不在一起相互交融，也在为自己可怜的器官感到担忧，但他们又该把保护发动机的防冻液喷在哪里呢，总不至于让他们的发动机在冬天卡壳熄火吧？他们在哪儿进行相互切磋，又在哪儿与工会打交道呢？是哪些芳香的物体堆积成连绵不断的山峰呢，在他们赶牲口的路上，用自己的屠刀干的？堆积在自给自足之家的路上，用自己的打桩机干的？因为：那些具有牺牲精神的人，往往在工作上肯定也是精力最旺盛、最活跃的人，他们不仅仅是我们生活中的一种装饰和摆设，他们是想将他们的肢体插进某一个地方。我们不要忘了，人类为了达到一定的目的，是如何在彼此的对面隐蔽起来的，这样，原子弹来了也不至于毁灭我们。

甚至在幸福的分针之手还没有抚摸他俩之前，就有一种液体已经从米夏埃尔的身上流了出来，那是他家的宝贝。仅此而已，别无其他。然而，对于这个想要体验和实现最高境界的女人来说，她身上不由自主的杰作开始发挥作用。她心中梦寐以求了几十年的泉源被开发出来了。这种力量是由永远不变的公牛发出来的，它拉拽着男人的身体，被有吸引力的女人鞭笞着向前移动，并迅速控制住了女人身上最柔弱的部位。这里是一种局部的烧灼，这个女人紧紧抱着这个男人，挤压着不放，好像他已经长在她身上似的。她不停地尖叫着。由于她的感情相当自负，她不一会儿就会离开，她要把这颗龙种存放在她家中的小王国里[1]，这样，种子/精子就能扎根大地，小曼德拉草和其他矮生植物都会为她发芽生长。而这个女人天生属于爱，她不能没有爱。现在，她比以往任何时候都更需要继续回到这个美丽的休闲游乐园。只

---

[1] 家中的小王国，家寓意女体腹腔，而小王国寓意子宫。

有当这个年轻人拉出他此刻几乎变得毫无用处的摇杆，并挥舞着它直到下一次时，对格蒂来说，他那右上方带有小脓包的龟头才赋予有一种全新的且需要不断更新的意义。今后，她还得指望这位经验丰富的好色之徒藏在内裤后面利润丰厚的军火交易。从现在开始，他的快乐将是居住在格蒂的腹腔里。但是，很快，天气风云突变，恰逢其时，因为，远离的例行假期让女人和少女的腹部风雨交加，不断地想要人给刷刷，于是他不得不住进县城的舞蹈咖啡厅。那里，许多度假的女人麻木不仁、步履沉重地成群结队，随时准备在夜幕降临时倒下。米夏埃尔为了激发热情，让自己兴奋起来，不得不在橡胶套里保持镇静和忍耐，在那些滑雪后穿衣服的女人中选择一个，然后，向其倾泄。保护得很好的自然美景、天然美酒和精心打扮的自然性爱，都是他最喜欢的东西，加上他自己身上独有的那些小脓包，它们简直都有可能把他从一个陌生的脸上吹走好几里地呢！

早在明天开门营业时间之前，可怜的格蒂肯定会站在电话前就开始被骚扰了。这个米夏埃尔，假如他给我们的征兆和从各种杂志上收到的信号没有骗人的话，那他就是电影屏幕上的一幅金黄色图片，图片上的他，看起来好像在阳光下躺了很久，头发上涂了发胶似的，目的只是引导我们的手指，在我们自己的生殖器上温柔地抚摸，因为我们没有别的选择。即使近在咫尺，他也似乎离我们很远。对他来说，生活在黑夜里，并保持黑夜的活力是一件快乐的事。这个男人不喜欢被束缚，不愿意控制自己。毕竟，闪电现象也是人们很难解释的：人到中年，我们这些女人，周末的活动安排就是都被挤在篱笆墙后面，在我们必须外出旅行之前，我们当中就有一个人被雷电击中！

请你小心驾驶。你很可能还有那些男人所需要的东西呢！

动物们都开始入睡了，而此时的格蒂情欲萌发，欲望用口袋里的一个打火机将这小小的火花点燃，可这股气流又是从哪儿来的呢？难道是从这个心形窥视孔里冒出来的吗？或者是来自另外一颗充满爱意的心？他们冬天滑雪，夏天到很远的地方去享受温暖的阳光，他们可以在那里打网球、游泳、出于其他原因脱光衣服或者放出其他余烬。如果女人的感官做出承诺，那么就可以肯定，她们在其他方面也会误入歧途，她们会做出任何肮脏行径和恶作剧来。这个女人憎恨她的生殖器，而她自己曾经就是从这种性器里脱颖而出的。

在他们小花园后面，住着的一些普普通通的人都很快安静了下来。可这时，这个女人却对着米夏埃尔呼唤起来，这是一张长得很像米夏埃尔的神像。刚才他还在阿尔卑斯山上开车兜风。而此刻，她用身体的各个方向，向四面八方发出咆哮和抽搐的声音。现在，下坡的山路陡峭，高潮急转直下，但聪明的家庭主妇已经躺下，在大喊大叫和收缩消失的时候，就已经在计划着与这位英雄的下一次约会。他应该来遮蔽这赤日炎炎的时日，温暖冷风刺骨的严寒。没有格蒂的男人懒散地给他们遮阴，他们何时才能见面呢？那些女人又该怎么办呢？对她们来说，她们寻欢作乐的不朽形象要比短暂的原始形象更加重要，因为她们迟早都得把这种形象暴露在生活的竞争中。当她们不得不狂热地束缚自己的身体，她们就要在点心店穿着新衣服和一个新的男人一起向公众展示。她们很想看看这个情人的肖像，在这个泥泞房间相结合的宁静中仔细看看这张英俊的脸，面对面与一个男人紧紧拥抱，看着他逐渐缓慢地消失隐藏在她们的身体里，这样就不必长时间地相互看着了。把每一张照片都留在记忆中要比他们的生活本身更有意义，独自一人的时候，我们就闲暇无事地拨弄着我们发声的琴弦，在脚趾间搔抓出我们的回忆：那时才是真正地释放了自我，多么美好啊！格蒂甚至可以在钢琴边裸露自己，然后把她那两个新鲜的小面包送给她的男人。而孩子们还在一旁哼唱着"特啦……啦……啦……"的欢乐歌。

凡我们所能承受的，我们都应该得到。

整个草地都完全冻上了。无所事事的人们渐渐地想上床睡觉，以便干脆什么都不想的好。格蒂紧紧地抱着米夏埃尔，她想再瞧瞧他，把他看个够，一直看到那三国之角，她发现没有一个人像他那样。这个年轻人已经被允许在社会生活的学校里多次闪亮登场，大放异彩，而其他人也已经把自己定位在其外表和味蕾上，味蕾总是在各种完全不真实的事物中感受商品和真实的东西。这里的房子大多歪歪斜斜地挂在保护柱上。而一些小动物棚舍由于支撑不住而用它们最后一丝力气紧紧地贴靠在墙上。那些听说过一些爱情的故事，却忘了购买相关爱情商品的人，现在不得不在自己的屏幕前感到羞愧，屏幕里有那么一个人刚刚输掉了这场游戏，因为他希望在电视里做爱的躺椅上为他的维护者和观众留下记忆。毕竟：你有权利和能力把这图像保留在你的脑海中或者拒绝它，并通过岩石把它抛射出去。我不知道，我现在是不是在眼睛的武器上扣错了扳机，还是在感官领域里放错了叉子？

不管米夏埃尔和格蒂是否还在那里,他们都无法足够地触碰对方。他们的双手都牢牢地抓住对方精心布置、装饰精美的部分性器,就像在首映式上一样,他们穿着喜庆的衣服,打扮得那样得体和富有节日气氛。格蒂谈到了她的感觉,并且表达了她想跟随这种感觉去任何地方的愿望。米夏埃尔慢慢地苏醒过来,惊讶地看着有一只手落入了他的裤裆里,此时此刻,他立刻就想再噼里啪啦搞起来,他推开女人的手,露出他那根迷人的皮带。他抓住这个女人的头发,把她提起来,让她在空中像一只扑腾飞翔的鸟儿。不一会儿,女人突然从性麻木中醒来,想要像脱缰的野马,再次肆无忌惮地用嘴说话。她不由自主地放松开来,张开嘴,让米夏埃尔的阴茎进入她的口腔内。接着,他又插入她的身体,以便温和地助他喷射。米夏埃尔坚硬的腹部反复拍打着女人的阴毛,然后,她的头也被甩到了一边,只是为了让她脸朝下,再次把她拉到牧羊人米夏埃尔的那根长矛上。就这样持续了相当长的一段时间,此时此刻,我们无法相信,其他那些成千上万麻木不仁的人,也沉浸在他们翻腾打滚的悲伤中,在这个可怕的上帝用彩灯装饰的工厂里,他们整个星期都被迫不断地与他们所爱的人分离。我希望,你命中能有一个可以调节的腰身,以便更多的人可以进入,使生活更加丰富多彩!

这两个人都想要消耗对方的精气，因为他们都有足够的能量储存。他们正上升到一个高潮，竟然成了这般神奇美妙、变幻无穷之人，于是家里就有了最新的色情目录。只有那些十分依恋自我，对自己足够珍视的人，才不再需要这些东西！他们可以自给自足、丰衣足食。他们涌出的洪流超越自我、漫过他们的堤坝和湖塘，因为他们声称自己永不停歇、不可阻挡，可以给每一个人提供跟他们在一起长时间打交道的经历，因为，每次经历的目标对他来说都是平等的。蓦地，格蒂实在忍不住要撒尿了，开始是试探性的，犹豫不决，然后加大力度，猛烈超强。因房间太小，满屋都能闻到她的尿臊味。她把睡衣裙撩过大腿，可腰带却被打湿了一部分。米夏埃尔把手放在下面玩耍，还捧着双手接住了一些清晰可闻的水雾。他大笑着用它来洗脸和整个身子，接着用拳头将女人打翻在地，咬住她那两片仍然湿漉漉的阴唇，并紧紧地吸吮着。然后，他把格蒂拖到她自己的尿潭里，就在那里与她翻来覆去。她的眼睛朝上翻开着，但那里面没有灯泡，一片漆黑，那是她露齿而笑的容器内部。这是一场盛宴，我们又单独在一起了，与我们的性器、与我们这位最亲爱的客人来进行交谈，然而，它希望不断地被喂以精选的美味佳肴。这个女人刚穿上的睡衣又被从身上扯了下来，她蹬踏着步子钻进了干草堆般的被子里。床垫上的斑斑湿迹仿佛一个更高级的生物所为，人们看不到它的来去踪影。当月光照耀时，他才愿意友好地留下来，当一种恩爱在情境中静养，方得一种等值的真爱。

她的乳房，像苍白的手提袋，搁置在她的肋骨上，过去或现在只有一个孩子和一个男人使用过它。是啊，男人在家时总是要重新烘焙令他冲动的、每天要食用的面包。如果在饭席间把它们摆到餐桌上，人们也可以将其切分开来。它们是为儿童和男人以及男人身上的孩子而设计制作的。它们的女主人还总是把她渗出的排泄物弄得到处都是。在寒冷中，她摇晃着骨骼和铰链，嘎嘎作响。米夏埃尔狠狠地啃咬她，深深地扎进她的阴毛，拉拽着她的乳房，捏转着她的乳头。不一会儿，上帝赐给他的礼物就会在他体内大力发作，马上就要喷射出来了。是马上用手握住阴茎插进去，还是等等再说呢？只见得，她的孔洞已经开始泛起白沫，同时，还听得，她那阵阵悦耳的尖叫声。

这个年轻人突然有些忐忑不安，害怕没有一点儿剩余，他可以浪费一些，而不至于完全消失。他一再从女人那里面冒出来，只是为了让他那松弛的小鸟再次埋进她的腹腔里。现在他已经把格蒂的整个身体都舔了一遍，接着他就可以用他的舌头来屠戮她下面的脸，那上面还留有她的尿臊味。女人紧紧抓住他，咬紧牙关。她很疼，但这是连动物也都知道的一种语言。他抓住她的耻骨，总是拽住毛发，将她提起来，用他的龟头使劲地敲打撞击她的耻骨。她很快就张开了小嘴，随即就被米夏埃尔的阴茎迅速彻底地搜索了一遍。这时她闭上了眼睛。随着强有力的膝盖斜向上推，女人被迫再次打开她的大腿。遗憾的是，这次他并没有什么新招，而是完全采用此前的多次做法。现在，你们都在彼此的肉肉里，而你们的欲望就会始终保持不变！这是一个无休止的重复。而这种重复对我们来说重复一次就减少一点儿乐趣，随着时间的推移，就越来越不喜欢了，因为我们都习惯了每天由电子媒介和旋律把新闻递送到家里。米夏埃尔上下左右、三下五除二将格蒂来了个四分五裂，仿佛要将她钉到十字架上，但是他并没有像他本来打算的那样，马上将她挂回衣柜里面去，和其他很少穿的衣服挂在一起。他凝视着她胯间的裂缝，现在他已经熟知它的那些内容了。如果她因为无法忍受他那种审视的目光，受不了他那双捏捏掐掐、伸进去抠抠挖挖的手而转过身去，她就会挨上几个耳光。凡他想要看的，他非看不可，凡他想要做的，谁也挡不住，不达目的不罢休。还有很多具体细节一般是看不到的,如果还有下一次,你就可以看到,他在走出女人的黑洞,并幸福地进入修理厂之前,必须用手电筒再次将那里照得更亮。女人应该先学会容忍男人瞥视她性器的各种目光,以免她过于依恋他的阴茎,因为那个部位还挂着更多的东西。

被子盖在他们身上,使他们暖和了一点儿。这位大师是完事儿了,但女人的豁口肿胀了起来,米夏埃尔迅速地抽出他的性器,是想表明他想再次隐退回到他自己已被清空了的身体里去。他已经成了这个女人用的讲台,在这个讲台上,她将论及她的渴望和他强壮有力的上半身。因此,一个人没有穿内衣拍照,也没有给装入相框,就可以成为一间装修精美的房间里的焦点了。这个年轻人创造和完成了所有的辉煌,这座肌肤白皙、晶莹剔透、令人颤抖的延绵起伏的群山在他面前伸展开来,像乖巧的晚霞一样,映红了他的脸庞。他已经租下了这个女人,只要他愿意,便随时可以和她做爱,在她裙下直达她的褶皱处。

格蒂用其蓬松和柔软之吻盖住了米夏埃尔。不久,她就要重新回到她的家里,回到她的主人身边,因他也有他的品质和非凡的技能。在激情燃烧的地板上,我们总是希望反复轮回,撕开我们的礼品包装纸,在这张包装纸下,我们把旧的东西伪装成新的东西,并隐藏起来。然而,我们沉坠陨落的星空却不会向我们证明任何东西。

第九章

现在，这个离家出走的女人，在一辆陌生的汽车的引导下，又回到了家庭生活的快乐中来了。她应该返回到家庭影院去。灶台上的蟋蟀，也在啄食别人的眼睛。一束唾液从她的下巴处流了下来，这是她丈夫注意到的第一件事。那位年轻男子现在很担心她，因为他短暂地看了看她最远的地方，并把湿漉漉的手捂在了她的脸上。现在，并不是人们躺在阳光下，充分展示身体的时候。突然间，又开始下雪了。厂长是否已经给他的保险公司打了电话呢？以使这个女人不那么容易用一个更年轻的男性公民来代替他？过去，他常常是直接从妓院出来，他在里面悠闲自得地发泄了一通，然后，又是洗澡、理发、躺着什么的。是啊，在这个县城的妓院里，他曾把他这条沉重的生殖器驳船摇晃着驶进安全的港湾。这一切都过去了。今天，他不得不独自养活他的妻子，用他的利爪、他的两个睾丸和他的肛门，因为，在小孩子没有意识的时候，就可以用这些东西来玩家庭游戏了。这个男人反应有些迟钝，甚至在他把他新领带的描图投入到镜子里的时候也是如此。他如同一声呼叫，把车驶向他的员工中间，而他们的行为很愚蠢，所以总是在最后才到来。

当我们到达时，已是夜间，人们都关紧房门处在休息中了。只有一个房间还亮着一盏焦急的灯，这个宝贝孩子换了个地方，还未来得及上课就吐到了他的床上。在孩子的房间里，厂长大胆地把一切恼怒都发泄了出来，因为，他在这里没有家的感觉，也不喜欢听到冲水的声音。当他再次发现最便宜的维特利纳品种的白葡萄酒空瓶时，他几乎被果汁炸开了。难道她就不能喝些矿泉水，然后心甘情愿地爱这个孩子吗？他禁止她酗酒，而她却仍然轻松愉快地将一些酒猛灌进自己的身体里。除了在他公牛的屋子里，他的宠物有没有在其他地方挥霍浪费呢？他把孩子上面的嘴巴罩住了，悄悄地，这样也就不能让它再说什么啦。现在，这孩子已经睡着了。孩子什么也没做，就说明了厂长为什么还活着。孩子张着嘴躺在自己房间的衣柜里休息，这里村民的小孩子生病时，也只能细看才知道，而它在这儿就知道得很多。在这片土地上，有谁是一个孩子，并且有一个可以容纳他们身体的空间吗？谁又能在当时看得到熊孩子和运动画面，还有那流行歌星呢？由于父母性交时发出的叫声太大，这个孩子就被安置在了一个安静的地方。但是，这小家伙够敏捷的了，当他因小裤门上的表层蒙上一层浑浊物而遭受棍棒敲打时，他就会朝那个钥匙孔走去，自己在那儿大喊大叫。后来，我们就开始了爱的哭泣。

目光渐渐明朗之后，儿子常常从黑暗的角落里走出来，因为，他的父母毫无节制，不惜他们自己身体的发展，他们仍然相信体力劳动！所以，他们在曾经结婚的基督教社会中被授予这种乐趣和享受。父亲便可以无休止地品尝母亲的滋味，并将手伸到母亲下体的洞穴，直到她对其隐秘部位没有任何后怕为止。

那些远离我们的人们躺在床上，无所事事，这样，他们明天就能睡个好觉。但要是被可怕的上帝召唤，登上时间之巅，到他们过早死去的亲人身边，那可就太累了。明天一早，他们将匆匆吃完早餐，登上公交车去做他们的小爱；他们最小的工厂，那些孩子们就坐在旁边，因为他们还得上学。造纸厂的厂长庄重而缓慢地行走到超大型的合唱团摊位前。那些在他的工厂等候公司养老金的人则恭敬地站在他身后，动也不敢动。他们是按照上司对妻子的要求那样生活的，心甘情愿地做牛做马，并不是只有在强迫的情况下才成为动物。他们还没有被他们白胖的女人刺激起来，因而，像我们绅士们所说的感官的余烬，还没有在他们身上激情燃烧。可谁会想到，在做完神圣的弥撒之后，厂长就拉下他妻子的裤子，先把一根手指，后又把两根手指伸将进去，看看她的淫水是否已经到脖子上了。我思忖着，其他人的深处会有什么呢，会有什么东西想要舒舒服服地偎依在高架导线般的大腿深处呢。

现在，在这块信奉罗马天主教的土地上，还得祈祷一下上帝，这样就可以让所有人都看到，我们正在洗去我们手指上无辜的血迹，那是上帝在使劲的一瞬间把无辜的血变成了我们自己：男人和女人，更确切地说，这就是上帝的杰作。在报纸的一些读者来信中，他们都很虔诚，因为他们被嵌入了基督教的建筑架构中，而这种架构总是努力向上的，即垂直屹立、挺拔向上。应该说，不应有任何反对教皇的事，他是属于圣母玛利亚的。否则，他怎么会知道这个女人是多么谦虚，多么执着地追求上帝灵魂的呢？比如说，女人可以用下身的嘴形成一根管子，可以专心致志地接受这个厂长的性器到她的肚子里面去。你不要假装你好像从来没有在她的秘密影院见过这根管子！就像你一样，据说耶稣——那个穿越奥地利，及其代表的永恒的长途旅行者——也总是在秘密影院的周围徘徊，并四处张望，看看是否有什么需要改进、惩罚或影响的。而在这个过程中，他正遇上了你，他爱你如己。而你呢？只爱别人的金钱？是啊，你看起来就是这样，那你就给媒体写封信吧，诅咒那些心中没有上帝的人，或者那些即使有上帝，但无法与上帝建立起关系的人！

这一切都是属于我们的！

当汽车戛然而止时，这个女人完全没有注意到她的声音凹槽。她咕哝着、呻吟着，好像被上了润滑油似的，因为维特利纳白葡萄酒的酒精成分还在起作用，一直在从内部抚摸着她。她狂吼着、四处叫嚷着，直到夜幕升腾，灯火通明。不一会儿，她的屋里也亮起灯来。这位经营一家公司的大腹便便的男人也卸下了他厚实的身体，可能是对自己失去的东西感到很兴奋。他站在这个还热乎乎的熊洞面前，那里的设备播放着各式的音乐作品，甚至有一些还是在孩子的手指间演奏的。格蒂就是你呀？他问道，说着他便越过他那狭窄的视野，不看自己的私密处了。谁要是还活着，还会想要什么失去的东西呢？

谢天谢地，他马上就能够再次进入她两腿间的中心地带，无论她那面包篮子是否挂得足够高，对于其他人来说都高不可及。只是现在里面的碎屑更多了。然后，由诚实的主人引导，他那十分信赖的工具就在那里运作，那里是他婚后的家乡，是别人没有去过的地方。这一点人们可以相信他。当涉及要在多个上帝（运动与政治）之间进行选择时，这个男人的动作十分缓慢；但当他首先用前掌进入一切与他和他的工作有关的舞台时，他的速度会十分迅速。这个年轻人毫不犹豫地变换了眼神，并打了个招呼。连同她的睡衣，这个女人被侧翻在了门外，交媾脱节了，似乎并没有表露出一种想再次交配的欲望。她转过身来，把一个顽皮的孩子，一个此刻正在无所事事，总想着食物的年轻身体藏匿在她的下面。当她的男人欢迎她时，她知道，他肯定会马上来吮吸她的耳朵。很快他就会觉得很舒服了，因为他能像支配这个女人一样来支配技艺，这位在我们身上和我们立体音箱里四处猎杀和愤怒的女猎手。厂长已经和这个女人低声耳语，说了一些乱七八糟的东西，都是些地地道道的黄段子，只要她同意，这些很快就会发生。女人回到家里感觉真好，孩子也需要他的母亲，这当然是再好不过的事儿了。她向他展示了一些最重要的东西，反正他在电视上可以看得更清楚。

随着声音的出现，上帝作为自然界从外面呈现出来。在那里，员工们生活着，她们张开双臂，但是并没有什么东西落入她们的怀抱。当她们吃东西时，动物活着的时候，就会揭开她们的伤口。她们也吃他们烤成团的东西，一堆堆成群结队的类似的东西、类似于她们的躯体，并发出令人不快的笑声。形态各异、未成型的还有他们的精子和卵子，就像他们的孩子一样，那些令人生气的遗弃物如同从他（她）们的脸上流出的鼻涕。可这都是他们的孩子啊！在一支长长的荒漠骆驼队的大篷车中（在生命的各各他山上）他们用他们所说的东西和电视运动来刺激人们的神经。当你在一个完全的自然人旁边坐在一个交通工具里，难道你就从来没注意到，有时候，人类的一小部分会分崩离析，是因为你没有办法像他一样，拥有一辆车吗？如果是的，除你之外也不会有人会注意到。他们的一部分后代是在夜间制造出来的，这对工厂没有什么用处。这部分后代都是一口气而已，是他们呼出的一口酒气。即使这部分后代有严重的疾病似乎也不会影响到他们。就像你在厂长先生这儿能观察到的情况一样，那种亲亲热热在一起才是爱，当男人和老婆、孩子温馨地生活在一起，把身体的影子重叠在一起时，中午变得黯淡，而其他的人不得不辛苦劳作：这一点，在你可怜的好奇心面前，你甚至会在屏幕上看到更多的画面（你肯定就想要看看自己，只是最终扮演了另一个不同的角色，有可能的话，最好不是纸板做的！）。在他渴望得到奶酪铃铛的情况下，村里的人都看到他们的厂长老在来回走动，并且观察到，他的下面还预留有一个位置：至少是一个人的位置，这个人就由他本人来挑选了。他们都在他的工厂上班。这些通勤列车上的小动物，在非常不合身的车厢里吃着香肠，等待着国家来伤害他们（来罩住他们）。此时，夜幕已经渐渐降临，并在我们的身体里占据了位置。现在，我们也该睡觉了。

这个厂长走过去，把他的女人从车上抬出来一半，而她也已经把自己从大学男生潮湿的手中抬出来一半，来到了这片土地的表面上。我们看到，这个年轻的男人还会继续进行，而且他不需要造纸厂，我们还看见这个快速运动的年轻活塞，很礼貌地帮助他人，以便使这个女人能够被当作地毯铺在自己的棚屋里。现在，这一切都已经完成。他在倾听着自己的讲述，说这个醉醺醺的女人是他在乡间的小路上捡到的。直到现在，她好像仍然很困惑，感到头昏脑涨、稀里糊涂、找不着北，并且冷得直打哆嗦。在紧靠入口的地方，她受命很费劲地跨过门槛。那是她的小狗屋，她的爱人就出现在那里，是她通过她的劳作让他们在那里好好休息。几乎还没有离开上帝的视线,他们就已经把手都放在大腿之间了。是的,他们不可能让她的性器得到安宁,他们的小手枪必须不停地呼啸着猛烈开火。在他们永恒的故事中,他们把拥有的东西吹嘘膨胀成一个默默滑行的掠夺性肢体。甚至连孩子也已经有了双重存在的愿望,他四处喊叫(在这里大叫了两次!一次是人在叫,一次是他的副手,虽然很小,但很准确!)。这个厂长无节制地把这种武器放在他仿佛反刍动物的瘤胃里。这孩子除了喜欢技艺和运动,还专心倾听收音机里的流行音乐,他有很多的事要做。实际上,我并不为这个孩子感到难过,因为,他的母亲已经回到家乡的海滨和房子里。她紧紧地倚靠在她丈夫的肩头,像半液态的煤焦油一样粘贴着。在裤子里面,他的敏感器官就已经在触摸他的裤墙,探索她那洞穴中的故乡。这个女人软绵绵地靠着,今天,她还没清洗盘子,因为有仆人帮助管这事儿。因为仆人帮手很廉价,所以妇女们在工厂里再也找不到一席之地,她们只能从那里走到世界的地面上占有一席之地,但不必立即成为人类生命的起源。这些女人经常在露(白)天矿中被开采,或者被扔到夜里被开采。她们还生儿育女。我们什么时候注意到,在夜间,只有富人才会进入享乐的王国,是的,也就是说他们终于工作了!总有一天,他们必须做这件事，因为他们已经出现，并坐在他们的奔驰车里：对富人而言，他们只有征服的权利。

这个疲惫不堪的女人穿着（是在维也纳富人服装王国买的！）极乐裙，摇摇摆摆，裙边也晃来晃去。她体内的酒精已经变冷。现在，这个厂长所弄出来的噪声到底有什么用呢？为什么这个穿着淫秽不雅服装的女人要进入自然界的游戏巢穴呢？狗是不会到处奔跑的！当那个男人敲打她的脖子和谴责她的良心时，她就会咳嗽。他开始关心起她来，将他的女人压在自己的心头，紧紧地拥抱着她，现在，我们不需要穿睡衣裙了。要是这位年轻人最终离开就好了，他就有可能在另一个身体和这个身体之间进行一下比较，而这个比较本来就已计划好了的，并已经提交给了建筑主管部门。在适当的时候，要有耐心，我们大家都可以自娱自乐、快乐你我，以走出我们糟糕的困境。

这个造纸厂老板的原始形象，看起来比我们现在所能想象的那种非人道的残酷要好一些。这个女人爱别人，可难以被别人所爱，这使她没什么与众不同。就像我现在用手指头指着你，也是不可能预先料得到的，所以命运也无法预料。这个女人已经一无是处、一无所有了。

这个年轻人把他的小狗还给了厂长，他还嘲笑这个厂长的感激之情。他在一个自认为是他对手的人的脸上读出了无礼的神情。可是，他也想拥有一家造纸厂，而不需要费力地去接受权力与法的教育什么的。他很难与那些带着渴望幸福的神情、在难以到达目的地的楼梯上步履蹒跚地走向工厂的人们平等相处，因为他们应该看着这个男人，正是他让他们、他们的肢体和他们所爱的人都忙得不可开交。那么，这位男生该是怎么想的呢？他明天又会和谁打网球呢？

厂长先生正对着一团温暖的火喃喃自语。在那里，坐着那些穿着性感内衣的人们，刺激着她们的伴侣，达到热血沸腾的地步，以至于那些热血被射进她们的引擎里去，这样，她们就想要不受干扰地与他们合作。然而，这个世界的愤怒更多是针对那些不听话的穷人的，于是，他们带着他们的孩子一起在陡峭的河岸玩耍，那里的化学物质在吞噬着小溪。最主要的是，我们大家都有工作，而且还从中把一种美丽的疾病带回家里。

格蒂像一扇沉重的卷帘门倒落在她丈夫的钓竿上。问题是：当暴风雪肆虐的时候，这种情况会持续吗？这个年轻人还应当从她身上再吸上一口，如果可能的话，明天再喝。但是，现在马上就有另一个人，一个与他关系密切的人，在天黑以前，篡改她的激情导火线。这时，厂长用他自己的语言告诉他说，这个女人应该只能在他指定为她的墓穴的地方休息。这样，他就可以最好地把她那（左右）两翼拉拉扯扯、拨拨弹弹，是的，这种生命之物现在对他来说，就像敲他的玻璃酒杯一样已经成为一种习惯了。它总是在那里，永远，它有些腐味，一旦腐味消失了，也会令人感到兴奋。凡是可以创造性想象出来的东西，都可以与一个鲜活的阴茎挂上钩，它一会儿膨胀，一会儿又缩小到消失难见，关键的是哪一个呢。女人的眼睛可以因爱而变得清澈明亮，仿佛有人在点击她那片田园美景：要是有人拿着肉棒放在她的肉壁上，终究会看到是否有水从那岩壁上流出来。对仆人帮手来说，就是动手的工作了。他们会幸福吗？不会吧。

如果母亲没有自己的主见，不知道这孩子以后应该怎样为生活而折腾，孩子就会胡思乱想，睡不着觉，就会胡闹，弄得呼呼响。妈咪，妈咪，随着喊声，从窗户里伸出一只很小但很凶狠的头，肚子里装满精虫的胎儿便吹进了她的腹中。如果这个孩子现在睡觉就好了，这样他就不用看任何东西了。他的面团已经揉了够长的时间，都揉透了，足以让他通宵达旦地行走和漫步了。清晨，那些疲惫的人们，他们的脖子上没有挂上什么美好的东西，像小鹿一样四处游荡、悠闲漫步。现在，这孩子就在旁边。第二天一早，他就会被果酱覆盖，像他的母亲被他父亲和圣灵的泥土涂面覆盖一样。想妈妈的儿子匆匆地（跨过门槛）跑了过来。父亲还得做一些解释，并直接把大学男生拒之门外，让学生看起来显得神圣和友好。这样，他就可以心安理得、平平静静地掰开他妻子的大腿，好好看看是谁曾经来过这里，来过这片神圣的奶牛牧场。母亲把她胯下的空房间交给了她的孩子，这是一片无人区（这无人区里的餐盘的神色表明：我们在家里，孤零零的，但我们都还得洗漱，冲洗干净），欢迎光临。这位厂长缠着他的妻子，就像全年都围绕着夏天转一样。唯一缺少的就是醒来后的日子了。是的，孩子有权拥有一个良好的环境，被恰当地包围着。那个偷偷潜入的小偷就是为了情爱，谁又不希望他每时每刻都有情有爱呢？你也将会拥有一只布艺小羊羔的，你应该好好让它了解你自己！这里，谁还思念谁呢？这座山只有一个原因：山谷应该走到尽头了，事情应该最终开始重新抬头向上吧。雪是苍白的。这个男人对他的工作非常执着，他非常关心他的工厂，在那里生产纸张，以便我们能够处于良好状态，生活繁荣。所以，我们知道他为什么。现在，我就把它明明白白地写下来：我就像是那纸掌中的蜡，于是，我也想有朝一日认识这样的人，一个有能力在我所说的内容中重塑我的人。

但是，我们还想要什么呢：我们更希望的是在失败的阴囊中获得奖励。也就是说，我们当然想成为某种东西，我们肯定也还想多做一点，至少是在纸上可以多一点儿。而且我们不应该缺乏这样的感觉：不是由于我们自身的过错而坐在自己公寓里，而只是作为一个客人拥有电话。

他没有良心，这个男人就像大火一样吞噬他的房子，拖着他的妻子到处跑。他的孩子咆哮起来。在外面，一根孤独的排气管在竭尽全力地挣扎，以吸引睡眠者的注意，他们像动物一样，虽闻到了气味，但却不敢说出来。他们白天还从来没有被藏匿在美丽女人的躯体下面，让他们的肌肉可以随意运动。他们背负的沉重负担多于他们自己的欢乐，这意味着，穷人（手臂）还是必不可少的。这个年轻人现在已开车离去。在他几乎还没有离开他们曾经做爱而搞得乌七八糟的阴部鸟巢时，这个女人就敲击起她的那扇门，那是她多年来用她渴望的斧头一直在破坏的那扇门。她眼前一片茫然，她在哪里还有可能遇见他呢？可是，男人们都是那么充满暴力，他们毫无顾忌的激情点燃她们的房子，他们的家人还在睡觉，而且都还不明白银行结账单上的数字。相反，跟他们不一样，我们脱光了衣服，用生殖器来欺骗一个男人。是的，男人们用自己的生殖器遮盖住了所有的崎岖小路。但是，你不会在意，一个人在这里的感觉，也不会在乎自己是否与错误的人结合在一起！

这个女人的渴望就是为自己捡回来一块木头。她需要这种骚动，因为她的房子是井然有序的，而且已经预订并交付使用，所以她只好在外面寻找她的目标，不断地想念他们，把他们像包汤一样，搅进她那难以管束的沸水中，以抚摸和触动一颗陌生的心灵。天主教日这一天，还需要一个来自远方的教皇，他应当来到我们身边。但是，如果这个人就在我们的祖国，他就突然间变成和我们一样的人了，还是一个我认识的那个男人呢！对他来说，每个人都是最后的那一个，应该在他的目标面前迷失方向，失去自我。可爱情不应是这样的。一个男人至少是可以控制自己的。但是，在感情的问题上，一个女人永远无法坚持自我。因此，对这个骚动着的生殖器来说，欲望之风来回吹拂，恍惚不定，很难确定它想要纳入的东西。

你跑哪儿去了呀？父亲边问着就插入了格蒂的身体。他当即抓住这个与他有血缘关系的孩子，孩子使劲地抠入母亲的身体。现在，我们不搞那个什么拉奥孔团队合作了，在那个团队中，每个人都依赖彼此，一个挂着一个，想要看起来很精彩、很伟大。

现在，这个男人开始勃然大怒，骚动的情绪从他的管子里爆发出来，后来又被泡沫状的光束给熄灭了。这个女人应该马上脱光衣服，以便她能张开到足够大小，适合他的尺寸。他想把他的闪电直接放进她的身体里，但他的热火永远不会被她俘获！他有足够的火柴，可以一次又一次地重新点燃激情，让他的根被女人烤着吃、煮着吃、腌着吃。这个孩子在床上喝了一杯果汁，该安静一会儿了！这女人就只好单独听任父亲的摆布。但他不是高声叫嚷着在她身边跳起来，也不拖拽她的身体。这时，母亲又来到这里，这就足够了。父亲的这只鸟儿见到她的犁沟就高兴地唱起歌来。这个男人把她拖拽进浴室，想强行进入她的身体，在她身上划船。她终于又回来了，真是太好啦，她本来可能是死了的！

这个厂长立在他床上的褥子前，像一根摇摇晃晃的烟杆一样，一会儿就倒在了褥子上。这时，一种恐惧感油然而生，恐惧中，这个圣人出现在了这个夜间的奥地利褥子里，在那里，车辆来回奔驰，人们还谈论着那个神圣的动物，说他在为了凹槽里的饲料和社会绩效而拼命往里面挤。圣诞节刚过不久，这孩子就为一些木板而感到高兴，也许他不知道，那些可能就是他安息之地的棺木。现在，正是实现春天的愿望的时候。在满足他的职业和需求的情况下，这个父亲从一边移动到另一边，不厌其烦，来回折腾。而这女人每时每刻都想离开，她了解青春岁月，知道自己已经失去了什么，也知道在哪里自己再也不会失去什么。这就是拿生命开玩笑的人倒下去的后果！一个陌生的舌头伸进了这个女人的喉咙里，然后，就让她适当地被灌满，以便完全冲掉这种味道。男人用他的身体滑雪跳台朝女人压了下来并进入她的体内。而女人则用阴影部分遮住了自己的脸。然而，厂长用暴力从仆人帮手手中夺走了她的脸。任何力量都无法与厂长激烈的暴力性爱相提并论，他只需要相信这一点。毕竟，我们整个国家滑雪队也都是靠这个来生活的！但是，对这个女人来说，已经就这样了，就好像他已经从她的生活中消失了似的，跟我们当今一些名流一样，他们的名字在十年后再听起来就会觉得十分可笑。这个女人除了年轻人以外，什么都不想要，她只想接受他们英俊健美身体的快速射击，这样，她自己就会被他们所接受。对她来说，这些人类的产物如同从天而降，当她的手臂从她的阴户小脸上被拉开，父亲的歌声便滴落到了她的脸颊上，留下鲜红的污渍，有酒也有泪。我还想知道，那些人（除了他们的欲望以外）是怎样吃饭养活自己的。他们好像把一切都投资到了照相机和高保真电器设备上，所以在她们的房子里就没有什么生活的空间了。当购物行为结束时，一切都烟消云散，成了过去。然而，没有什么是完成的，否则，它就不会再存在了。窃贼们也希望有东西可以庆祝庆祝呢。

这个男人等着把他的水烧开。然后，就扑向他的妻子，插入她的身体里，脱掉她的睡裙。他的信号灯已经升起，显示为畅通无阻，可以通行。一切都按照他的信号指令发出，他猛地挺进着妻子的胯间。他不需要来自女方的激励，此时的他已经非常冲动了。仿佛他的尾巴再也不得安宁似的，静不下来，因为，也许还有另一条尾巴已经钻进了她的阴道，并且用他那粗壮的大口径香肠弄脏了她里面的地板。盛怒之下，这个男人由于用力过猛，过早地耗尽了自我和自己的杰作——早泄了，所以就在咆哮中浪费掉了许多能量，以至于他的金库咆哮起来，发出了隆隆巨声。阴户外面都已被冰雪覆盖了个严严实实，在通常情况下，自然界都是会自我调节、顺其自然的，只是有时候需要帮她一把，使她能在我们的餐桌上心安理得、平静无声地吃她的食物。这个男人前前后后把他拖拽着的这个女人尿了个透湿。她乳房上的小垫子被淋得滴答直响，冲得掉落了下来。他那几公斤重的麻袋和背包，像石头一样从他身上垂下来。他大胆地把粗糙的垃圾污物撒播在女人体内，牢牢地抓着她的双脚，好在她体内游荡徘徊。

这个昏昏欲睡复活过来的孩子不应该这样摇晃浴室的门，否则，他就会随浴缸里的水和浴液一起被倒出来。这个男人把她的脑袋大幅度地扭转过去，靠在那直挺挺的手柄上，因为她想大声乱叫。他的鸟儿是清醒的，还被关在她下面的嘴笼子里，所以它感到非常舒服，它猥亵地飞来飞去、猛力扑腾，激情升腾直到女人的喉管开始哽咽，有堵塞之感，欲潮增长加速了，仿佛听得见沙沙声，而她的呕吐物也沿着他的主茎，经过他那摇摆着的睾丸穹隆流淌了下来。这也没有别的办法，龟头从她的喉管处拔了出来，这女人也被打翻在浴缸里。他的尾巴像芦苇一样立在她的床边，最后，他终于也躺到了床上，她胸前的乳房像一对铃铛被敲击，酒精像水一般从她身上流出来，而那猛烈的水滴又涌入了她的阴道里。不对，这个厂长是不会允许这个女人，就这么轻易地把他的水滴从她的巢里放出来的。这些水滴本不应听从她的感官,而应听从他,她的那个志同道合的男人。

在这家竞技场里,这个女人只出现了几分钟的时间,那里有不少消费者在学习游泳。现在,她坐在洗澡水里,身上涂了一些沐浴液。她的睡裙早就被皱巴巴地揉成一团,该洗净、裁剪和熨烫一下了。女人正在洗澡和擦身子时,这个男人就从他妻子的腹股沟处一把拽住整束的毛发。他紧紧握住她阴部的腮帮子,用浸满沐浴沫的手指深入她的地下水,那里还是他刚刚把他巨大的包裹投放过的地方。她忍不住胡乱蹬起腿来,呻吟不断,因为她的激情正在燃烧!在她的乳房前面,欲望者在她的大腿之间嬉戏,来回运动,好奇地摸索探究着别人留下的香肠的尖端,用三个手指捏着它,拧转两下,然后又慢慢松开。她的一双乳晕坚硬得像纽扣一样,如冷眼一般狠狠地注视着我们。仿佛:若为王后,绝不取悦诸侯。如果我真的成为女王,我绝不会讨好我的主人。然而,女人的那个可怕的容器不得不装载男人的内容,现在,它已经开始吧嗒吧嗒地作响。面对失业者的肢体,等候大厅的门在发酵起泡中摇晃摆动。即便是这般洪水涨潮,我们也知道要如何制服。

第十章

他们本可以在安全与平静中休息了。但在此之前,他们身体胯部冒出的阳光,还必须在她身上投射出他那耀眼的光芒:他们可以做一些肯定对身体有好处的事情!他们可以脱掉帽子,扯掉遮羞布,用多次的相互撞击来实施彼此穿越。他们的公寓就像天堂一样,在他们像猎豹一样,飞跃几步就能到达强者的水源地之前,他们早就在阳光下转瞬即逝的尘埃里交配过多次了。是啊,他们彼此拥有和给予到底是为了什么呢?他们用水保养自己,用沐浴调动情感,就好像他们要被封为圣徒一样吗?他们身体的每一部分,都能得到伴侣的真爱和关注。他们就像那些让工头大伤脑筋、深感不安的兼职农民一样,老是在上班干活时入眠,进入她们身上的小牲畜,切断它们的喉管,然后把它们身上的毛皮拉扯到它们的耳朵上,就像他们看见自己数十次的所作所为那样。这个小户人家的男人戴着胶乳套走出了棚屋,而把美丽的鞋子留在了这个漂亮女人的家里,只见她伸开双臂搭在浴缸的两侧。孩子们都喜爱的兔子的血正从他的外套衣袖里滴落下来。但即便是这个生活在世界上的男人,有时也会在一片灌木丛的后面有一副正人君子的友好形象,可当他把一个小女孩从舞池拉拽到灌木丛去的时候,这个女孩几乎没有注意到自己将要与什么进行搏斗和抗争。

万物生长靠太阳,但是那些靠他们的百叶窗透进来的光线生活的人们,就完全是另一回事了:他们以最好的状态相处,甚至干脆让时光在他们身上静静地流逝;人们几乎看不到时光——这种大自然创造出来的防晒霜,有些人就可以在充足的阳光下安全、舒适、安宁地保护自己。对于照片上的这个女人,时光似乎她的储物柜里无声无息、毫无痕迹地流逝,可在他男人的保险箱里,则可以把它很好地保存起来,随时供他享用。

那些已经进入利润学校的大人物,除了担心这个国有化的女人之外,也别无他物。她紧紧抓住我们的钱袋,就像这个厂长形影不离他妻子的乳房一样。他的主人告诉他,康采恩联营企业很乐意与当地人玩一场游戏,下一局生命的赌注,这和他们的贪婪和发怒一样,一定很精彩。那些受到歧视和冷落的孩子早就知道,她的乳房面包哪一面被涂抹过：再加上薄薄的配菜盘，总是那么搭配相宜！这样，为建房储蓄银行支付的费用是可以得到超级奖金回报的。而且厂长也许会参与一起演奏，并为此同声歌唱。

于是乎，他便又另有一些担忧，因为，没有人愿意承担生活的责任，独自度过一生。他上扛着个脑袋，下提着他的生殖器，这就是他给他妻子带来的东西，直到她的眼睛闪闪发光，这些你都会看到！他每月的高收入给他带来了难以磨灭的喜悦和快乐，可他的头也已经被这金钱的祝福弄得筋疲力尽了。但是，我们都是一个个仆人帮手，我们都被认出来了！我们也都被认可了，因为，在阴道深处都十分活跃，那里有很多人都涌向酒店。不一会儿，我们就把我们的动物带到干燥的地方，在那里，钞票银行把有毒的露水洒落在他排出的污物上。那些虚荣的人，由于我们过快的增长而必须忍受痛苦，他们在深处不能把脚放在比他们看到的更远的地方，他们在赤裸着头颅，面对他们的意图和他们的上司之前，他们还有做爱的驾驶课程要上。由于欲望无法得到满足，他们就在节省下来的镰刀手柄下不断沉沦（啊，这就是这个男人节省下来的——储蓄！）。对呀，这个厂长正在全神贯注地做他擅长的工作，非常得心应手。他控制着他那无节制的步伐，因为对于那些学会像树叶一样安静地跌落他旁边的人们来说，他是不可估量的财富。这样，在他拉小提琴时，他们就不会打扰他。他认为，自己没有理由受制在腰带下的屏障后面，而且腰带还要穿得很好，衣冠楚楚，因为：也许有另外一个男人已经住进了他的妻子，就像只有他才对此习以为常一样。非常感谢你专注地听了一些关于我的受侮辱和伤害的故事。

他温柔地俯下身来，抚摸着她那像动物一样，还发出一种蒸腾气味的皮肤。当他和妻子相处得很好的时候，就像个被驯服的雷霆。她现在想要睡觉了。但当这个愿望让她感到十分幸福快乐的时候，她却没有得到友好的对待和善意的引导。她满脑子都是一些最近发生的事情。当我们相处得非常融洽时，我们也会注意到：如果年轻人大学毕业了，而且他们的父母也学会了在卖肉的柜台上表演彼此对抗的话，未来就属于他们年轻人。邻居的一些小孩子应该像腐烂的水果一样从树上掉落下来了。而且，这个女人对一种无望的爱情已经敞开了心扉，温顺得就像宰杀掉兔子之后第二天的兔笼子。是啊，她把所有的家具都拖进了笼子，还在身上贴上了花卉墙纸！从她的阴部通向外面的只有一条狭窄的小路，他，这个大学男生，和我所有的读者一起都站在那里，都等待着他——受过教育、性情温和的人——可以再次进入。如果我们大家团结一心，把所拥有的一切都调动起来，拧成一股绳，那么我们也许就能够应验我们的预感，预感就会成真。现在不需要我们了！如果我们完全可以好好地活着，那么充其量，我们也只能记住一只我们给它带去食物的可爱的动物，或者记住一个亲爱的男人，一个我们为其提供食物的男人。

厂长随时都可以一头扎进他妻子的花园里，只有当她再次为自己涂上睫毛膏时，她应该注意点儿才是。可是，后来他又让她涂了，接着他的需求就像森林中的一股泉水一样涌动激荡起来，无用的泪水把她的脸涂得面目全非，紫红色的区域（格蒂！）将会在她身体的草原上绽放，开出茂盛的花朵。如果新意贫乏，每个人还可以采取别的方式来进行软敲击，感觉会更好，比如在每天黎明之际点燃激情，当咖啡进入一个人的咽喉，进入一个人的洞穴深处时。如果我们女人除了打扫我们的房间，不爱别的任何东西，而且每天也不向任何人敞开心扉，让他检查一下，看看是否该向我们雄伟庄严的器官里添加点儿什么东西，那我们就会感觉不舒服。不过，别害怕，我们将保持不变，还是老样子。不久，深渊就会被我们覆盖，就像我们试图用新产的石棉材料盖住我们独户的房子那样，贷款的利息就会像影子一样落在上面。然后，老板很快就会成为我们这些关在马厩里的动物，在欲望的枷锁里躺着、被欲望折磨着。谁要是还拥有一个小院落和一个小房子，他就会是第一个尝到失业滋味的人：那些人就是这么说的，他们在一家天堂超级精品店购物之后，就蜷缩在他们的办公桌后面，那里没有人能再安抚他们，使他们平静下来。他们在彼此性爱时，通过性器间的相互摩擦，使淫水流浸到了他们的性爱画笔上，以此勾勒出彼此的欲望，即使是轻微的摩擦，也不会使他们变得如此温和缠绵，以至于他们会善待他们的活物，即他们在监狱里的那些焦虑的员工。他们经常要开好几个小时的车，才能回到家，来到他们亲爱的人类伴侣身边，然后，才能接通电源，让电流瞬间通过那些颠簸的椅子。

当一个人建造了一座漂亮的房子，而且还可以在那里把头背颈部的冲击皱褶平绷起来，他是不会在别人的酒馆用餐的。这时，天暗了下来，阴影投到了街道上，那些下班回家的人们都想顺道进来，在这间可怜的房子里喝一杯啤酒。这个厂长的额头上显示不出任何努力的迹象。作为小提琴演奏家，他仅仅是一个小人物，但尽管如此，还不到五分钟他就能与他的妻子做爱，穿透他的妻子。他训练有素，很有灵性，他灵活地用其温热的手柄轻轻地敲击着她的乳房。这不，你没看见他现在是如何将他那手柄塞进她的嘴里的吗？他通过剧烈的摆动把车停进去多少还有些难度。但是先生们常常总是喜欢像瀑布一样蜂拥而至，一起涌进这家小店，而且匆匆忙忙。倘若每天都有人朝你的阴户撒尿，想必你心中也会燃起愤怒的火焰！这时，外面有警察探访，正忙着登记录入。他们当中的某个人看见一个身强力壮的男人，在一块禁止招牌前忍受着饥饿，而他们的女人却待在温暖的地方，他们完全可以去猎取她们！（这个野兽总是在岗位上。窗帘轻抚着他冰凉的手，他的手除了洗过很多自己下面的内裤，别的什么都没做过。）这位先生的身上有一种激动的需求渴望，于是，他作为天堂的象征出现在了那个女人的上方。他的舌头可以在她的蜜汁罐里产生出一种脉冲，这个蜜汁罐就夹在她的大腿之间。当然，人们还得出示拳头并能够敲击到这张桌子上。此外，在其他地方，还有一些发出嘎嗒嘎嗒声响的人们，可以更好地调节他们的喷嘴，让排气管更规律一些，并对他们的引擎感到忧虑，这样，他们就不会在工作中迟到。但是，到了晚上，如果这个女人的饭菜做得不好吃，他们就会像火焰一样在她的篱笆墙外面蠢蠢欲动、激情燃烧！然后是问候，哈喽，你好！这个女人抬起头看了看，仿佛她正带着她的伤口和皲裂径直爬过阿尔卑斯山。这些人没有太多的时间去渴望前方有一个漂亮女性的乳房目标（在那里，它能使你激情燃烧）。甚至我们的汽车还在消耗我们最后的燃料。

这个厂长紧紧抱住他床边的女伴。难道他是要操她不成？她在他旁边已经被操了很长一段时间，已经耗尽精力了。她就住在他隔壁，你只要看看就知道了，她是靠人工来养活的，所以她不应该到陌生的楼房去寻欢作乐，去看是否有人扮演她的丈夫，把他的舌头伸进她的阴道。这个厂长根本就不使用避孕工具，这是因为他想一次又一次地看到自己。然而，每次总是小搞，这样，就不会有任何东西和任何人超过他。他走了出去，来到宽阔的林间空地上，用他那钻头打开了那女人的嘴。他在她身上又捏又掐，使她不断咳嗽，这些花招、伎俩在她身上都留有明显的印迹。（她整个美丽的身躯都被他掐了个遍。）看上去，使这个男人着迷的是，她能独自忍受他那个东西的整个长度，所以，他以这样的方式改变，以至于他与这个女人因其激情不灭的燃炉问题而发生争执。这是多么好的一种性激素啊！一半来自上帝的恩赐，亦可助上帝一臂之力，他就可以实现自我膨胀，而无须像圣人一样，把他挂在墙上折磨拷打。这才是真正的男人！于是，他就朝他的女人身上撒起尿来！可不是吗，在别的地方，尽管没有人自愿地想住在那些房子里，可还是在那些房子的边上增建了一些楼梯。是的，那些最穷的人要想最终恢复神志聚集到一起，只能采取小步行动，一步一步慢慢来！

厂长先生吼叫着直往格蒂的嘴里掘进钻探，在这之前他还不得不疯狂，失去自制力，也就是说，他必须被公之于众，当然，在他年轻的时候，他就已经受到了各方面的鼓励（包括在琴弦上）。他的声音都在他的指挥之下，仆人帮手们也在他的指挥之下。这些都不难，甚至连他的儿子也已经会演奏一种乐器了，那山坡就像双手一样地将酸枣树抖落下去。这个女人在不停地交媾，她操别人，也被别人所操，直到她发出尖叫。不，不对，现在，没有人在屋子里踱来踱去，也没有人抽烟、酗酒，用愤怒来威胁工作人员。她的睡衣又被脱掉了，这样，她就可以享受到来自不同方向的感觉。我们经常利用那张睡觉的床来度过性交大战。这样一来，我们就有可能在性交之战中顺利而无休止、平起平坐地进行下去，以使我们达到共同点。在任何其他领域，如果自身的长相在一个男人（或我们女人中的某一个人）看起来还不错的话，他（她）就不会上升得这么快了。俗话说：事出有因，或事在人为。毕竟，岩石是不会自动跑到牧场上去的，只有动物跑到石头前面，并用它们的头角蹭它。现在，这个女人大发雷霆，四处乱晃，疯狂地抽打着自己，仿佛想要使自己在她的电子振荡器中长盛不衰。她无法控制住自己的叫声，如同无法掌控的晴天霹雳，刚好击中电视机后突然发出的声音一般，还产生了回响效应。人们必须调整仪器设备，备好晚上的临终圣餐。今天，厂长还想再一次使用他的火枪，这样，就能确定他的妻子，是否因为在不合时宜的时候撞见了他而躺在那里流着血。她喘着粗气，哽咽着，一点儿睡意也没有。而他则像个入室盗贼一样潜入到她那间呼呼作响的私处的屋子里，在他面前，她几乎要呕吐出来了。

当然，他完全可以用他的前爪让她马上舒舒服服地张开她的屁股！这可是他的私有财产，就像上帝属于我们一样。她的肌肉就像一只旧鞋发出叽叽嘎嘎的响声，在不到五分钟的时间里，他那滚珠横梁就会再次关闭。但是，车道总是要保持畅通，随时都保证车辆可以进进出出，因为毕竟这个男人最终不会独自忍受这种生活，尽管其他人每天都得去忍受他。绝大多数时间里，这个女人都是在用自己的身体为这个男人服务，但是不久，似乎太阳会重新照耀。这些人都应该消失在这个农民掘开并留下来的一条犁沟裂缝里！我是见他们吃饱了离开的，然而又发现他们腻烦了，而且没有灯光照到他们的深渊底部。所以，他们就好去强奸他们的女人，但却在有权势的议会面前，在那些企业委员会的委员们面前，吓得要死，魂不附体，当今，这些委员十分富裕，但已经变得完全无能为力。有时候甚至是，在人们几乎还没有看清的情况下，一个新的熟练技术工人就把活儿干完，然后就可以在这个车间里撒盐了。他的领域被限制在其末端。很少有女人坐在男人的对面，共同享用一个女管家提供的早餐，她们的太阳镜遮住了她们打过标记的眼睛。她们特地占据了一个地方。到了夜晚，她们就变得像孩子们学习骑乘的美丽仙马一样移动。而且孩子们坐在马鞍上是越来越稳当了！这个男人的输出滥用量几乎和我们的总统一样多，其重量几乎也和我们这些徒步旅行者肩上的重量一样重。只不过我们敢于到高处去，刚好可以把我们的大衣挂在钩子上。他说，莫扎特的谱曲作品非常棒，而且他也很喜欢演奏，只是当人们把他与周围的人相比时，才觉得他个头小了点儿。所以这里还有少量位置供业余爱好之用。在萨尔茨堡音乐节期间，他完全可以去接受耐力的考验和测试。他父亲也都同意了。于是,他兴高采烈地挥着手,表明他钻穿了他妻子的阴道括约肌,毕竟,她不再是那么无依无靠的自由人了,所以她最终还是抑制住了本应因拴在他那根绳索上而发出的尖叫声。毕竟,没有人能在不受苦的情况下学会采撷。

这个厂长一直待在她腔体内凉爽的水中,然后,才走出暮色的状态,来到阳光下!换句话说,他在各方面都过得很好,住得比想象的要好。这点他还真没有什么话说!当然,一个人可以在一幢房子里过着温暖的生活,就像被大雪覆盖着的草地一样温暖,但是他也可以让其桎梏中的肢体忙碌起来,有所作为,这样它就会嘎吱嘎吱作响。女人有很多,但男人却是孤独的。他悬挂在女人的大腿上,跟她耳语一些淫秽色情的话语,那些都是妓院随时可以赠送给他的情欲,但是他全都投资到她的身上。淫秽色情(Erotik)——这个词是根据一个叫埃丽卡(Erika)[1]而不是叫格蒂(Gerti)的人名来称呼的。该称呼给这个欢乐的时刻赋予了一种特殊的意义。这个男人必须考虑到自己身上的那个动物,必须正视自己内心的兽性,而从里面出来的又会是些什么呢?他们一直

---

1 埃丽卡(Erika):耶利内克小说《钢琴教师》的女主人公。

在一间接待室等待着，在这里与这个世界和它们刚上过油的机器代表进行对话，直到女人拿着她们被冰雹打过，还有些潮湿发霉味道的洞穴前来助阵，帮助他们。许多人的毕生劳作将被大地完全遗忘。但是，这个男人充分相信自己身上的精液，并且沉浸在这种确定性中：在他之后，他的孩子将继续生活，并将继续折磨他所在城市里的其他人。在这方面，我们就睁一只眼闭一只眼吧！是谁毁掉了这一切，而后还想一次又一次重新开始呢？对呀！他为孩子买新衣服，而母亲呢，由于受限于自然界，不得不将其洗干净。她们在电视上展示了这一点。只要这位母亲的钢琴踏板能承受得住，她就会演奏钢琴。

此时，这个厂长进入到他妻子的管子里已经操够了，现在，他看着他的前面，也看了看他自己，俨然一个特别和蔼可亲的老外，在弯腰查看一台不再运行的引擎，然后，又将目光转向他那宠物。他抚摸着它，就像一个人抚摸一只小狗。他朝她吐了一口唾沫，然后说了一声对不起。这个家并不是此前别人待过的地方。对这个男人来说，这个女人是一个恒定的（最佳着装）常客，忠诚可靠，因为她一直是脚踏实地的，而她丈夫则以刺伤别人的心为目的，并把编写计算机程序作为业余爱好，在这些程序面前，别人只能保持沉默。阳光照耀在那片田野上，明天格蒂肯定还在那里。别的男人不应该在她那儿，在她感到无聊时让她性欲旺盛，欲火焚身。现在，这位厂长从他的死角射了出来。他在自己这个位置上继续劳作，就像小溪水流冲入山谷一样。这正是他喜欢的方式，这种一级方程式赛车。要么停在那儿不动，要么就是在起跑点焦急不安地移动！在同一个夜晚，这般可怜的东西从来不会将自己的周围洗得那么干净，相反，他们觉得很冷，不得不让他们妻子的阴道来将他们加热温暖一下。明天，他们不想来得太晚，因为他们妻子的那个地方也不希望他们来，但是，我们最重要的资产——我们的工厂却期待着他们的到来。从他们的飞行中，他们被带了下来。许多人不得不锯掉他们果树上那些被霜冻折断的树枝。这个厂长在他妻子的耳朵里吐出了一些可怕的污物。她完全可能被遗忘，就像装满了发霉面包的帆布背包一样，她应该把发霉的面包挑出来。而且随时随地，任何时候都可以！她还活着，是的，而且活得很好，只要她不让它在她的裤子里变得太紧就不错了。至少要有一条进入她体内的通道被扒开、挖掘和射击，如果那个男人不再喜欢女人的那个地方，可以把它放回原处，留存备用。足球总该是要被射进球门的，否则就没有意义。那么，她呢？他一把抓住她的头发，好像把方向盘抓在手上一样。当他快要结束时,他抽动了一下,把他的阴茎撞向她的灌木丛。在最后的一瞬间,由于她的忍而不露、不卑不亢,他便滑脱了下来。于是,这个男人就用重拳猛击她的后颈部,直冲着她大声吼叫起来。这个女人哪能想到,在一个更可爱的阴茎上方的那股温馨空气?这有可能吗?于是,就出现了这样的事儿:这个厂长那满满而沉重的高脚酒杯从她身边经过,就在她肌肤的垃圾填埋场洒落淤积,这是一堆被遗弃的垃圾。这个女人不配得到这个男人对她倾斜四十五度的激情。让我们现在就为四分之二,不,四分之三的激情干杯吧!在过去的日子里,那些快乐的征服者没有像现在这么频繁地受到打扰。可是今天,他们较之以前呼吸更加急促了。

这个地方的居民很快就得醒来,在他们还不知道自己在哪里被卡住的时候,就被从一个地方挤到另一个地方。诚然,他们也还有一个很好的优点,那就是:春天会像我们一样,带着一声叹息和大量的新鲜空气到达他们身边。但在此期间,我们一定能实现更多的愿望,取得更多的成就,因为我们将走得更远,我们有更大的勇气:去剧院、去音乐会或者去一个展览馆,在那里,我们认出了彼此,她除了从那可怜的眼睛里流露出来的光芒之外,身上别无他物。是的,我们都在名单上!请再往下看，那里就是失业信徒堆成的山丘，他们依靠银行的善意为生。这就是那些眼睛里闪射出来的光芒，啊，在联邦公路的尽头，它除了工厂的红利之外，什么金都没有镀上。但是，他们忘了抬头看看闪烁的灯光信号，所以彼此错过机会，并被他们最终取得的辉煌成就吓坏了，不小心就一头滑进了河里。要知道，清早开车，当然是不可以坐在方向盘前入睡的。那么，这期间我们的税收会发生什么变化呢？它们将像人类一样被挥霍一空，被浪费掉，而且是在一个细长苗条而又有非凡能力的地方开着一辆昂贵的运动跑车，前面急拐弯处又正好是工业区。而且在其他地方居住的人们也会被车碾压。现在，我们在我们飘忽不定的道路上继续前行，只在联邦公路的柏油路上留下了一些不明显的微弱痕迹，也为我们的每个孩子留下一台彩色电视和一部录像机。

第十一章

早餐时分,他们会不停地品尝和享受美味佳肴。这个孩子跳下椅子,像个小流氓一样在父亲面前跳来跳去。这样阳光就会带来一些零花钱了。父亲希望儿子能够勇敢挺进,永远不要停滞不前。但是,这孩子最多也就是在小镇上的几家黄段子商店门前悠闲惬意地散散步。这小淘气总是只为自己获得一些东西。外地远道而来的同伴他几乎都不认识,他们只能眼巴巴地看着,厂长的这个儿子是如何耗尽钱财的(就像他们还能去敲开酒店半掩着的门那样,也要花掉他们的时间)。这孩子和来自贫民窟的孩子们一起坐在国民学校的一张桌子旁,从教育方面讲这是合乎逻辑的,但我们在小屋里是在打仗!有些孩子身上散发出一股马厩的臭味,因为他们早上和牛群在一起的时间过长,他们站在铅灰色的牲口粪便中,粪没到脚踝。他们都是在清晨五点钟起床,然后从上了锁的房子走下来。在那里,他们的身体都蜷缩成一团,直到他们因缺乏资金被赶进了工厂。难道你从来没有见过，这样的花儿在那里绽放和凋零吗？这个孩子厚着脸皮穿过一片田野，要扰乱自然和自然法则之间的关系。（毕竟，当他用一根棍子去敲打一只鼹鼠，或者骑着滑雪板从斜坡上呼啸而下，并发出吱吱的响声，应该说孩子做的是对的。当然，还有你，假如你为了健康而穿着纯天然的羊毛衣物散步，那你也是有道理的！）有时候，就有一把猎枪会射入森林的深处。这时，污水坑应当保护自然界，使其免受这个男人及其遗弃物的影响，然而，又有谁来保护他不受他那些信徒、银行职员们的侵害呢？他们早早起床，不就是为了看看阿尔卑斯山吗？谢天谢地，冰雪一夜之间有所解冻，这让滑雪者对他的缆车费充满了悬念。冰块散落在这棵大树脚下的周围，就像从一个美丽的仪器包装盒里跑出来的塑胶泡沫颗粒一样，在这个美丽的仪器前面，才使我们恍然大悟。有些人则从完全不同的角度来看待它。这时，女管家推着购物车走了过来，轮子下的地面，有的地方还冻得很结实，咆哮着，仿佛是空心的。我们的下面肯定是有些什么东西，不仅仅是在我们的上面。你和那个人有着良好的关系，就能一块儿去看电影，是吗？不是？那么你就耐心地等待好了，直到有人来按响你的门铃，也许是因为在这个苗条纤细而又建筑精良的世界上，由于失业的需要,有人想向你推销报刊订阅。这样,你就能更好地学会了解你在艺术、商业和政治方面的代表的需求。

作为一个男人,这个厂长可以俯身靠近他的妻子,因为她坐在她已非常习惯的座位上,那里,窗外的光线无法落在她身上。天还是黑的。格蒂戴着一副太阳镜。这时,孩子走了过来,往里一瞧,一看到那遥远的地方和电视屏幕就欢天喜地、情绪高涨、喧闹不已,并会因贪婪而尖叫起来,这一次她一定要买到具体的东西,以便让他能迅速消失在这个美丽的世界里:如快速的设备和与其相适应的启动,这样,他的日子就能充满快乐、幸福美满了。因为这孩子想再次随着高潮出海!这时,他的父亲从他那强大的黑暗星球,也就是从孩子的脑海里流露出一句有权力象征的话语,即他已经选定这个早晨,要再一次来突然探访这个孩子的母亲。他要更好地改善他夜间的表现,简而言之,就是他要强行进入她的体内。就像一个人坐在一个舒适的扶手靠椅上,正在看电视里晚间新闻真实上演的那一刻,他就重重地掉进了这个女人的肚子里,从她的后面与他生活的水泵站实施对接,那里便是他平时寻求圣餐慰藉的地方。她应该让他从容不迫地填满它,插个够吧!真是超级爽!他强行在她的耳边灌输说，她应该向他再解释一下在前一天发生的不轨行为。他是一名最高级的注册会计师，他能够让起伏的波浪变成惊涛骇浪。还真是希望有朝一日会长出真正的草来，因为我们错误地把种子种在汽车垃圾场和高速公路休息区的下面了，在那里，甚至连橡胶（避孕）套都被加热了，然后还是再被拉下来。是的，就在那里，我们是那么规规矩矩，浪费自己、挥霍自身，沉溺于我们的性生活，然后又在我们的男性伴侣面前保持沉默，将它隐藏起来，以便能够独自享受。这个女人的大腿应当只是为他，这个厂长，这位可怕的路人，而备餐食用的。女人的大腿都被他那贪婪的热油烤焦了，所以他也会一直为她而忙碌，让自己在她的斜坡装卸台上卸着货，不时地产生阵阵抽动，给她带来一枚温和的胸针或者一枚钢制手镯作为回报。操作很快就结束了，我们将重新获得自由，回到属于我们自己的家里，但我们比以前讽刺和嘲笑邻居的时候更富有了。现在，我们邀请您前来参观，来仔细瞧瞧！如果这位享乐派绅士用香槟酒来敲你的门，你就不会有什么事儿！恰恰相反，这个女人应该感到高兴！唯一缺少的是，他有可能会把自己塞进一个盒子里面去！蔚蓝的天空还真就意味着美丽的风景，它将会使性事生意兴隆、繁荣兴旺。

当然，这个女人一有机会肯定会在第一时间就离开，为米夏埃尔换个新发型，把自己变得更小一些。是的，就在我们的下面，在绚丽多彩的阳光下，她承担着把自己当作开胃菜的责任！父母激情做爱，在儿子上方撞来撞去，发出阵阵啪嗒啪嗒声，儿子像父亲在母亲的胯间玩耍一样，也正在那里独自一人疲于奔命地玩着他的玩具。马上孩子就会被接走。过去，这里生长着秆子草茎，现在，围栏环绕着这颗心脏，在他的行进路上没有人能够保持平静，心安理得地看到这一切。他们都得把自己的苦难抛到脑后，或者在他们面前喷射出来，抛出一条创意的光线，让人一眼就看到并不得不喜欢它们。当着村民小孩子的面，人们从各方面向这个儿子提出了他的剩余价值问题。母亲几乎有些身感疲倦，而且在惊吓之下，她的乳汁几乎会从她的乳房中涌出来，还因为这个孩子似乎没有不朽的灵魂，他也没有让母亲快乐。此时，孩子马上又想要去滑雪了，那里已经有很多人在升降机的引导下滑着雪，其间苦乐兼容。只要他们在进入山谷的下坡路上，不要高估自己就不错啦！这时，这位母亲贪婪地亲吻着这个正要从她身边脱身的孩子。怀着愉快的心情，这个父亲和孩子一起扒搂翻寻着这个地毯。要是他很快又能和他的妻子单独在一起，他就又可以挥舞他的栅栏桩子（他的阴茎）了！有时候，当这个孩子心不在焉，精力不集中时，他就会用两个张开的手指滑入她最敏感、令她最兴奋和最激动人心的部位，滑入那条对他最具吸引力的裂缝里，以致他给这个女人买了昂贵的衣服来给它穿上，好遮盖住它。他偷偷地闻了一下那只跟他本人一样讨女人喜欢的手。如同灯光一样锐利刺人。其间，母亲继续喜欢这个孩子，想让他就这样继续下去，就这样，再继续，让潺潺流水不间断，母亲对这个孩子就像她的情人一样有些依赖了，她离不开玩具和他的那些垃圾。父亲情绪也很不错，不停地敲打着这张桌子。他今天已经操过这位孩子的母亲了，那么这个孩子怎么可能不需要她呢？只是不要太过分罢了！儿子应当学会谦虚一点，当他将那新的漂亮雪橇，以更廉价的钱租借给那些有需要的朴素的人们时，他就可以在烤面包店把更多的意外惊喜塞进嘴里。这个儿子是一列既小又不灵活的小火车，但已和他的仪器同行做了一笔令人惊奇的交易，使那些最无知的人也会有好运（他们认为，轮滑旱冰鞋有助于在阿尔卑斯山脚下的系统中找到一个空间）。可这些孩子们都知道，要在女人私密处的小山丘隆起处放上一个比赛雪橇是需要付出一些代价的。很简单，这个男人和这位天仙般的女人，彼此都感觉很清醒。他们的眼睛被粗大的刺针缝在了一起。

这个孩子因具有商业头脑而得到了他拉小提琴的父亲给予的夸奖。就以他为例，你们这些市政当局的雪地经营者，还想通过使用这种看似乳酪的雪白小花而收钱，这种廉价俗气的运动！所有的这些东西又都留在了家乡的土地上，而你呢，作为那里无数的运动奴隶之一，仅仅在一个小时之前，还在忍受着生活，穿着彩色工装裤到处跑，从滑雪的斜坡赛道起跑点，跑进迪斯科舞厅。一切都浑然一体，你都是第一名。只是你必须事先让自己靠近上帝，因为，那里的时间比你冲下斜坡的时间价值更高，这是由于下斜坡的时间受到你尊敬夫人的阻拦，她是和你一起步行的。当你面对深深的积雪，将一台同样使用完后可以清洗干净的装置压在你的身上时，那么生活对你来说，就会突然间变得更加熟悉起来。那些穷人已经一无所有了，他们无法承受下体已经冻结的水，除了小心翼翼地爬过最崇高的山峰，别无选择，因为没有人会毕恭毕敬地来帮助他们。从他们的办公室被抛出来的那些五颜六色的人衣着鲜艳，他们让快乐进入她们的那几家小酒馆，往下直滑，把身子完全倚靠在她们的滑雪板上，就像在他们的爱人身上一样，很好，就这样，他们很轻松地继续滑了进去。然而在那里，他们与一些更糟糕的颓废派和失败者在一起，因一次投递发送而闹不和，为了一个幽默统治的生活套餐包，如各类音乐家荟萃云集而闹不团结。最穷的人也在一旁观看，但是他们看不明白，因为他们不知道，为什么这些天体繁星会从他们眼前的屏幕上升起。这一切都归功于天气，是天气把它们吹来吹去，吹得它们满天飞。

母亲让人叫女管家用咖啡来伺候她，其间，她早已将一个没有破损的瓶子藏在衣柜里了。今天最好不要让儿童团来敲锣打鼓，放纵狂饮。不，他们明天还是要来的，以便为庆祝消防节而彩排一下他们的歌声、剪刀声以及硬物相碰发出的嘎啦嘎啦声。在休息日，有些东西在唱盘上如此美丽地结合在一起，如放送一首《圣马太受难曲》，或者另一首可以在我们耳边听到的歌曲。这个女人惊讶地看了看自己的双手，觉得非常陌生。这语言也是冲着她来的，就像她丈夫的阴茎直挺挺地展现在她面前一样，有人在她面前抓住那根链条，伴随着沙沙声响朝她私密处的小丘冲下去。在她休息的日子里，她有一种感觉，感觉到大自然在闪耀着白色的光芒，难道只是自然界才这样吗？我们都想把自己打扮得漂漂亮亮的，这样，我们就可以在那里认识某个男人，并且不受干扰地在他身上留下痕迹，一切只为了他。但是并不知道，那个在半小时内就穿越她身体的年轻人，是否还在想着她？他现在已经踏上了她为他准备的小山丘，因为特殊一些是值得的。这个女人会去检查一下，看看作为另一个男人的女神生活得怎样。也许我们也会去理发店洗头理发，然后去圣诞马槽 / 婴儿床里看看可怜的残疾人员？

当这个女人从他身边经过时，这个厂长就将手深深地伸进她私密处，那里显露出了那个她外表所需要的最重要的部位。对一幅画来说应该是这样，这也就是绘画的意义所在。这个女人不会跳出他的轨道，而应当注视着他的尾巴，把它舔干净，并引导其进入自己的身体里。她不应随便被一个漂泊而来的浪人所劫持。大地阴云密布、黯淡无光，整个乡村亮起了昏暗的灯，有一定的能见度，但那些能看到它的人，此刻却看不到它的存在，因为，他们可怜的阴影与精神饱满的运动员们的影子重叠，他们的身体相互紧紧地挤压在一起，好让他们在气流中更加湿滑。在其他地方，恐怕就没有这么好客了，我担心，是因为他们在面对不可抗拒的旅游业[1]的性质时，没有那么多活力和欢笑。在脏兮兮的厨房里，寒冷的火苗在那些早上五点就得开始工作的男人们的眼中燃烧着。他们已根本体会不到肚子里那根令人恶心的伐木工般的香肠了。他们的妻子在欢呼雀跃中突然出现，要求给她

1　旅游业（Fremdenverkehr）是 Fremden+Verkehr（陌生人 + 交通 / 性交）的组合词，有双重含义。

们来份工作，而不是孩子。（其他人都再次去参观维也纳哈德尔斯多夫[1]少儿城，在那儿要玩起来会嫌房子太小。这个孩子就是这样学着下属的方式走下女人的斜坡的。）大家都想要赚点外快，这样，他们也可以在假期里像复仇女神一样滑下滑板。在那之后，他们辛辛苦苦，很费劲才冲洗进去的新鲜液体又一次没有了。但是，在这家造纸厂的弹库里没有什么东西好拿出来了，还得要做的是，纸张要用数字编号来标记。这个厂长在有权势的人的陪同下达成协议，同意先解雇那些女人，这样，至少可以减轻男人的工作负担。当那个工头突然出现，变得清晰可见时，这些男人就有东西可以释放自己，将身体中拥有的都倾泻到某个地方去，这将是一幅宏伟壮丽的画面。

在职工食堂里，那些工人们面面相觑，但彼此都没受到干扰。在灯光下，他们像小鸟一样唱着歌儿，使他们的生活变得完美，也为了取悦这位厂长。可是这里面又隐藏着什么意义呢？难道在他们的性感女人身上，生活也完美地表达出来了吗？

这个厂长需要他自己的妻子，因为各取所需，每

---

[1] 哈德尔斯多夫（Hadersdorf）：地名，位于奥地利维也纳附近，也译哈德尔斯村。

个男人都应拥有自己的那个她。可不是吗？曙光已经出现，商店正在开业，而其他商店则变得模糊不清。白天的光芒已经显现，商店的门也都开了，而其他的店却看不清门面。她的丈夫侧面看了看他的妻子，他刚刚注意到，她的乳房已经有点儿平静了，发现她还在为约定一次洗发的时间进行一场紧张的战斗。在他的心目中，妻子的乳房就像他的孩子一样鲜活，是他创造并塑造了它们。苍天啊，我的定海神针该插到哪里去呢，无论如何，也该能够在这个女人身上再摸抓、揉捏几下吧。因为，她是属于他的，她就是属于他的，大地一直在馈赠给我们那么多的果实。这个孩子放学后，将要越过一座圣山，然后从山坡上滑下来，其速度之快，超过你的呼吸，所以，今天你会被这个继承了父亲的孩子从你身边快速超越，至少他随时会超越你。这个小动物就是这样被宠坏的，他老是和母亲住在一起，纠缠在她身上，并且认为，他会就这么一直生活下去。但是，这个女人则希望通过新的生意重获青春，因此，这才有了新发型，以便让别人看看，也为了让别人能从她身边经过。就在昨天，这个男人还在他的屋前，给她的体内喂过他那粗壮的野物，否则那野生动物就只能在她的体内觅食过冬了。难道她就未曾见过别的年轻男子站在酒馆里吗？不管他们是走是留，他们在消失之前，都非常英俊和潇洒。这都跟他们自身有关，因为在他们周末去滑雪和与他们的女友进行吹喇叭之前，还有很多的事情要做，他们在女友面前两手空空，令他们感到吃惊的是，不知她们这些四色凹版画是如何在生活的那些更显平坦的侧面创造出来的，而且能够给人留下如此深刻的印象。我觉得，明信片风景与女性这一部位的关系，要比时间与这个女人的关系显得更温和一些。值得欣慰的是，在她们的休息日，你在烟纸报刊亭买的那幅小画上有平静安详、沉默不语的风景区，并且全都被涂抹了，但时间根本就已经过去了！它就像一场暴风雨，钻进了这个女人那些早已开出并消失了的列车。哦，不，她把手伸向她那幅闪亮的镜像前，吓了一跳：工作要在很大的范围内进行，而不仅仅注重她的发型，针对各个不同的时间，发型就有所不同。要着力创造一个小小的多样性氛围，有一点儿小夜曲就行了，别的什么都不需要。她的身影挣脱了镜框，随着她的思绪而变得深远。她了解他的房子，那里正等着一个用价格标签进行标识的滑雪者。我们也都在等着，希望袋子里面的东西多起来，企望着感官的薪资在包里云层飘浮、乱云飞渡。是的，在多数情况下，女人私处里的气候是多云。让我们好好想想，如何才能让自己变得美丽，如何能够变得更多，或者至少达到我们头顶的高度。

这个女人等待着，这个男人按部就班、规规矩矩地离开，去他的办公室。而这个男人等待着，先再次进入他妻子的小裂缝里面去，然后再把她暂时放在当天的冰面上。那些可怜的工人们呢，他们的肩上扛着阴茎，早就在雪崩周围巡视了。现在，该歇息一会儿了！那辆公共汽车已经驶离了。那孩子也一起被运走了，他在他的同学中高高在上，显得极为突出。他的生命线全都是经过精挑细选并被巧妙地分类整理出来的（也许是通过孩子在斜坡上滑行的技巧，并进入一些外国城市，见过世面）。因此，自从他出生之后，有了婴儿床，家里就有了一个守护神、支持者，这样一来，他的日子就好过了。赐予同学们一份冰，他们便永久地待在了上面。灯光照在这幢很大的房子上，仿佛它是在那里生长的，照在这块打过蜡的镶木地板上。今天，我们会有一次太阳，我现在可以肯定。只要有可能，这个女人就想去县城的一家精品店，这样她看上去就会觉得舒服多了。对年轻人来说，她为什么老是不能满足他一整天的需要呢，为什么他非要在山上那些人迹罕见的雪道上滑行呢，真不愧是个深雪探险专家！因为，在他之前，那儿还从没有人去过！除了去年以外，当时有一个青年男子和他的男女朋友们还曾在那里疯狂嬉闹。这个女人别无他想，只在考虑她应该穿什么，这样她就会走得更快、更高、更远一些。到目前为止,就她的感觉而言,对不起,请让我们再打一次包吧!她的丈夫不能让她平静休息,他现在就要进入他的工厂——他妻子的私密处去了。为公平合理起见,他(并被认为是占有者)对她的幸福要负八成的责任。他就这样滋润她、浇灌她。如果你还要再深思熟虑、周游各地、游刃有余,并希望在另一个人的眼睛里播洒暴风雨,那你可以到我们这儿来看看。是的,那就请你来享受一下吧!

从一个包厢座位上(只是在最穷的地方,脚下的地板上没有涂上顽皮孩子的地毯——精子),为了清楚地看到时间,这个女人走出了屋子,她浓妆艳抹,在自己身上和指甲上还涂抹了颜色。自然界是多么美妙、壮观、伟大,在这个自然界中,那些穷人看到了限速标志,却根本无视它们,所以他们把自己和他们淘气的汽车与我们的食物混合在了一起。这个女人的阴道被她丈夫的发酵产品完全浸泡着。在她裤袜里面的大腿上沾满了黏液,这是厂长的日常工作习惯。尽管他的墨水接近枯竭,但他还是很喜欢显示出他具有繁殖的能力。他还能够平静而愉快地在他的航标灯下吞噬一个更年轻女人的姜饼。山上的气温下降得很快。可以说,当森林在水库中映出倒影,窗前青草长得很高时,将足以抚慰家庭屠宰的记忆。如果像税法告诉我们的那样，有人在她身上捏掐、捏造或装法条应用于她身上时，可想而知，那些穷人会变得多么愤怒。这个造纸厂厂长一直还感到吃惊的是，他所雇佣的成群结队的员工，都在同一家超市买同样的东西，即使他们有不同重量的东西，抬高不同的尺度。当地的多家小商店早就关门了，所以居民们就不会因为香肠三明治和啤酒而沉迷和放纵，变得过于疯狂。通过工厂的歌声（我国工业在国外的好声音！）和合唱的呐喊，这个男人希望唤醒我们，激起我们的情欲，使我们一直侵入到他的胸部，这就是对我们的一种有声的防御。其实，操一下就能轻易地弥补，这个男人的白色代理人——情欲，就希望坚持发泄他那尖锐的声音。然后，这个女人就沉默了。从她只因性事而被猎杀的阴户房间，这种独特的美味，向天堂呐喊，直冲云霄，隔着栅栏就听到号叫，仿佛人们在回忆战争时听到的怒吼声。丈夫和妻子已经相互在一起交媾了很久，很快他们就会起来去洗澡，并相互冲洗干净。

在教堂里，各种雕像身上往下滴着液体，有些没有再滴了，而另一些甚至还没有得到补给。这个木工在其天气预报和气氛的感召下，就在这个在商场工作的女人体内展开了短暂的生活，他们的发展变化过程是从学校到同床共枕，迄今已有三年了，他们在厨房里，即他们生活的工场欢呼雀跃、寻欢作乐，在那里，他们之间可以锉磨，可以粗俗不讲究，因为他们没有其他的房间。他们必须相聚在一起。自然界按照这个男人的自然尺寸来安排他与谁聚集在一起，然后带着他走进小酒馆，以便他能再次走到自己的岸上。在家里，他僵硬地立在他的性欲产品——孩子们的面前，思考着，如何才能在飞行中猎杀他们，并把他们扔到阴户壁上。有时候，孩子们在这里结束、消亡的速度，比人们通过阴道内壁黏膜的相互摩擦而塑造他们的速度还要快。在这个过程中，应当保证时间的持续性和连续性，而这片土地的主人却在她的屁股下面毒害树木，于是，工人们生产出来的纸张在五十年后，将会像天空中的符号标志一样烟消云散、消失殆尽。她的愤怒是徒劳的。就像这个女人在家里是该选择穿裤子还是裙子一样，也是徒劳的，因为她在家里是不允许穿裤子的。就像他们因工作受伤，不再中用了一样，他们享乐的兴趣也会随之迅速消失。在女人喷泉时，他们伸出一只手浸入喷射物中。女人乳房的感觉无形地就传递到了下腹部，那里生长着绒毛杂草，有个医生愤怒地抓住这些植物。通常人们是不会无缘无故地跑到医院去躺着的。直到那些饥肠辘辘的人们恼羞成怒，才拿起猎枪打爆自己的头，那些猎枪就像霉菌一样，在他们房子的秘密角落里发芽生长。至少他们曾经在你身上找到一位诚实的主人，因此，在孩子能够自己动手以前，你就教他学习汽车机械知识。

厂长的妻子把自己漂亮地打扮了一番，这都展示在她的脸上了。她的盛装打扮十分引人注目，而且自然界也赐给了她一副美丽的外表。这个女人化装打扮后还算是个人物，她穿越的多个空间比山脉所能容纳的还要大。所以，从她脸上来看，她就不是那么相信和依赖自然界了。这种巨大的能量变得稀少，让她无法呼吸，因而她不得不进入自己的车子里。这时，她在脑海中的祖国已经又看到了她的新男神，也就是说，在那里她用完全不同的眼睛看到了自己。但愿她的预感能成真！在她周围，她被那些被钉在栅栏柱子上的迷失者的怪人头所注视。村子里的这些妇女们，好像除了她们自己的小王国以外，从来未见过其他国家似的，在自己的王国，晚上，她们靠主子向她们吹气而生活着。她们从自己的母亲那里学到的只是，总是朝金钱看，并对钱上所显示的面孔感到惊讶。这一百和一千之间真是天壤之别啊！整个世界都在这两者之间，覆盖着深渊。这个女人驾着自己的汽车，沿着蜿蜒曲折的联邦公路行驶。她要尽快地与那个年轻人见面，她感到他前一天的报告曾是一种深深的享受，因此想让他再次在自己的身体里说出一句有力的话。她会出现在我们下面，就在无法进入的楼梯脚下。沟壑纵横交错，穿过了山脉，布满了山坡，而我们就在它们的下面，对那个野物进入我们的体内是那么笨拙和无助。那个青年男子看到她的新发型，就会去睁开他的眼睛。对于这里的人来说，也会发生类似的事情，由于他们突如其来地放水淹没了大坝，导致小溪里死了数百条鳟鱼，因此他们在关心他们的动物和他们的工作之间秉持确切的中间立场。这放水的工作是一个工厂主短暂而轻快、转瞬即逝的礼物。好吧，我们还是来描述一个幽灵之子吧。

他们在山坡上跑来跳去嬉戏着。升降机拖拽着他们卸载的不漏水的货物，货就装在一个透明塑料套里，上面挂着自然界的邀请函，越过坚挺而清晰的风景区向上移动。是啊，看起来很可怕，滑雪板下面的这片土地，当初可是多孔的，或只是皱巴巴的地方，此刻竟然是如此蓬勃发展，繁荣兴旺。在来自维也纳的那些疯狂一日游旅行者面前，雪花加农炮连连放起炮来，于是，他们中的每一个人也都认为自己是一门滑雪加农炮了。为了改变这个世界，我们也许还要在这里待很长的时间，我们在它上面已经成了永恒者，可现在它却在我们中间结束了。那些滑雪者只是无所事事地打发时光，一味地与那块风景区打情骂俏，放心好啦，他们都不会感到害臊的。他们以其强大的力量在地球上漫步，用他们强有力的男性霸权，踏出每一个激情燃烧的火种。它能更高地激起城市居民享受速度的浓厚乐趣和快感，而速度本身又把他们抛下来。啊，真希望他们还能够立刻再一次正儿八经地走出自己的身体，大胆地发泄自我！在阳光下，他们这些诚实的主人，四处纷飞，展示他们自己和他人的成就。他们与其他人混合在一起，便产生和造就出了新的运动员。他们的孩子也将完成一个滑雪培训班的课程，但在他们的脸上还留有他们父母猪褶皱的痕迹。运动，这种给人以痛苦而又虚无的东西，如果你没有什么东西可以失去，那你为什么偏偏要放弃它呢？这周围没有什么家具，但是，工作服、商品和奢侈品，还有与之相配的荒谬的头饰（罩）之类的价值是没有限制的，如果真是这样的话，那就越过高山吧！可以肯定，山外还有山，在那之后肯定还会有一座新的山丘，它必须能够容纳进入我们身体的一切。长期以来，各种时尚、谋杀和风俗习惯的摧残让阿尔卑斯山付出了代价。到了晚上，我们都在一个拉手风琴的滑稽丑角面前笑得前仰后合，他在我们面前晃来晃去，像表演幻术一般。周围的村民都在睡觉。早上，他们去上班的时候，他们面前的山体还没有分裂开,他们必须骑上自行车,或者坐在小汽车里系好安全带跳过每一个颠簸处,直到他们终于被允许打开通往员工野生动物园的大门。是啊,如果他们脚上有好铁掌,有感觉,激情就会上升,就会爬上去。我们要求保持沉默。毕竟,这里也有人在工作,每个人前面的笼子里都有自己的动物。

这种滑雪橇的生物正在地上挖坑钻孔,没有一个人伸出手去抓住或者阻止它们。没有人可以从地球的法则中解脱出来,地球法则认为:水往下流,重物下垂。沉重的东西必然是向下垂落的,要证明是否正确,人们得在自己的身体里去体验它。有些人戴着太阳镜,他们虽然面面相觑,心里却想着吃吃喝喝。晚上,根据烹饪新规,计划进行交媾,安排一次同房,少而精,美而爽。在他的饭盘里,天气随着激情蒸腾成了红色,我们的叉子碰撞在一起颤动作响,我们的金色龟头沉甸甸的,深入了下去,然而,她那山丘一片寂静,默默地悄然矗立。成千上万的猥亵物顺着山坡被抛卸而下。还有数百个多余的人在生产纸张,它是一种很快就贬值的商品,其贬值速度甚至比人在运动中的消耗还要快。你还是那么有兴趣继续阅读和生活吗?没有?那好吧!

女人冒险进入丈夫早些时候曾经停放汽车的地区小镇，并在桑拿房里吸食过热水。这倒没什么关系。他的妻子就挂在他的睾丸和悬崖峭壁上，就歪歪斜斜地附在他生殖器的楼梯上。当他去找他的生殖器时，睡在她旁边的就是它。这个女人已经成为他的财富，他经常倾注她的身体，直到她精满而溢为止。在那里，这个男人为其身体办了点小事儿，即对它进行了翻新，让它养精蓄锐，为此，女人才敢大胆地穿上衣服！那些娱乐场所等建筑物的窗户上已经透出红红的光线，但现在已经不像以前那么经常有人光顾了。为了喘上一口气，男人们越来越多地把他们妻子的无花果熟练地握在空心的拳头里，并将其捏捏挤挤。在此之前，他们把宠物的脚都捆了起来，这样就可以再次找到它们，它们都被存放在一件新衣服的下面。现在，他们必须和他们的妻子彼此直呼其名，以你（du）[1]相称，但并不意味着平起平坐。阳光照耀着小路。树木仍然矗立在那里。现在，他们的性事也做完了。

先生们，那种疾病为你们进入熟悉可信的性器官铺平了道路，由性带来的疾病曾是你们过去一直想要摆脱

---

[1] 德语中的称谓"du"（你）用于家人或亲人之间。

的东西。现在，你可以充分相信你的女伴了，因为她已成为你们生活琐事的一部分，否则的话，只能去找专科医生了，而且在此之前，似乎所有的路都还在向你——受欢迎的旅行者——敞开，你来到这里，沉浸在你那生生不息的幸福中，在你的袖珍口琴上演奏所有的曲目。过去，你对你的聋哑乐器有多大的挫折感！而现在都变了，我们看着对方，都转动着自己的挂件，贪婪地蒸腾着情欲，用自己的汁液为自己服务。是的，这位可怕的性爱常客现正在家里啄食，当然那里的味道最佳！最后，这个男人同意了他愚蠢的举动，允许他身上的那个东西晃来晃去、发情颠跳。过去，他把妻子当成一道矮树篱笆，一有机会就要修剪她，与她撮合在一起。现在，他在她面前变得狂野起来。这是小事一桩！总有一天，每个人都要学会如何处理，学会运用自如，这样他就可以轻松安宁、和和睦睦地刺穿他女伴的肛门，因为没有更多的伙伴，这个女人已经足够满足的了！现在，男人们身体变得更加肥胖，一个个大腹便便，因此，他们的性欲也活跃起来，不需要太久就能达到高潮。在过去，每个女人按照男人的愿望为他做好准备，而现在，他把自己的盘子清空了，泄入自己女人的腹腔里，而又要她给他冲洗碗碟。这个可怕的客人正陶醉在她那性感的双颊上。而他自己则完全专注于他那盆地里杂草丛生的牧场，在那里，它一直保持着勃起，冒着泡，发出阵阵潺潺声。在持续中，他时刻担心自己会失去这样的姿态，并且被一个善良的陌生男子所取代。是的，性欲这东西呀，人们想要真正获得快感，从她身上才有可能！但我若是你，要把性欲建立在她的基础上，完全依赖她，我宁愿不要。

他们像肉食动物一样，偷偷地穿过她们花团锦簇、遍地鲜花的街道，那漫游着的男人们哟，他们投掷石块。这些人揣着健壮有力的性器包，正在四处寻找一个可爱的女子下身，充满爱意的养育所，他们想在里面永久居住，这些男人哟。他们在萎缩状态下还是很温顺的，他们的肉囊上还覆盖着塑料罩的汗水，但形态仍清晰可见。但很快，当太阳刺痛它们时，它们马上就会站起来，从小缝隙中温柔地渗出汁液，然后，缝隙就迅速地越变越大。接着，那太阳咆哮着袭来，它刺破了潮湿的垃圾场，像炸开了一样，这种性器散发出一股浓烈刺鼻的气味，在停车场里飘荡，锐利的眼睛以二对二比较后紧紧地联结在一起，直到小车驶进壕沟里，欲望在漫无目的地流浪着，四处游荡，要寻找一个能吸引她的新动物。其实，这些男人也不会徒劳地活着。他们如果愿意，就在她们脸上撒尿，而她们还是静静地躺在性器小树下，并观察着性器小树的种植情况。现在,她们被这棵性器小树浇灌了,这个目的达到了。为了获得一次新的刺激,冷漠的格蒂也会在家里做,如果有人用紧握的拳头敲打她那施过肥的苗圃,她的土壤就会自己解冻,直到泥土翻开来,并让她的括约肌井然有序地展开。我们每个人都可以享受这样的快乐,而不必隐藏在我们内心的痛苦和悲伤中,也不必把自己关在自己的小房间里,周围除了家具什么都没有。作为人,常常是自视甚高,朝上看,目的就是不降低自己的生活水平。

时间吞噬了我们在插入和被插入时的渗透,消耗了我们呼喊着要穿透对方的快感,因为这只是在某一天早上,在我们的垃圾场旁边存放一个有更大空间的身体的问题。但是,那些疲倦的人们,都是用皮肤和毛发来消耗自己。另一方面,他们也比较幸运,有更好的条件。他们不需要苗条,也不需要漂白头发,他们在返回到这台机器面前时,自己是苍白的,他们必须一次又一次地清扫其周围的环境。而如果他们看看身边,就会看到从输水管道施工现场排出的污水在污染着这条溪流。那么,他们的整个工厂,他们的一切杰作,都必须在她的乳房上干透,而且管道必须关闭。这家工厂由国家融资,受到外国的盘剥,这些设施的厂长,一心只想在这个瘟疫——他的妻子——面前喷射排泄。从晚上到早上，对他来说她都是十分危险的。他怎么能够在木匠丧失了权利的地方，从她的屁股后面插进去的呢？他的猎手——圣胡贝图斯[1]——的守护神又是什么时候可以直接待在具有强烈气味的狐狸洞里入睡的呢？而他曾在那里被抓住过。若不是他，那是谁呢？那谁又愿意在他的妻子面前跪下来，让人刺激他的感官，把她的褶皱一片一片地还原抚平呢？她从上面露出脸来，而他却在下面用他那商务室冒出生殖器的双重舌头来做出承诺，可谓阳奉阴违。整个田野周边都充满着气流，女人就在我们周围。我们从她们身上摄取食物，也和她们一起进餐。这种交媾并不会打扰当地人，但他还是会去他能够自己调节的地方交媾。

厂长紧紧地扶着他的车，撒着尿。豪华的车灯照耀着他的身影。当她从她的高山顶向他俯下身时，他就可以将他的肉汁泵入这个女人体内。他们这对夫妇可以把车停在他那大房子里的任何地方，以合法的方式进入对方。这个女人要去做头发了。山后面，天渐渐亮了起来，草地上环绕着白昼，这一切都显示出更好的优势，办事

---

[1] 胡贝图斯（Hubertus von Lüttich），中世纪时期的猎人守护神。

效率也会更佳。可只有这个女人躺在她的墙壁裂缝中，那是时光为她打造的裂缝。女士们，我们大家都是爱虚荣的。你还是把牙放在嘴里面，少废话，脱光衣服，让它在风中飘扬吧，然后向你的男伴侣猛扑过去，好像他好几个小时都没有伤害你一样！别说脏话，克制一下你的话语吧！

对情侣或夫妇来说，美梦不应该就此结束。可梦还没有做完，他们又去上班了，他们从他们熟悉的路上抬起了头，想仔细看看他们也很熟悉的另一个人。这时他们都站住了，一个紧挨着一个，必须有人买下这些跌价了的橡胶慢跑运动衫，以使这些东西完全贬值。道路在他们的脚下渐渐消失，盛开的激情之花逐渐凋谢。他们的妻子那些被人触摸的地方张得大开，瞪大眼睛，但是，今天不再有哪个女人随随便便就请病假。我们找到了生活的地方和友爱如伙伴的公司，否则就会立即皱起眉头、愁眉苦脸。当我们按下按钮时，那张图片怎样形成呢？还真的不清楚，但是在雷雨期间，你应当关掉电源，拔掉插头，从那可怕的裂缝中取出你自己的图像，没有人会朝里面扔一个先令来仔细观看这条裂缝。然而，你生活在一个女人的爱中，并且居住在她爱中的次数，比你应得的更多，因此你必须把你对女人的爱粘在一起。只因为她希望能保证在她私处的爱之角得到真爱。

他们聚集在云层下，进入大门后便没了踪影。他们还是刚刚到达终点，就在工厂里被解决了。现在，当汽车垃圾场里的橡胶烽烟滚滚，那些氧乙炔焊工分泌出自己的汗水时，你还是赶紧回家，和你的妻子一起好好休息一下吧！金属车板发出阵阵呻吟声，钢铁内脏从汽车的伤口处泉水般地涌流出来，这些汽车曾经比那些进行第二次交媾的女人更受宠爱。但是，还有一点需要提醒：你不要让品味成为你的指南，因为，在你有所准备之前，市场上就有一种新的模型，而且它只为你而等待，为你而等待，而不是为其他人而等待！然后，你就会拥有一个你在很久以前就曾拥有过的东西，而且还是用言语来诱说，用储蓄账户来劝说的。当然，这一切都已成为过去，还是回家去吧，你说呢?！

第十二章

这个女人完全为她的求婚者特意打扮了一番，发型、穿戴焕然一新，登上了小城的岸边。只有她的手提包压在她身上。她让她的命运之子留在学校里。几乎是那些一看到她就立刻脸红的警察引导护送她穿过马路。而她呢，总是摇摇晃晃的，但并没有沉下去，她是一个轻松的游泳者，在她下面，所有邪恶的源头都在涌动奔流、潺潺作响。这个身着貂皮大衣的女人在其他纸老虎的劳作中偷偷地荡着桨，高耸的山峰在他们上方的两千米处若隐若现，尽显威严。这些人把纤维素和纸张，从这片坚硬无比又柔软无牙的风景区撕了下来。而这个女人的衣服呢，则是一个女裁缝应该随时都可以仿制出来的更简单的款式。哦，天哪，你看她穿的都是些什么呀！就像一层层叠堆在工厂和锯木工场周围的小木块。到处都是冰冻的水，折磨着地面和我们，厂长夫人为什么穿着一双高跟鞋呢？如果指示路灯不愿意，我们是不敢离开的。这个女人把一种很无聊的东西当作衣服裹在身上！她坐到了方向盘前，喝了一口。她在自己的牙齿上喷洒了一种药物。雪地中，她借来的情人不会跌倒下去，那是他自己的本事。即使他摔断了一条腿，青春就是最好的回报。他穿上岁月还无法超越的时尚外衣，厚颜无耻地相互大打出手，该嘲笑自己的力量了。让我们在运动的浪潮中，愿那些富人像我们祝福那些穷人一样，把享受快乐的日子赐福给他们吧，为此，他们不得不付出相当大的代价，必须经常驱车远行。目的就是体验一下处于原始状态的新雪——刚射出的精液，寻求一点兴奋和刺激。然而，那些富人想把车开到更接近元素源头的地方（在那里他们用屁股感触那些纯正的元素）。他们一路撒下飞扬的尘土，笼罩在元素上，仿佛与生俱来的大地。而其他人则受制于工厂里的严格管理，依附于他们家里所爱的人，也享受着雪的乐趣。

厂长夫人在尽职尽责地完成了她的性欲级别之后，又坐到了司机的驾座上。这城里人在她面前将兽嘴紧紧地贴在糕点店的几片薄片上，笑得很开心。啊呀，她都有点儿如痴如醉了，这时，她从她的皮毛里掏出了一个酒瓶！寒冷中她咧嘴而笑。那窗户后面的队伍和行列，大大小小、头头脑脑、顽皮孩子等都俯身倾倒和弯下腰来，仿佛都要插进她的心脏。年轻妇女们，不得不在这个时候去购物，因为她们对这些孩子和衣服显得有些陌生。她们想看到一些东西。她们想成为这样的女人，可她们不知道该怎么办，该怎么着手开始！在光天化日之下，就像在奥运会上的下坡骑手们一样，她们在理发时经历了一场溃败，我们这些女人把自己应该用来卷夹头发的发卡从头发里面拉扯下来。她们还未曾有过这么大的胆子！现在竟敢大胆地看自己的形象图片了，因为，至少在我们不再喜欢彼此的时候，可以很容易地改变一下毛发的发型吧，女士们，你们说对不！

现在，我们成了一个个全新的人，显得十分温和，而且被自己的美貌所感动。然后，我们以不同的姿态，在不同的渲染中进行！每一个成熟的女人都要为洗涤、交媾、躺倒和纵欲无度付出她的代价。这样一来，我们毛发上的钱看起来就比我们账户上剩下的还要多。所有的行为，所有的蛋糕，我们都为此竭尽了全力，哦，是的，当这件工作结束时，我们带着已经变得毫无用处的叉子漫无目的地进入晚间生活，吃完饭、洗完澡，然后又把自己放倒在一个可爱甜美的胸脯上，它用其乳房上的四个小轮圈把我们推入储藏室，以便我们用生命的残余来将乳房平底锅刮洗干净。要是还没发生什么反应，就会有人遗憾地摇摇头，在性欲战斗人员的脸上也会表露出愤怒，之后，我们很快就会更换为另一种姿势。然后，我们必须在这个清理出来的房间里乖乖地、安静地待着，就好像我们已经把自己清空了一样。我们从不放弃，从不原谅自己，但如果我们想要强迫自己进入一个人吧嗒嘎啦直响的器官里，也并不会有损我们的面子，但那就没有什么意义了。有一个年龄更小的小伙子很快就会完全取代我，他已经被新的全营养食品培育出来了！为什么是我呢？我怎么会在超过四十岁的时候，比一个小孩子还难以作为了，甚至还更重了呢？怎么更难夹住对方向我倾斜过来的秤杆呢？那是因为我在每次意外惊喜到来之时，总试图改变一下自我，给自己买一件新衣服。

厂长夫人玩弄着她的车，好不容易费了一番周折才把车发动起来，目的就是追赶上米夏埃尔，因为他现在已经在她私密处的斜坡滑雪道上咆哮着。他像警察一样大声笑着、嚷着超过了他的朋友，是的，还把倾泻在他们身上作为一个笑话。当夜幕降临时，他满脑子里想到的，全都是他继续想去的所有地方。她无非假装去见一个和她志趣相投、性欲波长相同的人，而这波长正是可怕的时尚发型师施加于这个人身上的。可值得注意的是：不要错过这方面的下一种时尚，它首先会让我们疑惑地想要掂量一下头的重量，然后，常常让我们前前后后、转身掉头、翻来覆去、反复折腾，这样，才可以陪伴我们走得更远一些。抬头看着我的头，不要害怕品尝它！也不要担心要花多少钱！我的头，它不需要任何费用，不用花钱。是的，我们把自己放在一个某家运动用品商店的印刷袋里随身携带，里面还装有一些跟我们一样没有绑定的小面包。这对我们来说，一点用也没有。我们不必关注那条道路，而是那条道路应当照顾我们，应该由我们来处理，免得我们毁掉它们未来五百年的植被。这个米夏埃尔，万一他倒下了，他也不会像我们这些笨手笨脚的人，把地球劈开。我们虽然不是花朵，不属于自然界，但我们还是想要把头伸进并穿过自然界的墙！然而，米夏埃尔呢，他只会分裂他的追随者！他一直在笑着告诉那些追随者，昨天他一会儿把那个女人拉到他的岸边，一会儿又把她扔回水里的经历。我想我们都能感到温暖，因为我们中的许多人都背负着失败的负担。我们只需要点燃一把激情之火，这样，我们就能在做爱时，发现在嘴里有东西在呼吸，有东西已经新鲜出炉了。此时，这个女人就不再拥有一种美丽而清晰的意识了。她把手伸进了自己的阴毛，并破坏了那个在她热乎乎的引擎盖下让她瑟瑟发抖的人的作品。此刻，也许有孩子在她的阴户门前等待着，他们都属于一个有令人愉快的节奏和亲热温存的群体，而且是被他们的亲戚挥舞着坚硬的拳头逼到这里。无所谓，毕竟这只是一种业余爱好。他们都是一些在痛苦中呻吟的人的儿女。他们必须铆足干劲，靠自己重新振作起来，目的只是抓住被释放的命运。这个女人在激情中有些忘乎所以，既忘记自我，也忘记了那些儿女。在快速者行使了他们的权利之后，她也把车开到了私密处斜坡跑道的尽头。在那里，那些被困和被容忍的游客解开了安全带，或者被捆绑成一对有耐心的动物，忍耐着把她沉重的屁股重新挂到电梯的把手上，那屁股上面有用生命和他的面包屑，以及从未被修理过的雕刻印记。

前进吧，继续勇往直前，我们不想看到后退或看向后面，因为我们的后面没有长眼睛。这个女人用她那高贵的高跟鞋把自己牢牢地卡在了地上。令人惊讶的是，冬季度假者像小船一样，在这幅风景海报前晃晃悠悠、摇摆不定，这里的一切都很正常，但人们可能不会加入他们的欢呼声中。人流源源不断地沿着山坡翻滚而下。我们希望成为更健康、更愉快的人！想要的就是享受过瘾！这些旅行者哟。他们无穷无尽，永无休止，身着华丽的服装，在夏日里，从山上漂流到海滩，不一会儿就搁浅了，冬天又来了，他们想要在最顶端，希望能在那里找到一点他们的甜蜜小颗粒：在那里就是一切！也是他们希望的全部！他们希望能更高、更明显、更令人愉悦地向女人山谷盆地里倾泻一通。但是，当他们的上司在他们面前耀武扬威，咆哮得像一个燃气炉一样，喷发出燃烧的火焰时，他们最好还是隐身，不要被人看见为好。这上司的打扮真是甜美可爱极了，堪称一个酣畅淋漓的设计：一副浅蓝色或浅褐色的整体搭配，戴一顶毛茸茸的皮衬里兜帽，上身凸显一对耳朵形状的红色毛衣，朝外张望着！我们可能会很容易忘记，我们身上没有任何东西是相互契合的，从上到下，从头到脚，都不相匹配，仿佛每个部分都属于不同的人（这就是我们这些成熟女性的构造方式。不知何故，我们一路走来失去了贞操形状，是啊，然后我们就不再有什么爱恋，坠入爱河了！），反过来，这些形状也有其可怕的差异，只有受过折磨的下层人才知道这些差异。所以，我们都很依恋折磨和痛苦，但是，我们要布置最佳的环境，穿上最迷人的衣服！看起来要独特，别具一格！

它们成群结队地站着，沙沙作响、窸窸窣窣地抽着烟，相互吸吮着、畅饮着，一饮而空，这些都是性事运动的对象。因为它们微笑着停靠在那里的山谷车站时，彼此之间都没有什么可炫耀的。它们亲身经历的大多是：

为了生存而吃，以吃为生！它们谈论的也就是这件事。它们点燃自己，用火光来照亮自己，也照亮了这片土地，比那些必须耕种自己和土地的人更加闪亮。当然，这种旅游业肯定会给我们带来更多好处！现在，他们又马上开始收集他们的东西和作品，而那树枝还沉重地悬挂在雪下，一道强烈的光线射了进去，在尼龙衣服上几乎感觉不到什么，但光线的射束闯入了美丽雪地，静静地躺在了曾经是草地且被淫水浸润的土地上。而现在，那水很快就无法进入地下了，我们已平整了土地，铺上了地板，并用我们的摩擦面作欺骗。他们每个人都在相互怀疑，自己是这片田野上最好的车手，所以，她的存在也是他找到的一个幸福圆满的结局。在冬天，这片土地本该沉睡的，现在，却被真正地唤醒了。从他们的脸上发出了叽叽喳喳的嘈杂声。分秒之间，就穿越了专为他们设计的，也是最适合他们的路线，道路一直延伸到绵延的狭长地带，在那里，他们有一种天当被、地当床，上无天、下无底的感觉。那些无辜的孩子们正在坠落。让我们不要再把自己藏匿于我们原装的盒子里了！也没有必要张开我们的双腿，其间，我们已经学会了一种完美的平行推进！我们可以把世界冠军收入囊中，而且我们车辆的这种方法也适用于她们的级别，在这个级别中，我们的挖掘钻探能力可以与我们的规模，即挖掘的次数和土方量相媲美。这样美好的一天终于到来了。这些年轻人裸露着他们的头，雪花飘落在他们身上，但他们不必心有余悸，雪花不会粘在他们身上。奥地利联合会没有在我们的灵魂面前颤抖，它紧紧地拥抱着我们因她感到骄傲而受伤了的肢体，并把我们的头猛地往下拽。它还在我们的大腿上缠了更多的绷带。明年我们还会回来的，还会继续下去的！但愿我们不会因为没有下雪，而像昆虫一样被四处驱赶！

我们如同世上沙漏钟里的沙子，涓涓细流渗入峡谷深处。我们凸起的边缘在交媾时锋利地切割着，有人多次试图用这些凸起的边缘将我们磨平，径直切向万年积雪的冰川和雪地，在那里，征兆都是统一的，心心相印：一对一，面对面，就在这白色的喜庆服装上，肌肤白皙的肉体上，我们把自己当作污物抛洒在它的上面。其中绝大多数都属于奥地利联邦森林，其余的万顷琼浆玉液、甘露美酒属于达官贵人和其他的棚户区居民，他们作为锯木场的所有者，与这家造纸厂签订了永久的合同，是用血签的，有着血肉联系。扶手椅子绝了，坐在上面所说的话都被赋予了它的意义！真是妙不可言！我们都想要改变，变化只会给我们带来好处，尤其是滑雪时尚每年都在向好的方面变化。大地每年都匆匆忙忙地接待着男女运动员们，在他们累了的时候，没有一个父亲把他们抱在怀里，但是，这位来自造纸厂的女厂长还在，她说：请你再近一点儿，如果你能在垫子上运动得足够快，再使点儿劲，马上就会有一丝光线要从她的嘴里发出来！

这时，米夏埃尔笑了起来，阳光紧紧依偎在他身上。在过去的几十年里，她的那片田园风光发生了如此大的变化，它只想容纳那些顺眼并认同它的人。农民不再是农民了，现在都不耕耘了，他们都蹲在家里看电视呢。长期以来，他们是这块土地很不友好的救世主，他们还对农业合作社做出了不礼貌的回应，但这一切都已经结束了，是的，都变了，变化的是我们新的节日盛装，它使我们的邻居和夜间酒吧都感到了极度震惊。我们身着五颜六色的服装，像残肢断臂躺在森林里，横七竖八地成为被人享用的盘中餐，这盘子原本就属于放荡淫乱的啮齿野蛮人，今天则意味着这个世界都在咬牙切齿，处在啃咬吸吮人的痛苦之中。但现在我们自己都想变得疯狂起来，放纵自我！大声地叫喊吧，让远处人们都能聆听到我们的喊声，并感到害怕：是发生山崩地裂了吧，当我们想要精力充沛时，我们就得在山崩地裂中保护自我，在里面被保存起来。这时就得走出自我，坐在女人胯间的悬崖峭壁上！而此时的山峰则会向那些粗心大意的人落下石块。现在，这块土地上的人们就是以此为食，从中获取滋养，并乐在其中，并且一些酒家也是以我们所品尝的口味而受到青睐。

这个女人相信——她跟我们一样，在穿过我们干燥的森林时在里面迷路了——她在前一天，对这个年轻人撒下了一张十分可怕的、刺眼的网。她把她那张可怕的形象图放在他身上，现在，他把图片塞进了胸前的一条裥沟（一条很浅的缝褶）里，并一直看着它。其实，他再也用不着长期地躲避她。而对她来说，仅仅默默地想着他是不够的，她不厌其烦地沉浸在贪婪中，放纵自己的欲望。然而，那山坡立刻将这个反复用假声呼喊的人抛了回去，因为他不会使用假声呼喊。他有自己的一套环绕音响系统，因为有很多人从四面八方不停地大声号叫，仿佛他们利用她们锋利狭窄的侧翼唇直接冲杀进了暴风雨中。这个女人不再被黑夜所羁绊，虽然在黑夜中她什么也看不见，伸手不见五指，但她还是想要在米夏埃尔面前发光发热、闪耀光芒。在这里，她要以其真实的原形出现，她必须有最大的勇气，面对下坡者打滑和蔑视的眼神，还能坚持把自己束缚在缰绳里。她那双不切实际的鞋后跟，深深地钻进了女人目标斜坡上的雪地里。是的，难道她没有注意到，她是怎么受感觉的推动，几乎就要爬上山坡的吗？她的技能，我指的是她的灵巧性，在这些不合适的助行器上能走到哪里，能走多远呢？她的身上全都湿透了，那鞋跟撕开了难以关闭的缝隙。我们女人必须到牧场上，到酒吧的地板上，采取有力手段实施播种，在那里，我们必须在秃鹫和不欣赏我们品味取向的幽灵司机中，证明我们自己。但是，即使是在运动中，我们想要收获的也不仅仅是欢笑声！在每个地方，我们必须首先验证自己的能力，检验自己是否有效（如上车验票，是的，这就做得很好！），对每一个场合，每一个机会我们都必须有适当的呈现，敞开到恰到好处，这样，我们就可以再次噼里啪啦地抛射出去。这些创造性的东西很快就会消失殆尽，我们知道了，我们必须经历的那些东西，即我们是否适合进入耕地里的那条犁沟，在那里，我们将被撒播出去。

没有办法把这个有些自我陶醉的醉酒女人——在她新的卷发附近——从她为自己挖掘的雪坑里拽拉出来。尊敬的夫人，我们在此为那些已经不得不回家的朋友们感到悲哀！但是，我们仍然还坚守在这里，为翻山越岭而订购的食物还能挂在我们温暖的胸前。我们不愿意伤害和冒犯你，可是你把你的安全房屋建在了最不安全、最危险的地方，你这样做，好像你根本就没有家似的。太阳落下得太早，下山太快了，早泄了，这让年轻人很恼火。但是，即使在黑暗中，情侣们也会立即重新成双成对地结合在一起。我们的权利是，我们可以翻山越岭。我们在那里的行为，除了万有引力法则以外，不受任何法律的约束。令人惊讶的是，我们互相谦让回避着，有时我们还反其道而行之，搞错了方向，不应该朝着错误的方向溢出或撒尿，否则只会让自己缩回，打道回府了。

那么其他的人呢，随便把任何一个员工从储物柜里拿出来一次就行了！在滑雪场的斜坡上，那个帮手仆人站了起来，那是一个温顺听话的造物，一个没有性情意识和感觉的生物，但他至少塑造了自己选民的声音，他认为，他可以对这个女人不屑一顾，放声嘲笑她。他不用别的什么，只用他的青春之声，就可以踏开她的躯壳墙板，踢开她的百叶窗，并随时嘲弄和讽刺她。在办公室里，年轻的先生们必须谨慎一些，小心翼翼地对待自己和他们的老板，可是在这里，他们连同他们的肌腱和骨头一起消失在自然界中，仿佛他们慷慨地奉献了自己。通过金牌得到永生！那些在障碍滑雪比赛的回旋运动中，摔倒在了标志栏杆之间的人，就像他在生活中摔倒在所有暴风雨的椅子之间那样，他只能体会到，人们不会为他感到悲哀！

在那条溪流的冰层下面，悬挂着无数整条的小鳟鱼，冬天里很难看清楚。米夏埃尔的一些朋友都坐到了一起，相互欢迎，从他们的太阳镜下面向外张望。米夏埃尔扑通一声冲下终点斜坡，琼浆四溅。一切都会好起来的，因为一些很漂亮的小女孩儿也都来了，她们也想进来光顾一下，在这里停留，然后返回家园。有趣的是，她们站在我们面前，显示出对我们的漠不关心，而我们也不像我们对面墙上难以亲近的雪花那样绽放。她们仍然住在离她们原籍很近的地方。我们都很喜欢新鲜的事物，但只在当这些事物看上去很漂亮的时候。她们就是这样的人，事实就是这样。现在让我们到牧场上去看看吧，我们这些肥牛正在那里吃草呢，我们真为我们自己的大腿感到害臊。我们已经失去了我们的开始，它只是神秘兮兮地隐藏在我们记忆之外的辉煌之中，而不再重现。是的，我们的一些东西就被困在那里了，不仅仅是在社交场合。

但是，我们对开苞切口和探究格外欢欣鼓舞、喜闻乐见：这个女人从她那基督教社会的环境中逃脱出来，向这个大学男生投怀送抱。他的滑雪杖像女人分娩后带出来的胎盘一样，仍然挂在他的手腕上。它以前在晚上还能得到因丰富的射精而奖励的东西，现在该相信了，从人的角度来说，它终于可以在白天露面，闪亮登场了。我们住在一套两室半的公寓里，还不习惯气流这么猛烈地在我们身边刮着！这样艰苦劳累的攀登中，我们永远也无法到达顶点，从那里溪流倾泻而下，斜坡滑雪才是真正的最高点！她和我，一阴一阳，我们又在喝下午茶的酒馆里相遇，那里除了我们以外，还有无数的同类都在等候。夜幕降临，我们又无家可归了。在这段时间里，要避开许多人，但可以去寻找少数人，这样，我们就像对流之风一样，可以彼此作为对手来沉重地压住对方。

这位穿着貂皮大衣的厂长夫人喝着酒，醉醺醺地靠在她现在的小男人怀里。她想带着他一起离开这个世界，吐出果仁，并且打开她自己身边的一份周日增刊。她还想再次开始，轻装上阵，被风驰电掣的米夏埃尔激情拥抱。然而，我们就要弄清情况，他们到底是怎么回事儿：这个米夏埃尔不能让这个女人出生，相反，困扰我们的，是她从出生到现在，时间已经过去，一去不复返了！特别是在这里，天色已亮，严寒中，运动者的放荡不羁发出吱吱嘎嘎的声音。但是，那情爱之光——它从一开始就伴随着我们，但光线比较弱，甚至还没有我们打火机的火苗亮——已经落在了她身上，并把它投射到地上，像一袋垃圾落地时已经爆裂了一样。他们两人都笑起来了。远处的载重汽车在轰鸣，你听见了吗？你还是帮它们一把吧！

这些人几乎不需要什么法律，但是，他们却被自己的感情所束缚。这个女人不会因为不断被使用而变得更好，但如果她自己想要独霸一个住在她那个地方的青年男子，那就不可能了！这时，那些娴熟的命运之子伸出双手，把自己完全遮盖起来。顿时，这个女人脸色红润、光芒闪耀、容光焕发，这是她还从来没有出现过的情况，也没有出现在这个年轻寻求者身上。在他的眼里，她并不漂亮。日子一天天过去，年轻人渐渐长大，他们彼此相求，相互做着，当他们挂在雪橇上时，关系就紧张起来，就会陷入不和谐，并坠落在这个村子的围篱墙上。不管发生什么情况，都无所谓，当前的一切对她来说却都是同样的十分珍贵。她自己实施了，自慰了。一切都是她做的，都属于她，我们却没有一席之地，甚至连我们坐在休息区的地方都没有，连服务员都不瞧我们一眼，还拒绝为我们服务。格蒂紧紧搂抱着米夏埃尔，但还是滑脱了他那个饱受困扰的塑料套。受其年龄的激情驱使，他有点儿被这个女人迷住了。他感觉很轻松，很喜欢待在那里面。像他这样的人，都会被当作旅游礼品和忠诚信物印上广告册的。无论他在酒吧中的什么地方，在他的头顶上都有通风和冷气静静地流通着。可我们，我们的身躯，活动起来是如此沉重笨拙，我们像铅一样挂在我们的导液管上，我们这些可怜的温水就是通过这个导管流出的。大街小巷已经显得不那么热情友好了。我们这些登山漫游者，都被拉到瓶口上，都被培育成酒鬼，都是自然界的给养，我们就是在它里面吃着火腿和奶酪。是的，当我们有朝一日中毒身亡，只有它，自然界才会拥有一种快乐。否则，人们宁愿死在她那崎岖不平的路上和她那些冰冷的制品上。

米夏埃尔已经走了一半的路程，耗去了一半的精力。光线也照在了那些死者的身上，但特别是挂在他身上。现在，我们神圣的奥林匹克竞赛运动员，已经将两枚奖牌收入囊中，挂在脖子上，并带回家了，而我们看到的却是奖牌的背面：在电视屏幕上，那些荣誉的吊灯从天花板向我们伸过来，却从未来到我们身边。尽管米夏埃尔很不深入，一点儿都不激动，什么感觉也没有，可在这里，他却真诚地与我们这些少男少女一起感到欢欣鼓舞。这个女人踉踉跄跄地走到厚厚的积雪中，最终还是坐在了篱笆栅栏旁的雪地上。这根结实的绳子上黏着一些草团子，起到了拉动这个女人的作用，同时也拉动了我们这些不愿意从她的棚屋里出来，并被抛弃的人，与那些生活在滑雪板上的运动者保持分离,这滑雪板对他来说就意味着他的棺材(在英雄广场上,我们还为滑雪者加油,喊着:卡里·施兰茨!卡里·施兰茨![1]你属于我们!)。这个女人的身体呈一种渴望的建筑形式伸展开来,以缩短她与已经消失了的年轻人之间的距离。也许我们至少能和我们的朋友一起去滑雪橇吧!但是,不可能了,米夏埃尔那一组已经结束了。他们总是在对方的眼前晃悠,有时候也喜欢待在家里,生活在每日行事相关的日记里,或者在他们的图片中互祝健康长寿。这个女人希望在这些年轻的男子身上安然入睡,而这些年轻的男子:他们不是为了好玩,而是希望尽快被推上高管的位置,进行高高喷射,直达老板那一层。今天,在森林深处,他们还愉快地进行了尽情尽兴、皮毛无间的亲密漫游,为了享乐,这些猎人还四处徘徊游荡。

这个女人站了起来,摇摇晃晃蹒跚地走了几步后,又坐了下来,她简直毫无魅力,也不招人待见。这个女人像带一个小瓶子一样一路带着自己的酒馆。可不,她现在正喝着。米夏埃尔大笑着喊她的名字,这时又有一个小

---

[1] 卡尔·施兰茨(Karl Schranz,1938—),奥地利著名滑雪运动员,多次获得奥运会奖牌,卡里(Karli)是人们对卡尔的昵称。Schranz 一词也含有"锯齿状裂口"之意,故这里应也有隐喻。

半仙[1]从他自己的高脚杯（一个啤酒罐）里钻了出来，经常因为高脚杯的出现而使他的敌人遁形，他感到十分难堪，小半仙伸出手臂，笑着拉住格蒂，让她离开深深的雪地。他拽着她的袖子，不一会儿他就感觉太慢了。他干脆将她从积雪的深处推到浅处，他自己也并不想待在那里，但那却是孩子们可以安全地独自留住的好地方，所以，他为她一小时后从太阳下回来干杯。在密集的云层下，动物都沉寂了下来，但这并不意味着什么好兆头。为了宰杀它们，它们必须不断地运动，这样才能使它们的血液更有喷射力。这个女人几乎不假思索地用她那刚刚镀金的头凝视着灯光。现在，她又跌倒下去，又被拖上了车继续前行。第一批孩子都把手伸到她的大衣下面。这样，就使得有些孩子会长时间拉扯自己的生殖器，直到他们愉快地把自己的东西兜售出来。这个女人在雪地里散开了她的新式发型。貂皮大衣晃荡横溢在格蒂身上。孩子们都提着沉重的水桶，在该地区质朴简陋的房屋前倒下。他们将房屋依山傍水而建，因为靠近水的地方潮湿，水也很便宜。（类似于我们梦见的异性器一样！）他们每天都在背袋里背着十字架的重量向山顶攀岩，就是要让上帝知道，他承担这一切是为了什么。

---

[1] 古希腊、罗马神话中半神半人或被神化了的英雄，这里隐喻人体的某一部位。

在离这个女人和她的团队不远的地方，初学者跌跌撞撞、蹒跚而行，人们不禁要问，他们为什么不是像轮船那样无声无息地沉没呢？但没有，他们反而大声喊了起来！这是为什么呢？因为，他们渴望得到提升，但是他们想象的是另一种形式的提升。不管你是谁，因为那些公共交通工具对你来说实在是太寒酸了！他们根本就不知道把自己运送到哪儿，而且还得携带着他们的冰镐、登山冰爪和暖水瓶！但是，他们似乎更喜欢这个世界的一切，否则，这个世界的淫乱和肆意妄为会把他们吹得晕头转向。他们微笑着邀请对方加入他们的行列，为此，他们面对面地呼吸就已经足够了。这些年轻人篡夺了这个世界，消费了它的产品，他们生活在其中，反过来他们也被这些产品所消费。首先轮到的是肺部。他们忙碌地生活、学习和相互倚靠。这些初出茅庐的年轻人，没有接触过痛苦，他们可以睡觉，在他们醒来时，就瞧着自己的下面：再来交媾一回吧，我们两个！你好！这样一来呀，他们就不需要花很长时间去寻找好的伴侣和好的匹配对象，以及追求十分满意过瘾的次数了，而这些更多是通过机场的扩音器和电视广告去寻找的。这些都是使人精神抖擞的兴奋剂！让我们随便挑一个景点瞧一瞧，我们就会意识到：这些人真是值得看一看。他们就像安睡在罂粟蒴果里的毒素，也就是说，它们真正开花的时候，就超出了法律一毫米。总有那么一个人带着微笑等待着，可是当我们触摸他和在他身边时，他却又突然走开了。这时，在某个地方，总是有一扇车门砰的一声关上了，总是有车开到加油站，在那里，人们才能听懂他们的密封圈语言。在两次定期航班之间的停留，可以让他们的生活充实起来（正如我们曾经所愿的那样，他们可以真正地释放自我！）。多么好的想法，而且事实证明是对的，有道理。年轻人嘛，他们本来就是这么相互交织的！很遗憾的是，我不再是他们中的一员了。还有一点：他们在所有的业务中都是微笑的，即使他们在隐私部位森林的树荫下做生意时也是如此。它们空旷如歌，静静地停在空中休息，甚至没有受到树枝的干扰和限制。于是，它们就可以直接滴落到地上，照亮那片悲凉的地方，在那里，一些成长过程中较困难的人炸开了一条森林通道，只是为了自己能够徒步旅行，搞一点体操锻炼。他们笑啊，乐啊，对他们来说，这往往似乎是最好的事情，他们常常不经意地将随身听的声音导入自己的身体里，但这样他们就变得很不稳定，因为他们总是无法逃避流入的音乐的冲击。在我看来，只要是他们喜欢就好！而这个女人不得不依附于像米夏埃尔这样的一个混蛋，米夏埃尔早已忘乎所以，不关心自我了。当然，他也没有忘记自己的目标。从来没有，也许出于懒惰的原因，对他来说，从来没有一个女人符合他的心意，能满足他的要求，其实一点也不奇怪，他自己就希望有一个更加人性化的、温馨的房子，或者是一间阁楼什么的，这样，在那里，他就可以有最终的立足之地，把自己置于女人的地板上，满足他对名贵家具和高雅女孩的欲望。当然，在这里，围绕着格蒂自然形成了一个中心漩涡，一直卷入到那棵云杉的根部，在这条小溪边形成了一个苹果馅饼（一种酥脆的烤饼[1]），工人、职员和自由职业旅行者在被驱逐以后，必要时，在钉子打入大腿骨之后，可以以一种全新的方式在雪地里重新集结。要不然，为什么他们事后可以声称，经过一天的运动和几天的艰苦工作，他们获得了重生呢？

是的，我们都向前迈出了一大步，或者只要允许，我们马上就起程。可是，这个女人偏偏把她的目光投向了米夏埃尔，她认为在他的羽翼下就会如鱼得水、蓬勃发展、心花怒放，并希望至少与他共同约会外出几次。但她也很想就在家里与他卿卿我我、相爱一通。她的丈夫对自己的工作非常投入，完全信任他的本事。如果这个袋子还没有装满的话，这个男人就可以将米夏埃尔、米夏埃尔

---

[1] 烤饼（Auflauf）一词也意指蜂拥聚集的人群。

的朋友和该地区一半的国民生产总值，连同他今天午餐吃的烤肉，都轻松地装进这个袋子里。这些滑雪者的肌腱很快就会被母乳喂养，他们的渴望也将很快得到满足，只要耐心等待，滑雪者随后就会进入这家酒馆。

在一片欢呼声中，年轻的运动员们大声叫嚷着"哟嘿"，把自己呼啦啦地扔到了醉醺醺的格蒂身上。与此同时，他们也在自己的液体容器里大饱口福，吞噬着自己的甘霖。起伏的群山把他们给隐藏起来了，同时也将他们给保护起来，不让他们的同胞看到。那棵巨大的云杉也仍然挺立在他们面前。他们也未能幸免。为了证明实力，他们炫耀地展示了他们的芦笋独奏，于是他们将其从他们的滑雪服里掏了出来，与其余人的乳白嫩芽相比，还真是不错！可要是和他们蹲在一起拉屎撒尿什么的，那对他们赖以生存的地球没有任何好处。他们从茎脖子上发出笑声，笑得前仰后合。他们挥舞着他们的滑雪杆来回晃动、四处炫耀。他们的精英数量如此众多，数不胜数，这是体育用品行业的一个事实（一个经济因素），他们经历了最高射程：他们想要在他们和时间都行将逝去的时候聊聊天、说说话，想要在他们从高山运动场飞向终点的途中自娱自乐。他们彼此重压，彼此面面相对，他们也有一个大阴茎，他们在上面呼吸着。如果我们大家也能像他们一样，团结在一起，坚持到底，酒馆里的服务员和迪斯科舞厅的门卫就永远无法把我们分开！他们都知道，他们该在什么地方保护甜蜜的幸福，藏而不露，不让我们抓到。正是因为我们的财富，我们才走到了今天。到现在为止，我们出现在了这个从外部来到我们身边的自然界中。我们不是圣灵的孩子，我们是按照我们的装饰物来分类的，因此，阳物就必须永远待在体外。那片大地啃噬着我们生机勃勃的下端（阳物），而且必须不停地啃噬下去。

第十三章

这些女人所体现的匆忙生活,也体现了少女们的生活,这不是没有原因的,因为她们是朋友,当她们获得博士学位之后,作为竞争对手,并一跃成为政府官员,她们就会互相诽谤,这并非没有道理。而她们周围都充满着悲惨的生活,那些瘦骨嶙峋、牙齿断裂、脊柱和脊椎瘦小的孩子,还有被他们培养教育去杀人的脊椎动物,他们只能对那些下坡滑雪运动员眨眨眼睛,只能梦想着自己能获得那枚奥运会金牌。呵,奥地利,你这出口商,也应当输出自己,立刻作为一个整体投入运动中吧!要是我们这些可怜的生物,有朝一日也可以通过海关的话,那么我们也会在皇冠里阅读了。请你不要悲伤,你终究会敢于去做点什么事了!这个村庄不在它的草地上伸展开来,只是为了让你踏入那堆草甸子。

米夏埃尔笑的声音最大,当然,他的计划最周密,肩上的担子也最重。这个女人多日来还处在斜坡的兴奋期上，米夏埃尔可能会和她做第二次，也可能不会。他像个孩子一样，好奇地尖叫着，拉出了他的吊杆。难道这东西是现在才这么从他身上滑脱出来吗？那些经常在杂志上露面的女孩子都被制作成了许多照片，她们用额头组成一帧屏幕，面对着那对男女，他们当时正在做爱，胡乱狂射，雪花漫天。他们又笑又乐，狂饮狂喝，变得不可开交、不能自拔、密不可分。这时，还有一个两升酒瓶和一瓶干邑白兰地插在雪地上。至于他们干了些什么都无所谓，他们都紧紧贴住山脉，都挂在斜坡上，待在一起，直到雪崩来临。他们的希望是不会破灭的，他们的生殖器里还没有发酵，马上就可以喝到新鲜温热的琼浆了。这不是一个问题。格蒂和米夏埃尔在他们内心深处的尖叫声中，滑进了云杉保护区的小树林里，后来就阒寂无声了。他们在小树林里构建了一个小岛，我们就在那里。米夏埃尔展示了他的小弟弟有多小，他的阴茎仍然没有勃起，而格蒂的阴户在丝绸下以超高的清晰度显露了出来，表明她好像希望能乘坐这条有孔洞的方舟驶向任何一座理想的伊甸园。真见鬼！在对面的斜坡上有很多人吵吵嚷嚷，好像大家都是在异口同声地吼叫着，呼声响亮。我们在这里根本听不到一点儿关于阴蒂的使人头晕的滑稽行为，可这却是格蒂最喜欢让人给抹一抹、擦一擦的地方。这些个暴徒，也许正是自然界之母刚刚把它们从塑料套上剥下来，这些可怜的香肠！这个万能的器官展现在格蒂面前，她的双手从她的脸部和生殖器上被拽开。正如我所见的，她的脸和生殖器这两者都充满了愤怒的吟唱。男孩们把她那双活动的手放到她的头顶上，在这种情况下，可没有人能够通过电视屏幕向他的家人打招呼了。这个女人向米夏埃尔展开了身体。她的脸上开始出现皱纹，以这种方式告示旁观者。这就是人们常说的爱情，是爱的象征。这就是诸多歌曲中价格最高的一首，它可以使我们想要欢呼高兴，也能使我们身价大增，变得更加昂贵。她的丝绸连衣裙被往上提到了腰部，可她那条满意的小内裤也被拉了下来。这时，我们就可以给她那块黑黝黝的暗处挠痒痒了，直到它经过我们的折腾彻底哗啦哗啦地崩溃。为此，我们把朋友们派送进屋子里，他们要做的第一件事就是把这个女人随身携带的阴唇拉扯开：插入深处、深度挖掘、诱导激活，使之具有群蚁爬堆之感！就像火车站的厕所，晚上，酒足饭饱之时，人们就争先恐后蜂拥而至，每个人都可以把水洒在那里，刮起酒风。所以，现在我们这些小门口两侧突起的两片垂肉，两片凸缘的裂片，就像蹭脚布和蹭脚垫一样，全都被拉扯开来，直到格蒂大声号叫起来。随后，她又被保护了起来，它们可以像小册子一样被折叠起来，如此地漫不经心，但我们还是想在这个漫游者完全消失在她的下水道之前，先把一个手指头伸进去，再拿出来闻一闻。我们也未曾明白，深处的这些阴影在这个生物体内通过这根管子到底延伸有多远。但不管怎么说，它还有待进一步的发现，是的，甚至在这里，就在这外阴门的上方，阴毛常常被拉拽、被拔扯。流行音乐满足了听众的愿望，格蒂的双腿尽力张到了她能张开的最大程度，随身听压在她的耳朵上。于是，她不得不继续躺在那里，阴户被人漫不经心地拨弄着，那里柔软多汁，格蒂的丈夫在那里有快速地插进抽出的习惯。我们听得很清楚，他从很远的地方朝这边走来。难以置信的是，人们可以对这个有弹性、可以伸拉的阴唇任意玩弄，改变它的形状，仿佛这就是它们的命运。例如，人们可以将它转叠拧到一起，像一个尖尖的袋子，从她那高地顺坡往下，用格蒂的衣服还可以挤压出蜿蜒的群山。这可是很痛的呵，难道就没有人想过吗？而现在，只需要笑一笑、捏一捏，再敲一下、调整一下，然后就没事了。这些孩子会高兴地去环游世界，向人们讲述他们自己的所作所为。在这里，一个理发师是否能够永久地装饰，现在还不能确定。在这些大山的后面，格蒂已经有些沉沦崩溃了，她遭到了讥笑，就像她的整个生殖器被人嘲笑一样，她可以用生殖器激发打开家用电器的电源，但却不能管理自己的身体。它只能像割下的小草一样谦卑下沉、低三下四。这块肉就像玩游戏一样被分成多片，只有当它进入休息状态，在晚上睡眠时才有更大的收获：尤其涉及年轻的女孩子，当她们大笑的时候，她们自己的牙齿就会撕裂她们的脸。她们的毛发不需要特别准备，可以尽情享受（就像开始的那样原汁原味）。她们将会爱上某个男人。就像猎鹰孵化它的雏鸟幼崽一样，它们不得不把鸟蛋拖进自己那几乎空空、一无所有的巢穴里孵化。为了那蛋，大人就有些讨厌孩子了，于是一条裤衩子又被往下拉了一些。

好了吧，我们不要走得太远，以至于我们这些仆人帮手用武力从格蒂那里拿回了属于我们的东西。无论如何，这气流和这种爱情的束缚，使她像一件臃肿的大氅。在没有措施、过度而无节制和漫无目的的情况下，他们跌跌撞撞、蹒跚而行，故没有太多的意义和成效。我也不知道，但现在也只好这样，米夏埃尔是否有必要表明：关于他生殖器的问题，他的母亲，特别是他的父亲，对它从不吝啬。因此，他带着它大摇大摆地走来走去，但是，他那刚刚挤出过的生殖器还直不起腰杆，还挺而不坚，那里面的小冰块还是晕晕乎乎，茫然漂浮着。他在这个女人面前晃动着它，好像是在说：你刚才听到雷声了吗？听到啦，那就好，那你为什么还不退后一步，让我在视频中愤怒地看看那些性器挺拔、吞云吐雾的人呢？你应该待在后备队的长凳上，那里没人会瞧你那平凳式的屁股坑和你那疲惫的狗乳头，而你却费力地往灰烬里吹气，煽风点火。你应该感到害臊，给自己涂上面霜吧，以模糊你和善良人类等级（A级）之间的感知。请把你的不幸带到你上面一层的主人那里，但不要唤醒那些已经逝去的人！除了一缕敏捷利落的光束外，没有任何东西能从米夏埃尔的狼牙棒中冒出来了，人们都穿过田野被他的狼牙棒吸引了过来。群山高高地耸立在湖面上，只有双手在那里划着轻舟。这些女孩子站在那里张望，从她们的裂缝中涌流出来的声音也停止了，她们抓着自己的卷毛，触摸着自己狡黠机灵，并可以引诱自己的生殖器，随时准备包裹缠绕并狼吞虎咽任何一个来者，她们已经学会了用生殖器来区别他的发型、他的服饰以及他的起落架。

米夏埃尔用他那整个小小的页面，为专门从事制造噪声的行业做广告。在电视上，那感官以小堆的形式勃发燃烧。它们是为我们年轻人提供的食物，而年轻人停留在雪地里，游离在水中，甚至根本不需要呼吸。是的，这个青年男子现在已经成了一个可恶的轻浮之人。而可怜的格蒂呢!她在这所生命的学校里正在接受愤怒的考验。他们沉默地看着对方,并将对方视为食物。此刻,山峦停滞不前,群山一片寂静,可他们为什么一定要通过汽车将它们移开呢?快乐并不需要太多——如同我们的诗人一般——靠到岸边玩一下,再在极受欢迎的运动用品专卖网上购了一些东西,这对你来说难道还不开心吗?

这些女孩子,再多说一句,她们的身体刚刚步入青春期,那丰腴的地方生长着茂密的阴毛,在她们柔嫩平缓的斜坡上生长着高山灌木,一阵阵健康的香风从她们身上悠悠飘然而来,她们在自己的内心愉快舒适地生活着,并透过储藏室的窗口向外看。这时,他们都向这个女人俯下身来,当然,他们也已经有些醉意了!所以不一会儿他们就会消失。他们是从哪儿来的呢?他们又和他们神圣的小日记进行了怎样的交谈呢?那么,我们该待在什么地方呢?难道就待在她胯间的卷毛丛中不成?那里的群山就这么看着我们,那里的树林都像涟漪一样,形成了卷曲状。今天,这些人都要去参加一个生日庆典活动,他们将在那里观看其他的小常客。他们像小孩子一样,被吹拂了过来,带着卷卷的毛发,在我们令人羡慕的腰带上,我的其他女士们呢,她们的激情都越来越稀疏了，那你就让电视剧来震撼她们吧。当我们身体里的水想沸腾，并射出屋外时，那就无法阻止它。让我们面对现实吧，我们并不吝惜她们多样化的面孔，而年龄使我们更像我们自己，她们的面孔是我们用一切昂贵的水冲洗过的。现在，也请你在你们日渐狭窄的岸边好好休息一下吧！我亲爱的孩子们，每个人都有自己的生活，生存是每一个人的权利，各取所需吧！但这些不是指我们公司的限制，而只是我们的定价应该义无反顾地遵守的建议。

米夏埃尔把它提了上来，让它见了阳光，也就是他的尾巴，以表明它已经待不住了。首先，还必须让自己充电。然后，他笑着就坐到了女人的胸部，把她的双臂合起来举过头顶。接着把他的面条塞进了她的嘴里，这样，她就可以享用这些食物了。格蒂对这一切都非常了解，在她那半拉下的裤子里已经有点儿不对劲了。她让一条嘶嘶作响的小溪从身下流淌，这回她又喝得太多了。姑娘们都大笑着抢走了那条从她腿上脱下来的湿内裤。现在，格蒂的双脚完全自由了。于是大家都从她那袖珍瓶里吸吮着什么，然而，已经到这个时候了，米夏埃尔的尾巴还仍然是一个无动于衷的平软家伙。他们把格蒂的头，即安置在别墅里的小屋子浸润在淡而无味的水中，这间小屋子因他们不同的情感有些扭曲了。伴着淫笑声，她那可爱的阴户和肛门被人掘进和抠挖着，呵，如果她能尽快从睡梦中醒来就好啦！我们想去哪里，我们想待在哪里呢？这个女人的双腿像青蛙一样左右对折，甚至还疯狂地蹬踢着。但这并不是因为她受到了伤害或被弄痛了，否则，究竟为什么要建立这个任何地方都没有，又不承担任何责任的社会呢？米夏埃尔用一根小树枝在她那有点儿秃的山丘上四处闲逛，捅来戳去，那些小男孩儿总是以玩耍来安慰自己，让自己平静下来。噢，还有一件事，他还是将他那最后一点点琼浆从瓶子里灌进了她的猫咪里，甚至还拍了她几巴掌，但打得并不是很厉害。啊……喔……我们要燃烧起来啦！噢……！

现在，雪花纷飞，下起了大雪，正如我们所期望的冬天那样。最后一瓶酒也给饮尽扔掉了。尽管直到春天再次来临之前，格蒂都很乐意奉送，袒露自我，以展示友善，但严格地说，还没有人想要从她那里喝上一小口。她只是张开了阴部的皱褶处，我们早已熟知这个折叠式小册子，于是又笑着重新将它折起来了。那耳垂肉片在熟练者手中拍打鼓掌。再说了，这一切都显得并不那么重要。在对面远处，我们把格蒂拖过来的地方，滑雪者们一直还在他们的啤酒和猎人茶的小湖中欢呼雀跃。他们频频发射出光束，兴奋地咆哮着。由于狂乐而卸下的货物，将格蒂私处的那片林地已完全淹没。裙子像麻袋一样被拉盖在了格蒂的头上，她应该在袋子里等待着由品牌给她带来的温暖。如果这个男人想让他的阴茎真正地猛烈摇摆晃动，那些吊带没有什么作用。米夏埃尔在她面前的位置挥舞着他的器官。她看不到这些，笨拙地把头埋在裙子下面，一会儿朝一个方向，一会儿朝另一个方向，还在想米夏埃尔那遥不可及的果冻，它以永恒的形式和独特的尺寸被保存下来。她的脸，被树木默默地注视着，再次被拖带出来，那嘴巴被强行分开。她的两片脸颊被轻轻地叩拍了两下，在这种情况下，她感觉到下面的牙齿难以咬紧，以维持她的脸形。亲爱的少男少女们，这就是你们应该做的，要同心同德、团结一致啊，而且无论如何，你们还是穿着紧身T恤做爱！用你们灵巧熟练的双手和戴着的漂亮时髦的帽子。让我们假设，彼此看着，就像在看一部即将上映的电影（一部相关的影片）一样。现在，他们解开了格蒂的上衣，露出她的两个乳房，他们让它们从丝绸罩中弹跳出来。我们现在终于获得了一张照片，太美啦，耶！是自然界将这两个肉团子以储藏容器扣在她的那里的，但是又没有注射进足够的剂量。一阵狂笑，我亲爱的奥地利男女老少爷们，在电视节目之后，你们又掺和到一起啦！通常情况是，在轻盈的脚步下，往往预示着一个美好的命运，只是：我现在把她那墙纸贴到哪儿去了呢？哦，就在这儿呢！就在我的身上！人们就是这么彼此黏合的。格蒂不得不张开嘴，吸食这些出现的幽灵。顺便说一句，玩雪橇滑雪也很好，但是千万不要，请不要，永远不要在滑雪者中间滑雪：如果他们作为这个世界上最后的站立者，被一个蹲在漫游滑雪板上的人侮辱和打扰，他们对此是无法忍受的。她们的这些中等级别的雪橇都孤零零地站在停车场里，向她们的主人敞开大门，主人从激情中取火晚了一点儿，它已经有点儿变色了。正好在这里可以找到它们，请好好看看所附上的这张私处地图吧！需要的就是坚定地相信与图相关的一些东西，并为此将某人的牙齿打入体内。这时，在格蒂的体内仍然有一团美丽的火在噼啪作响，以她嘴里形状似一根一米长的香肠为代表。好了，亲爱的先生们、英雄们，请允许我用一个取景器来看看，喏，你们每个人也都有一个令人十分兴奋和激动的阴茎！

没有，暂时还没有备用零件。从我们的神，即生殖器发出的雷暴，使我们都以最短的途径走向毁灭。让我们离开这个男人的性欲吧，这样他就可以平静地反省自己了！我们女人只需要更好地调整自己，然后，听着你们那毫无生气的装置发出的遥远回声，亲爱的先生们，这些装置在保证其时限不会过期的轻微紧张下仍然在颤抖。男人总是最后才想到我们！米夏埃尔拘谨地把它插了进去，怪怪地又把它抽了出来。他不屑一顾地用他那半硬半挺的家伙朝格蒂的脸上滴洒着一些余液，而格蒂还是没能及时脱离险境。尊敬的男女朋友们，它们的额头上闪烁着微笑和生命的光芒，它们也退回到了温暖的地方，在它们成为高级劳动力之前，想要稍微拉扯一下自己的力量。但没有什么可以做的。所以，只要走出酒吧，进入现实生活，就不用担心了！格蒂私处的这张小桌子又被包装了起来。米夏埃尔还没能做预备活动热身呢，就开心地笑了起来。现在，他俩都想在比赛中像一条清凉的溪流从阿尔卑斯山上倾流而下。所以他们就在这光天化日之下引发了一场战争，只是为了让他们这些山谷之子能够再一次充满活力地挥动着他们的尾巴四处漫游。他们不耐烦地加入那些即将在沉默中渐渐入睡的人的行列。砥砺前行，往前挺进吧，这些出身贫寒的人是不会对他们发怒的！好好认清父亲的使者们吧！这样我们就不会误解对方了：在那个缆车站前面，地上布满了纸杯。这帮愚蠢的家伙开车来到别人的地盘上，在这里相遇，现在，他们被推到了一边，只得互相投宿，把自己安顿下来。他们耐心地等待着，带着他们毕生收集的所有精彩的越野滑雪录像带。现在,他们的王子们在格蒂的阴户里合唱,声音越来越大!此外,年轻人完全是自己跑,而且感觉还很不错。

我知道,你感到非常温暖!

他们都不是伤心的孩子。他们帮这个女人站了起来,洗刷她身上的污迹,笑声中,她身下的雪还在嘎吱嘎吱作响。为这些儿子,她不必承受太多的痛苦。有人将那条湿内裤和一张纪念明信片压在她的手里。她的外套也给她扣上了。她身体里的食品生产开始重新给她的毛发正规地涂脂抹油。她也已经在支票上签了字,新衣服只需要在服装专卖店修改一下就行了。她还想在她的身上再穿上一件新衣服,然而,随着时间的推移,她更强烈地感受到她的皮肤要背负的沉重包袱。这并不是指那些依偎在普通教育中学巢穴中的金童玉女。我们可能随时会被我们弱小的树干所击倒!那么我们就会像落叶一样掉进主人那美丽的花园里,上面长满了霉菌,受到粉霉菌的侵袭,这位厂长夫人会精打细算,也会考虑到,她无法凑出一堆像样的东西来燃烧。只有那些孩子们,当他们在圣灵的指引下,进入这所房子大合唱时,在一张非常漂亮的地毯上嘲笑他们的父母。稍后,我们就听不到这歌声了。现在，米夏埃尔已经准备说话了，因为已经太晚了。这时，他猛地把一只手伸进她的外套和裙子里，笑着尖叫着用手捏拽着、旋转着她的乳头。他将另一只手伸到她的臀部之间。然后，他把一个很敏感的舌头伸进她的嘴里。当然，这时他已经主动撤回了他的阴茎，以便对它进行再加工。只要能把它抱起来，他总是高兴无比。这家伙总是在一些地方胡乱散射一通！这当然只是一个时间问题。这时，汽车门砰的一声关上了，他们谈论他们所付出的喜悦，他们所拥有的朋友，谈论着一个人把自己托付给谁，就像一个人拥有或代表自己的那些健身器材一样。但这一切都是徒劳的！圣灵从来就和人类不一样，只有他们自己才能快乐地进入彼此体内休养生息，皈依自我。而他们吸吮的东西无助于从人们身上升腾，但尽管如此，它们还是从她们身上升腾起来了。毕竟，该让它们在她们体内歇息一会儿啦！他们紧靠在他们的汽车边，朝雪地里呕吐了一地。这些女人们在叽叽喳喳、制造噪声，孩子们也在叫苦不迭、怨声载道。好啦，汽车开走啦，可这些人肚子里面的东西却留在了此地，沉睡在自然界中，那里发生的一切都是真实的，可那些货物却都是被他们自己的标签捉弄进来的。她们都愤怒地呼喊着，想要永远地拥抱，允许她们的怀里永远地拥抱着一个有魅力的男人。可是，那些统治者每个月只是喂食一次，如果我们自己透支，付出太多，近乎精疲力竭，久而久之就会出事儿。

格蒂被放进了她的车里。且慢！请帮助我表达得更清楚一点儿：她一直处于双手和舌头的暴力控制中。她在通道里的流水线上愤怒地嘎嘎作响，换着挡位，几乎要急急忙忙离开了。要不是安全带把她给拴住，她还真有跑掉的可能。其他被束缚的人都建议她这么做。就像一个艺术家开始艺术创作一样，村里的孩子们就会接受这个女人节奏感的困扰。这个孩子向小提琴俯下身去，这个男人又向孩子弯下腰，以便惩罚他。星期天，这个工厂合唱团在唱歌，以表达他们的个性。他们唱得太多了，但仍然作为一个整体。之所以有这么一个合唱团存在：就是为了使该班成员像一个男人一样通过合唱来调节情绪，而工厂则潜伏在他们的头顶上。她时不时地感到饥渴，时而把牧群拉进来，这样一来，埋在地下深处的这根电线杆就会听到排队的穷人发出的嗡嗡哼唱声。他们就像孩子们一样。他们来了很多，可被挑选去独唱的却很少。这个厂长有他工作的爱好，所以，他会把一切都安排得井然有序。而那些年轻人在他们的汽车里抛洒、倾注了自己的心血，现在又将其撒播到了他们的度假胜地，在那里，他们可以相互交媾，把更多的东西塞进彼此的身体里。所有的房间都销售一空了。这条路从平原中间穿过，既可爱又迷人，所以就能使每个人都得到心灵的平静，安然无恙地生活，只有她们的邻村居民，当她们的耳朵因噪音和烦躁而流血时，她们就可以自己开车去休假了。

这个女人疾驶着穿过这片土地。她思绪万千、汹涌澎湃地推动着她的骨盆，那里就是保存他龟头的地方，也就是说，他已经进入并顶到了它的极限。她被滑雪者给驱赶到了那里，对她而言，那些滑雪者又被吹回到他们的笼子里，在小轿车的巢箱里（有时候它们就像橱柜那么大，里面装的全都是小小的滑雪者，小精虫！），叽叽喳喳地鸣叫。我们凝视着自然界在我们心中播种下的那片宁静，不久我们就直接从纸上把它吞噬掉。白炽灯泡寂寞地照在我们身上，最后的那一点儿未排出的污物被保留了下来。那些父亲按照他们反复无常的想法，狼吞虎咽贪婪地大吃不属于他们的东西，还盯着吃过东西那一天的记忆，寻找食物，看看他们是否还能吃到一点儿什么东西。这时，正好有一只鹿出现在潮湿并带霉味儿的森林前面。于是我们马上拿着它，它在我们的奶油面包的包裹中已变得很肥了。他们一遍又一遍地反复咀嚼它，然后，就拿一本精美的书、用一个古怪的视频节目让自己平静下来。对于最后那些性欲尚未尽兴的人来说，他们还会再次爬上狭窄的小径，登上巅峰后，他们一会儿就会从那上面跌落下来，与此同时，在河岸边，那个野物已经在周围溜达了，因为从下午五点开始，女人私处的自然景观就该被移交给这个野物了。由于懒惰，那些当地人都藏在自己家里不出门，男人们把自己交给那台电视机，用它来观看动物和土地，了解一些关于他们自己的荒谬的风土人情、生活习惯。而那些女人都失业了。大风吹过山峦，也舒缓了疼痛，正好可以用关于啤酒酿造者和种植食用油作物农民的系列报道，来转移自己的注意力。是啊，电视对于这种诱因来说几乎太快了，我的意思：是这个启动器，她们用它松开了自我，并打开了电视机！

严格来说，大白天是不会有人醉醺醺地到处乱扔东西的。格蒂在途中的酒馆里休息了很长时间。从远处向她飘进来的雪花使她感到那么美妙和神奇。格蒂喝酒是出于兴趣爱好和激情，而许多人喝酒则是出于职责和义务，他们将与所爱的人分开，因为他们要求快乐地喝点什么，就像当他们从斜坡上飞驰而下时，曾经要求气流陪他们一起玩耍一样。一大群人与他们一起为这一天加冕，拥挤在酒吧台前，继续为自己倒满酒。自然界又变得简单而单调起来。明天，她将再次被人的声音唤醒，并用活泼欢乐的锤击将她的观众从滑雪赛道的斜坡上敲落。是啊，这些观众已经全部从自然界的顶部离开了，但这些观众今日的丰富多彩、色彩斑斓却仍然还在坚持，使这个正在营业的酒馆被这些游客挤了个爆满。一场围绕人的饮料来源而引起的混战被老板娘给平息了。我们都从海阔的天空而来，从这山上被扔到山谷，已经装满了啤酒，满载而归，该多好啊！有几个伐木工人，他们都是大山里最可爱的仆人帮手，在城里人的激励和刺激下，他们在酒馆里横冲直撞、放纵闹事，像斧子一样劈开了他们妻子那无与伦比的双腿。格蒂静静地坐在那些客人中间，额头上满是皱纹，客人们不得不把自己的下午茶食用面包和一套沙拉配餐都揉成一团。明天或者今天晚上，这个女人就会站在米夏埃尔的度假屋前，从窗户往里窥视，看看他的朋友们是怎么占用他的财物的。那么她呢，这位被拒绝的女人，谁也不知道她将去哪里，她将会像一个稍纵即逝的念头，消失在远方。而她的丈夫正在清理这个地带和扼杀音乐。我感觉到很冷了，他们彼此取暖，一个人把自己塞进另一个人的肚子里，在那里，他们在所有的垃圾中刨挖，翻找那张可爱的照片，那张昨天在交媾时的照片交易中向他们展示的照片。昨天还是这样的。而今天，他们已经开始寻找一个新的合作伙伴，以便在抚爱亲吻和扣动扳机射击之前，让他的脸上露出笑容来。是的，那就是我们！而我们明显地变得充满了痛苦，其实也想为他人而变得靓丽妩媚一些，因为在我们不得不在我们亲爱的性伴侣面前脱光衣服并消耗殆尽时，我们没有把钱花在我们现在正缺少的衣服上。但就目前而言，这个女人是靠酗酒为生，而其他人的收获，不会给她带来任何好处，因为他们也同样是花天酒地、酗酒成瘾。一个滑雪者踩到了她的貂皮大衣上，为此发生了一点小小的混战，她站了起来，但又不得不重新坐下来。这里的人们在质朴的灯下成长：他们如何在他们使用的这些彩色塑料套中使他们的形式发挥出效力，而不会让他们的形式和标准失效而溢流出去，当然它们也不会是按照他们的模型，而是根据不同型号生产出来的。就像他们的公寓一样大小，他们装饰打扮自己，并护送自己在自然界到处行走。

仿佛从天上掉下来的一样，它就在那里。这个女人还没有对准就往后缩了回去。一个酒杯被推到了她的面前，这一天似乎显得匆匆忙忙，转眼间已近黄昏，格蒂私处的群山已经蒙上了阴影。贫乏的民意舆论喷溅在格蒂身上，就像小孩子一只手玩水一样。周围的那些穷人艰难地离开了属于他们的东西，以便用肮脏的手将留在酒馆里的东西倒出来，像泉水一样涌出他们自己排泄出来的东西。但是这个女人想要回她的家，他们不允许给她提供什么喝的东西，她应该无声无息、保持沉默。这里，住着牲畜和它们好心的牧羊人，这个节目你可以在她私处电视画面上看到！这位厂长夫人是一朵欢快璀璨的云团，至少她看上去是这样，因为她现在正从扶手椅上沉到地面上，就像躺在床上睡觉一样。女店主亲切地抓住她的腋窝。一条涓涓小溪从格蒂的下巴处流了下来，并蔓延开来。并不是每天都这样。自然界再一次从外面闪耀着美丽的光芒，这是最后一次，而它的使用者的羊群随着耐心的龟背一起走了进来，实在是太高兴了，终于能够自己高高地抬起一次，而无须在奥林匹克实况转播的鞭策之下才抬起龟头，站起来，冲上山坡。如果不去打扰这些人，人们将会发现他们很快就失去了他们最大的吸引力，这吸引力就在于：看起来像电影明星，在自己的相册中看起来金光闪闪很可爱，在其中我们可以衡量自己的需求。但在这里，波涛汹涌，高高的海浪冲击着他们，他们必须在单调的原住民中占上风，坚持自己的立场。他们用声音、色彩、气味和金钱来做到这一点。根据用户的情况来调整一首歌曲，一天中的时间突然改变了，天气也随之改变。强烈的气流穿过挂在树枝上的晶冰发出呼啸声。越来越多的人蜷缩在女人的洞穴里，你们看那儿，现在就有两个男人正将他们高高抬起。他们的硬币都散落在了这个女人的身上，她付出了一瓶葡萄酒和一杯杜松子酒。他们在难以遮盖和掩饰其粗糙的生殖器的借口下，感触到了格蒂的全部。这时，他们的妻子爆发出一阵狂笑，她们也在光线变化之前迅速备好了她毛茸茸的裂缝，进入了位置、摆出姿势、并调整到了最佳状态。而他们都还在享受着自然界的滴水之恩，所以他们充满了生命的活力。毕竟，在这家酒店的大厅里像岛屿一样懒洋洋地蹲坐着喷射，已经花费了足够的代价。其中有一个男的开玩笑地把一个女人扛在肩上，让她大腿间的东西变得越来越大，越来越红，她用左右两腿夹着这个男人的脸颊。这时候，谁也不愿意离开。即使是内容最贫乏的晚间节目已经结束了，他们也会兴奋地蹦来跳去。只有一条捷径，那就是用暴力在分秒之间解决问题，其间生殖器张开了，然后他们进入彼此的身体，相互交媾，压住管子，只听到有人在痛苦地呻吟，大呼救命，要求释放。从她们密封的腹腔里发出了雷鸣声，那里可是他们的禽兽发狂时关禁闭的地方。天色已晚，黑暗中，第一波已经从他们衣服的束缚中涓涓溢了出来。格蒂的乳房被人紧紧地捏掐着，女士们，我们在领主的土地上就像蔬菜一样快乐无害地蔓生，这是多么令人高兴啊！这些都来自我们所处的高原地区，很高兴能惊奇地看到从我们的滑雪裤中喷射出嫩芽。

吭唷,这个女人此时又端正地坐到了凳子上,又给她推过去一杯酒,里面的酒精很快就变质了,她用手一扫就擦掉了。那些慷慨解囊者生气地大声叫嚷起来,摇着这个女人的手臂。女主人叫酒吧女招待去拿一块毛巾,这时,格蒂站了起来,将她的钱袋扔到地上,人们开始争着翻找起来,在这金钱面前,他们那一张张汗流满面的脸开始生气发怒了。可怜的人们都挤在后面的房间里,都在回忆当时在他们面前不由自主地张开双腿的工作。但是,那里已经不再有他们的入口了。啊,如果他们还有入口多好啊!现在,他们成天待在家里,整日里忙着清洗碗碟什么的。其他的那些客人呢?他们什么都不要求,只渴望拥有一个美好的天气和一场肆虐的鹅毛大雪。如果像天气预报所说的,气温猛然骤升,那么雨也将随之而来,他们在山里的生活明天将会再次大胆进行,变得冒险和肆无忌惮。女主人说,要是天气晴朗,她会温柔地为他们铺平道路。她挽着格蒂的胳膊,似乎在水面上行走,越过那些漂浮在上面的游客身上的浮渣。你看看,这些游客是如何稳当当地从一无所有中脱颖而出,满载礼物而来,在体育用品展销会上出生,并在山中走向死亡。这时,在不知不觉中,一首脍炙人口的歌脱口而出，这些歌手和汽笛不能相提并论，没有什么共同之处，不是在声音上，而是在外观上。但他们老是唱啊，唱啊，尤其是现在！震惊之余，那些从来就不被允许做造纸工的居民们，坐在她们私处的屏幕前，目光痴呆地看着她们狡猾的发明创造，难道就没有人来参与分担他们的痛苦吗？为什么要让他们与生命脱离开来，甚至还要把他们在他们的雪橇安全地放到地下室之前解雇呢？

在这种情况下，人们不应该独自一人或甚至和几个人一起驾驶，否则人们在有生之年就自身难保了！但是，格蒂却不一样，伸手去摸她小房间的天花板，把自己的肉肉从岸边拨弄开来，并往前推进，感觉十分轻松自如。她调整了一下手指，随意地发泄着自己的激情。再说米夏埃尔，现在，我们趁他尚未冷却下来，把他从他的房子里弄出来。不一会儿，这个女人受性欲的驱动，就在别人的房子前大声呼喊起来，因为那里没有人。我们继续前行吧！不久，灯光就要亮了。我们大多数人通常都停留在这个数字上，都是一对一的，但至少她就是这样开始朝着她的猎物——其他的驾驶者驶去。可什么也没有发生，仿佛是一个持久的奇迹。那些穿着乡土衬衣的主人们不时地发出咆哮声，因为他们不得不等待食物，这时，有几只狗朝来访者冲了过去，像未被击中的猎物一样，争抢着拉拽着他们。这就是为什么我们每个人都喜欢为自己而活，把自己当作驯服的动物给保管起来。我们只是时不时地，从另一个假装充满甜蜜欲望的人那里喝上一大口。但是，当你真正要求什么的时候，你从他那里什么也得不到！

第十四章

  房前的碎石沙沙作响,几只小狗已经跳到了我们的脖子上,房门也渐渐打开来。这个女人甚至朝前对着柔和的灯光更进了一步,因为光线正照在她那热切期待已久的丈夫身上。孩子们也都早已送回家去了,没有音乐和节奏的安慰,他们现在仅从她那隐蔽的洞穴里露出半个身子,就遭到其父亲的殴打。他们看到那阴唇边的艺术之泉已经枯竭时,感觉到松了一口气,就像人们看到自己家人的一张全家福照片那样高兴。孩子们已经在林间的小路上互相摔倒,撕破或扯乱衣服,乃至粉身碎骨。人们不应当常常把邻居都聚集起来,他们聚集在一起除了令人生气就没别的好事儿!凡是这个厂长先生想要的东西,他现在又都有了,他的话对我们来说,简直就是命令。你看,他的嘴里又爆发出了吧唧吧唧的亲吻声。他把他那感觉已经融化的器官之勺举到灯光下,但没有任何东西被加热。他像母亲亲吻牛崽一样亲吻着这个女人，就连她的胳肢窝他也要用舌头舔舔。他在看到她时就开始自动发热了，但他那潮湿的身躯目前还一直保持关闭状态。他的身体就像一座山，涓涓小溪已经从他的额头往下流淌，这与他的工人在收到蓝色信封里的信时，他们被淫水淹没的情况无法相比，他们在她的温泉里待过，留下了严重的痕迹（在伤痛和忏悔之后，他们的存在增加了）。但是，他们当中没有一个人像现在这位已经膨胀起来了的厂长，那样理解他妻子的意思，他要把她送回到她的彼岸。她的袋子里面有些什么东西呢，只有她的一条湿透了的内裤被他扔到了地板上。这样的情况发生过多少次了，但大多数情况下，当水龙头里的水再次无法被驯服时，仆人帮手们就会履行这个职责。明天，清洁女工将会清洗掉这些生命的痕迹。格蒂应该回到她那不算狭小的跑马场来。那个整天在外面四处乱跑的孩子，现在向她的母亲跑来，满头大汗，抱怨连连，也是可以理解的，因为她给朋友们带来了麻烦。于是，母亲受上天的派遣，通过她的阴唇给他送来了神圣和舒适惬意的礼物。它虽说是一个小包裹，可也是整个国民不得不携带和感到害怕的一个包裹。现在，是谁又去按了这个家庭的按钮呢？你看，这不又使他们开始发作了：他们一家三口人，当天高气冷时，天气理应自己收敛一点，安分守己一些。可这个家庭则不然：这个女人再也没有那么理智了，那是因为随身携带着支票账簿的父亲性情善良地往她的账户上写了些什么。他的财产是他的最爱，也是最重要的。男人笑眯眯地抚摸着这个女人，可在一秒钟之后他就像疯了一样，突然发怒，像一只进入别人巢穴的猎犬，专门在陌生建筑物中捕捉洞穴动物，迅速钻进了她的大衣，在她衣服领口的乳沟处又是挖又是翻，一会儿的工夫就把这个不听话的女人的衣服给脱了下来。他用手指爱妩地抚摸着划过她的脸颊，仿佛一个创作人员过早地就把铅笔给折断了一样，现在，该是生活本身去纠正这件作品的时候了。而此时，这个女人却无法处理自动控制系统，因而把握不住。于是，她沉重地靠在了一边。

在我们当中，谁又只是为了突然在他那衣服的碎片上重新出现（每一件小而标准的衣服都像一排平房，但我们从不愿意与一个国王进行交换），而不愿意被人遗忘在生命的草地上呢？那就把他托付给另一个刚刚匆匆走过的人吧，他将会了解我们！他在那群人中显得十分突出，就像脱离了通往金钱的轨道似的出格！终于，她看起来非常高兴，冲着那孩子扑了过去，这不仅仅是这个女人的一个愿望，是的，天上的人想在秃鹰和小提琴手中庆祝这个假日！走到维也纳听音乐会去！在前厅的地毯上，她与儿子翻来覆去、翻云覆雨地滚在一起，借口在和他一起玩耍，可是她的手已经（毫不费力地）伸到裤腰下握住了孩子。男人尽力地笑了起来，因为，只要他能一下子干掉这么多的生命，他就想再次独自拥有这个女人。对此，我们将拭目以待。他那果敢坚定的肉锤已经沉重地吊挂在他的身上，那家伙从他腰部下垂的重量，甚至比他思考问题和看东西的脑袋还要重。这时候，又出现了一种关联，但他也不想就此罢休，就这么白白地吊挂着，无所作为。这肉棒常常可以迫使一个男人坚持很长一段时间，就像在一辆长途汽车上，人们在拉上窗帘的情况下彻夜追逐，闪过一个又一个的窗口，由于一切都在运动中，这样大家就不会都聚到一起。

厂长已经把手伸进了裤兜里，隔着裤兜布抚摸着他的那根操纵杆。一会儿，他那似乎分量十足的光束就要射向这个女人，这孩子也是容光焕发的。和他们打起交道可不是那么容易，这孩子已经像小动物的饲料一样沉入母亲的阴道下面，阴道就像刀锋一样正凌厉地绞着他的肉。只听见母亲在咯咯地笑着，毛发上沾满了地板上的灰尘，因为，家庭主妇对此并不在意，很长时间已经没有关注地上的清洁了。这孩子很想讲述他的玩伴对他做了什么，可是父亲又不可能像你那样，有那么多的时间来疼爱孩子。他无助地跪在他的家人面前,这孩子可是他全部伟大创造中唯一的小家伙。他们都笑得那么开心。他们被父亲交换各种姿势挠痒痒,仿佛他想要夺走他们生命似的。他们还是继续在笑啊笑,笑个没完,可这个男人越来越不为所动,激情越来越少,感觉逐渐麻木了。难道这孩子可以被人从他那里偷走不成!他更喜欢盯着母亲的胯间,他自己也想坐在上面。幸福和不幸福都没有给这孩子带来太大压力,所以一定有什么可以做的,还需要做很多的工作。相反,应当恢复秩序,是的,甚至更多,孩子的小房间应当由他自己来整理,靠别人是不行的!病痛总是由母亲来缓解的。而女人也要把男人关在她们的身体里,让他们待在这个监护室里,这样就能避免男人受火风暴[1]的影响,不然,他们的躯体就会像狗一样被激情的暴风骤雨卷进茫茫黑夜,这样,大家就都能排泄一空,然后美美地睡个好觉。营养丰富的圣诞饰品悬挂在干枯的树枝上。最重要的是,人们已经经历过的,把圣餐菜单上上下下所吃过的东西都一一明晰显赫地写在了黑板上!不,在这幅糊墙纸上只有家里的味道!这个儿子,也就是我们的观众,已经从过去多次的经验中了解了身体的钩裆术和手指画。并从他父

---

[1] 火风暴(Feuersturm):此处应有两层含义,即(消极的)烽火连天和(积极的)轰轰烈烈、激情似火。

亲那里骗取了一个承诺，说上帝和偶像运动起了主导作用。于是，他将被父亲的允诺所召唤，被覆盖在最遥远山脉上的、令人兴奋的雪地毯所召唤。换句话说，看到这么多跑步者横穿大地，一直奔向地球的中心点，一定很令人兴奋。这个孩子会得到一种体验的承诺，因为父亲对母亲的身体和自己延伸到茫茫黑夜的支体有很多期待：可母亲下面的这个风景区却难以容纳五千余人！

他们在适宜的裤子里十分充溢，精神十足，这些绅士们，甚至连这个儿子也在为此做出贡献了。这个孩子的母亲并没有指责他疯狂猛长，不嫌他长得太快，反而她把自己当作可怜的食物抛给他。这个孩子由母亲抚养长大，从初出茅庐的新鲜嫩器到成熟起来，现在已不再是那么默默无闻、停滞不前了，他现在完全能够自由奔跑了，而且不断地奔跑着！我们再来看看那些先生吧，在他们当中，这个厂长的地位最高。他的阴茎可以随时在几秒钟之内迅速地从一个温热的浴缸里诞生，拿出来就能立即投入工作，然后，它又心满意足地被命运补缺，得到恢复，于是，在它身上驻扎着打网球、骑摩托车或其他任何交媾工具的力量。亲爱的先生们，在走路的时候它一直在你们身上晃动着，在脆弱的枝头上，男人都有着许多的尝试企图，可它常常在诉说：我一人好孤独呵！这时，孩子考虑的却是地理史上的某一时期，遗憾的是它早已一去不复返（太晚了！），不可能再重新经历一次。早些时候，这个父亲给他取来一本百科全书，并对他精心考虑过数量的孩子弯下了腰，说教起来。毕竟，更多的孩子可能会使母亲转移对父亲的兴趣。他要亲自将他的女人捆绑在床上，像病魔一样凶狠毒辣：上帝是卑鄙、下流的，但是，在这里就没有下流的意思了。

当孩子通过导游进入这个厂长的全套软垫沙发时，他就像钟声一样在上方响起。天色已暗，外面的树木黑压压地站着，静静等待着。一家人和和睦睦，没了以往的争执。男人的阴囊沉重而粗俗地吊挂在他们最喜欢的内衣里，悬吊在铺满纸的橱柜里，悬挂在内裤和运动裤的气囊里。然而，只要受到外部一个小小的影响和干预，一切都会被显现出来。性器这东西，每个人都有，我们命中注定就该属于它，各司其职，当孤独者转向他的财产就像面对自己的影子一样时，该出手就出手，它就从袋囊里跳将出来，就像把一群穷人捆扎在一起的橡皮筋一样（因为他们不是单独的个体），众生之中，那是最适合他的东西，是它唯一存在的化身。那一束束射线则是一群群生命，是的，它们是从身体里喷射而出的，令我们感到愉悦痛快。谁要是想多要，那就得花钱买些东西。

甚至连这孩子也是如此：他容光焕发，俨然一个地道的男子汉，但却对他人俯首称臣，或向他人弯腰鞠躬。他从一个人到另一个人，从一个地方到另一个地方，以明示他无法修复的形象，他在一条令人羡慕的路线上行进，以便以惊人的速度与我们擦肩而过。仅仅是对他的印象就已经非常深刻了。是的，这个孩子还很小，但我想，他是专门为男人而设计的。

现在，它还是一个孩子僵硬地伸出来的小捣蛋，它虽然很小，但是它对我们鼓膜施加的压力已经是如此之大，迫使我们飞向那些敢于抱怨的可怜邻居。此时此刻，母亲深情地用嘴巴覆盖住父亲的毛发。父亲已经变得取之不尽、用之不竭、难以自拔，几乎无法控制自己了。他通常对员工隐瞒事情，现在却情不自禁地用力按住自己的情欲冲动。他从他妻子的屁股后面推了进去，这个女人轻蔑地向前探了探身子，像鞠躬似的，以便那孩子在她的深处变得栩栩如生，鲜活起来。由于有些像挠痒痒，这孩子笑出声来，便将他的肥料卸了下来，全部泄到了母亲的脸上。这倒没有什么关系，相反我们感到特别高兴，就好像我们全身被雨淋湿了在一起嬉戏一样。这个女人可能不太注意，可为时已晚，她背后已经是半裸露在外，而她仍然还朝前俯着身子吸吮着这个孩子，还对他说些好听的话，说这样可能会将他的这个玩具清除干净。更多的想法男人也不大敢有，但不管怎样，他已经有所获得，他赢了。仿佛一架超低空飞行器，他擦摸轻拍着他妻子的屁股，就像一只低飞的鸟儿向光亮处拍打翅膀。今天，父亲感觉自己健康良好，已近狂风怒吼的地步，所以，他一直是在肆无忌惮地尽情嬉戏。他把他那个有些发胀的、被那宽松的轻便上装遮蔽的弹头悄悄地塞进了他妻子的屁股缝里，此前，他已对这个由他支配的地方进行过认真检查。他所需要做的就是，要在这里开出一条犁沟，于是这个农民就来帮他犁地了。我们当中没有一个人必须独自承受生活。但不知道为什么没有人帮他买辆汽车，以便让一位同伴可以随身携带所有的东西呢？我们还是睁大眼睛来彼此探入对方的性器吧，这样我们就会变得平静并温柔多情起来。我们想要变得苗条的话，那就得努力通过药物和饮食来实现。我们正处在与其他前来铺设自己轨道的人的繁忙竞争中。即使是在女人私处敞开的大门旁边，这位厂长甚至还在考虑，该走哪个门进入，若能作为一个弹道束或一群牛羊奉送献上，那该是一种多大的荣誉啊！哦，天哪！要是能成为推车上一批沉重的货物，在泥泞中十分惬意地深陷和滚动该多好啊！然而，那些交通标牌故意要把人们拉走！

在家里，一家人亲吻和放屁的情况比较多。幸福愉悦的期待结束了，甜蜜的话语充斥着整个房间。这时，只听到从房主的嗓子眼儿里发出的声音在说，它要投入一场战斗，而且是他获胜的战斗。这幅场景把他给完全吸引住了，上苍几乎把他的工人和职员全都忘记了，这些人都被他们的大老板和他的神圣教堂涂抹了，而且作为回报，他们还必须继续待在他们的棚屋里，保持良好的体形和充足的储备，整装待发、随时待命，可是，他们却在那里愤怒地摇着他们的铃铛，切割着他们身上的绳索。什么？难道他们在出征之前，就一点儿也不保护好他们唯一的房间吗？

这个女人知道，她丈夫在哪里套上了鞋子，他马上就会穿着这鞋子踏进她的篱笆墙。有时候，他几乎坚持不到晚上，因此，他就把她召唤到工厂的厂长办公室里，在那里，这只猛禽也难以长时间控制住自己，于是他希望到他的私人住宅里愤怒地发泄一通。他将手伸进性器的云层里，顿时，这家伙开始猛长，像火焰一样燃烧起来。这个小赢家已经越过裤腿，从上方的密室里被拽了出来，此前他一直潜伏在那里等候着，直到有这么一个人向他展示梦幻的旅行券，让他到石榴裙下去领略一下金雨甘露。令这位主人高兴的是，裆下的小狗可以通过嗅觉察觉到对方，即使它们离对方很远，然后互相倾倒，一只一只地摔倒在地，精液一波一波地射出，一层一层地堆叠。每一天都是一个庆典、一场盛宴，真是美极了。今天，我们至少还会睡上一觉不成？这可是我们应该得到的，当之无愧。我们仍然在高高的山顶上静静地待着，穿着保暖衣，以免引发雪崩，也不会从滑雪板上脱落下来。你好好想想男人衬衫上那么多的褶皱吧，仅仅从那些褶皱中男人们就可以倾倒出他们神圣的溪流来！

今天，格蒂即使穿着时髦优雅的服装，也还是被多次打开了缺口，无数次出现了破绽。这样，先生们就可以借助她们的风箱，使这些豁口发出响亮的声响来，相比之下，夏天吹她，是温馨甜甜的，到了冬天我们还不得不强力呼吸，喘着粗气。这个孩子几乎没有注意到，它正在我们中间穿来穿去地交媾，被踢来踢去。现在，不是马上就有晚餐了吗？这个厂长是否要再让他的妻子暂时离开他的魔掌，让她休息片刻呢？他想让她头脑清醒一点儿吗？默默无语地，这只动物和他的捣蛋鬼互看着对方。而这个厂长却想做得更过分一些：在厨房的桌子上，他把妻子的躯体完全、无形状地卷叠起来，混合在一起，就像生面团一样合他的意，然后将它遮盖好，让它游荡。这个家庭就是这样创造自己的食物的，就像地球创造自己的生命一样；客人们就是这样在阴户的豁口上依依惜别的，虽然他们确确实实得到了好吃的食物。尊敬的先生们，尽管你们对我们来说不是很熟，但你们抛头露面，把自己扔来扔去，乱射乱泄，那巢穴也就会吱吱作响的。冷盘咔嚓地放到桌子上，一家人坐下来，沉甸甸的圆圆面包上有明显分开的颗粒，粗糙而昂贵地摆放在金纹边的盘子上，他们都曾在这里坐过一次，所以，无论什么时候，父亲都会有这样的意愿。首先，他要把这个女人厚厚地涂抹上一层，然后，从这一天开始，他就一直微笑着，最后，他赚到了面包，于是，他现在将面包一一分发给他的家人。是的，这时候，那些沉重的棒槌就会落到这个女人沉闷的盆腔里。我认为，我一点儿自信心都没有了，都不敢相信自己啦！可无论如何，我们都应有几天假日吧，好让工厂合唱团在乐器方面得到磨炼和加强！总得让孩子活下来吧，已经到了这一步。它们突然出现，毫无征兆，没有预先警告，就像太阳有时候也会瞬间灼在你身上一样。在高高的山峰上，太阳已经为明天点燃了火种，可我们这些含量丰富的人，被列入外强中干名单上的这些人，今天，我们已经噼噼啪啪地燃起了熊熊火焰，并且还仍然保持着我们身体的状态，直到它们几乎爆裂成光，消失在虚无中。在这里，我谨向你建言做一件事：备足饮品，这样，你就没有理由再担心了！

这时，从外面传进来一丝渐渐减弱的声音，但毕竟还是晚了一点儿，个人私密处被屏蔽了起来，以便独自聊天，自己私下里进行交谈。那些必须提供食物和娱乐的人们，在潺潺奔流小溪上的小房子里，碰碰撞撞把碗碟弄得叮当作响，他们永远都是些半成品和未受过完全教育的不礼貌的人：是啊是啊，我们这些女人！我们女人也与我们自己（不理智的人）聊。为了从我们的男人身上汲取更多的东西，我们完全可以将我们的小房子塞满。现在，这家人把那些动物拒之门外，这样就能够防止它们由于害怕黑暗不再进入我们里面了。而且，现在村子里无处不在的眼孔也都被遮盖住了，你就可以随心所欲地在你自己的私处壁纸上探寻最想要的东西了！明天，他们又将聚集在一起，用周围的树木来造纸，好像这就是他们的节日一样。在此期间，这个厂长甚至将他们从他与他们和工会达成的同盟中挤出来，只有那些唱得正确的人，袋子里面的钱才能属于他。当他们在县城形状不规则的酒馆大厅表演时，人们报以热烈的掌声，长期以来，他们就被指定为食物了，可谓久闻其名的食物，在自制的声音面前友好地颤抖着，仿佛要吞噬对方似的。每隔一段时间，男人的一部分就会爬到属于他的女人身上，就是为了认真地耗尽自己。于是，它们像岩石一样，吊挂在他妻子的巢穴中和乳房之间。她们对此已经司空见惯了。偶尔，它们会被一只从黑暗中伸出来的手抚摸着，转瞬即逝，匆匆忙忙的就像是被一棵结满果实的树枝擦碰过一样。要是他们能够净净空空地再多待一会儿，该多好啊（那她们有时候就可以感觉到这种气流了）！任何人都不应当这么快就再次拿起这些倒空了的瓶子！现在，女人们开始用她们的武器来拍马屁、阿谀奉承了，这样她们就可以得到一些礼物，比如说，得到一件新衣服来弥补她们的微不足道。她们以其忍受能力而取悦于人，但是，她们这样做并不讨人喜欢，没有取悦很多人。然后，一条烧焦了的辣味炖肉马上就要出锅了！

此时，我们可以看到和倾听到对方的信息了。

当门砰的一声关上的时候，格蒂也开始在她的挂锁后面变得温顺起来。可是，这是否就意味着这个厂长一定要为此付出体力呢？这个孩子一个接着一个地追寻猎物，他已处于膨胀状态了。父亲想让这孩子忘掉这些事，于是他在裤裆前面把他抬起来，让他再落回地面。最后，总算是从母亲阴户的喉咙里流出了一些社会公认的作呕物。快点儿，把手指放进去！只是这个由一个男孩儿装扮的孩子还在碍手碍脚，他从同一个被扼住的喉咙里吐出了真情：他想收到一些礼物。这个孩子究竟是根据什么样的挑剔原则被选中的呢？她的父母正被敲诈勒索，现正在他们漂亮的住宅里一声不吭地默默叠坐在一起。儿童话语的储备供应似乎是取之不尽、用之不竭的，但却缺乏多样性，只是金钱和货物。这个孩子真心希望所有的技术设备都能发挥作用，发出嗒嗒啦嗒嗒暴风雨般的声响。他的语言从妈妈身上黏着的动物图片所有的洞穴里磕磕绊绊地蹦了出来。当然，母亲是疼爱这个孩子的，因为他们都很遵守和听命于共同的法则，即不是地球孕育了他们，而是他们的父亲。你可以从孩子那里得到整个商品目录。你甚至可以要一匹马。是啊，这个孩子就希望完全彻底答应一件事儿，那并不是小提琴的声音，那就是运动。那些商品都变成了话语，对吧，是的，那就是钱吧，是的。父亲不得不再次松开他的裤兜，那里就憋屈着他的小东西，当然，人们从这个女人身边走过，不可能就这么简单地不做点什么事儿吧。他把孩子调整扶正了一些，或许我们还会将他拽到阴毛处饱餐一顿呢？这台电视机正在播放一条源泉的图像和声音，只见一只水母将它的吸盘伸进了房间，让年轻人以不同的名人为榜样来认识自己。整个过程声音非常响亮。这个协会的主席愤怒地大声宣布了他的决定：他们三个尽管都由一个父亲所造，但却都是我设计的！

母亲带着一身酒气和疲软的身子摇摇晃晃地蹒跚而行，不小心就撞到她的家用电器上。这个家庭毫不费力地买下了周围的环境。你看，俨然一片和平宁静的环境！在台灯的灯光下，桌子都弯曲了，光芒直接照耀在隐蔽、秘密而神圣的食材上。这便是一片家乡的故土，多么温馨啊。父亲半勃起的阴茎像一只猎犬，乖巧温顺地躺在扶手椅边缘的大腿之间，什么也没有丢失，探出来半截龟头，那栏杆在它的下面都弯曲了。它从男人的身体里钻出来，从他们的内脏开始，在那里匆匆忙忙地走了一阵子，一刻也不停地抽插、紧缩、抱啊、夹呀，在茂密的灌木丛中穿行。不，这种性行为在它再一次搅动，并下起大雨之前是宁愿不睡的。这就是他们喜欢的方式，他们就想这样好好地大干一场。这时，父亲坐在椅子上磨刀霍霍：他大腿间峡谷的构成是如此丰富多彩和变化万千，多么可爱呀，简直使人有些眼花缭乱！你看这儿，它有多长啊，再长点儿，再长点儿，好啊，好啊，它就有那么长了。妻子看着眼前的一切，不时地会拍打桌子。如果允许她随心所欲，她就会立马追随她最近的欲望，冲进她崇拜的偶像，名叫米夏埃尔的可观世界。对她来说，恐怕这条通道已经关闭了，她那勉强张开的嘴里好像在嘟哝着一些含糊不清的话语。这个大学生的度假屋，它对格蒂的肉体来说是个朝圣的地方，我们稍后还可以开车去那里。在房子里，孩子们没有唱歌，也不鼓掌，甚至连半球形反射供热器[1]也没敢有什么反应。一切都安安静静、阒寂无声。我想知道，这个女人何时才能意识到她那当地安全机构[2]的紧迫性呢？

这个孩子到处开着玩笑，现在完全变成了一只野兽。他总是在睡觉之前，当一个人对晚餐的饭菜没有什么兴趣，吃得很少的时候，就会狂热地抛头露面，从身体里跳出来，翻来覆去。这个母亲也会将他的头猛烈地撞向自己私处的桌子，她那张开的伤口和米夏埃尔紧紧地连在了一起。她表示她不会吃任何东西，但会喝一些东西。对父亲来说，她已经是怦然心动的猎物，他已经为狩猎发出了阵阵射击声，现在，父亲已经穿着下坡滑雪服放慢了射速。这个孩子对他来说是个累赘，这时，他正待在自己的房子里，要是那些被射出的人群不及时到医院去的话，就很可能会死在那里。最后的一批工人躲过了外面恶劣的天气，匆匆进入她的极乐居室（世界）。不久之后，一切都将归于平静。父亲的阴茎，这个力大无比的肌肉组织被母亲所深深吸引。这个多少有些专横跋扈的杂种狗此刻睡了一会儿，很快它就会闻到气味。在楼

---

[1] 隐喻耻骨。
[2] 机构（Organ），也译感觉器官。

上，他与这个孩子谈到了学校，然后，这个向前俯身的女人温暖的腋窝被他掐捏个没完，接着她的双肩被拽着抬了起来。现在，这个孩子越来越多地成为这顿饭的主人了。由于为孩子的欲望所困扰，父亲往里面更深进了一步，是的，这时我们看到，母亲也已经到了这个地步，而且只是希望继续进行，反复再来几个回合。这些人难以就这么静静地坐着，保持沉默，一般说来，那只适用于那些有异国情调的、非常有钱的富翁。他们无处安身，没有任何地方可以容纳他们，他们在云里雾里飘浮，在河流小溪中漂移，他们的王冠在他们头顶沙沙作响，钱包发出阵阵簌簌声。其他的地方相对要好得多，他们向着太阳敞开了胸怀。喂，你是谁呀？接电话时的应答总是一样的。这个孩子变得越来越令人讨厌了，他总是在他的生日礼物清单上反复琢磨，但没有任何东西可以摆脱他的欲望。父亲也是这样做的，这是一个原则问题。他会用他的琼浆为母亲提神，使她鲜活起来。生命在他的脚踝周围奔腾，真的，他那炽热的感官，橡胶制品也是封不住的，他的身体在那里休息，但灿烂的火焰却从他的身体里闪耀出来。这孩子要求的东西很多，这样他就能得到大部分。孩子的父母终于在他们的情感中被卧车乘务员所装载填满（外面的风景飞驰而过，因而他们的性欲也随之冲动滋长，变得更加开放外露），因此，出于种种原因，他们希望这孩子重新闭上已经张开的嘴巴。一切交易都失败了，都没能予以执行。要是再练上一个小时的小提琴也无所谓，不是什么了不起的事。毕竟，这个女人现在还在小口地吃那食物。这孩子要很长时间才会成熟。我们最好还是把自己的事情干完吧！

由于这个孩子有些碍事儿，他们不能就这么裸着身子依偎坐着。是啊，这个孩子还没有处在极乐世界中，所以他在父母面前并没有什么可保密的东西，比如乳汁是如何从他那剩下的几颗乳牙后面喷射出来的。这是一种非常牢固的纽带，这种结构将孩子与其父母紧紧地连接在一起。其实，儿子并不只是依恋小提琴滴水才会打扰。他很麻烦，总是令人不安。这样的富足（孩子们）只会制造出一些意想不到的关系，也正是这些关系把他们自己的麻烦制造者带进了家里，于是，这些捣乱者就从他们不流畅的语言中开始像灯一样发出明亮而又奇怪的光。并不是说所有的人都能在他们公寓的所有洞穴里做爱。父亲最终想扯掉他妻子身上的衣服，如火如荼地冲下她的山坡，可是，不能啊，这个孩子就像过节日一般硬挤进这个房间，他的号角声荡漾着整个公寓，这里的一切都是为情爱而置，尤其是表现充分的父亲那粗犷的体格，与客厅的大沙发一样，如此富丽堂皇，非常适合做爱。这些性情中人的商旅一路上都在绽放，就像路边盛开的鲜花，多么美丽啊！这些应当受到保护的小植物，千万不要铲除它们喔，它们已经会独自自由旅行了！最好在森林中隐藏起来，不要去踩踏它们，它们可能会在万绿丛中成为剧毒的东西！

在厨房里，父亲往儿子的果汁饮料中扔了几片药，以便让这个始终在值班干活儿的家伙闭上嘴，沉默安静下来。这个儿子还不能用他的果汁做很多事情，但是父亲，哦，天哪，当一切都安静下来的时候，他就会脱掉衣服，让儿子挤进母亲的身体里，沿着一条长长的平坦大路踏步前进。上帝派他登山攀崖走山谷的漫游青年男孩到处游荡，直到他们最终彼此踩躏一番，然后允许他们以团队的速度继续和孩子们一起前行。他们出现的时候，总是唱着歌，并乔装打扮一番，戴上假面具，当性器官离开的时候，他们就会留下他们的污物。这就是我们生命安息地的规则，这样，就能使山谷中的景观仍然不受约束。父亲为了我们，会沿着山上延伸而来的峡梯走下来，然后直奔母亲的乳品店而去，在那里他可以直接大量畅饮乳汁，以此来提提精神。但对这位厂长来说，还没有专为他量身定制的产品。长时间以来，这些乳头都是被盖得严严实实的，可它们却是他日常生活的一个精彩部分。在这所房子里,孩子在假装拉了一段小提琴之后,终于睡着了。现在,这种姿态该结束了,我们也该睡觉啦!但对这位母亲而言,这又是一个悲伤的夜晚,她不再能真正看到她的儿子出现在她面前。一张图片就拍了好多次!这个孩子又是笑又是叫的,还稍稍拉扯了一下,直到最后一粒药也流进他的血液。是的,这个儿子咿呀学语,唠叨个没完,他好像要在晚上沉溺在聚光灯下,或者沉溺于自己的财富中自淫一下。即使是更高大和更强壮的人也不敢在他面前挑衅地展示自己的那个东西。在他们的房子里还有几个鸟笼,紧挨着人们吃饭的地方。母亲试图避免和父亲的性器发生性关系,那完全就是蹂躏和毁灭性的行为,这种蹂躏就是他用圣约的方式在她的身体里建立他的业绩。是啊,她只想有人居住,但不希望只是来访和探视。

我们该怎么做,才能逃避孩子们的肢体发表的无数次演讲呢?我们也可以到一个后备的账户上,在那里,最终静静地躺下来,像金钱一样,在睡梦中变得更多。事情就是这样,就好像有人终于还是打开了那瓶酒的瓶塞,让它永远消失。比漫游者本身更聪明、娴熟和敏捷的是他们的记忆力,他们的银行对账单清楚地表明了利息的高峰和利率的剧烈波动。这个儿子也该去睡觉和熏制那根肉了，今天，因为我的原因，我们今天就不给他洗澡了。你看这，最后是，我没有告诉你，终于，他停止了他的表达，重新坐靠到扶手椅上。以前，他说的每一句话都厚颜无耻地声称是他的知识，可现在呢，他已经被空间和时间所掩盖了，好像他从未出现过似的。天上不会掉馅儿饼，所有的一切，都呈一条液体线流到他的嘴唇上，流到他孩子的下巴上，在那里，他的微笑在绽放。这时，终于安静了下来，这个孩子受到了母亲含蓄的拥抱和亲吻。直到翌日，仍是一片寂静。这主要是因为儿子被赶走了，淘汰了。可实际上，我们被围困起来了，那就是孩子。我们所有的孔洞处都有很多的事要做，那就是在目前的处境中，在恩恩爱爱的情况下，我们自己要紧紧黏贴在一起。那间婴儿房是由粗糙厚重的肉壁构成的，父亲把儿子抱起来，让他从睡衣里扑腾出来，像个软垫子一样躺到床上。他干脆以歪就歪，躺着就躺着了，像粘住了一样不想动。不一会儿，孩子已经睡着了，他太累了，今天无法让火花从他那龟头小嘴里喷射出来。大人们则充分地利用他们彼此的血缘关系，相互抓住对方的重要敏感部位，以表明，年龄对他们不会有任何伤害。他们没有受到阻碍，非常乐于收获，他们什么也没有失去。如同天空中的昆虫，父亲即将向下俯冲射击了，扑腾着把自己砸在刚刚修剪过的新鲜草地上。在不到五分钟的时间里,他就刺穿了他妻子的胯间,这对于他那臃肿的身材来说算是一个奇迹。亲爱的先生们,你们用你们的软管喷洒的时间够长了吧!现在,你们就拿出那肉色的巨无霸吧,把它放到膝盖上,傍晚时分,就在房子的港湾里好好地喷洒吧!你看那些个男人们:她们的眼睛都被戳坏了,而现在他们还想一直挖别人的眼睛。

这孩子这么年轻,已经魅力四射、光辉灿烂(非常饱满)了。当她的母亲躺在床上,对她的孩子进行安抚时,一个充满爱意的夜晚能否保护她呢?不,她很快就会在她丈夫僵硬的肌肉下被熄灭掉,因为他就是想要排泄。孩子很快就睡着了,母亲在毫无意义的亲吻中感到有些筋疲力尽了,她在毯子上散布着污物。她揉捏着儿子萎靡不振的软绵绵龟头。他今天怎么不欣欣向荣地挺拔了呢?他的思想如此迅速地走神,这是很不自然的。她非常了解这个孩子。这个父亲是把哪个水龙头给拧上了呢?他可是在他业余爱好的房间里待了很长时间的,并且还往他的烧瓶里灌注了果汁,直到感觉自己能达到顶峰。他在儿子的果汁里下了安眠药,这样,孩子就可以在甜蜜之夜睡上一个安稳觉,受到他的运动英雄和化学物质的保护。他将再次醒来,越过山丘滑向远方,可是现在，他却又一次被从母亲身边拽走。而母亲必须和这个孩子待在一起，因为以后会发生什么事儿，谁也不知道。

格蒂钻到毯子的下面，紧紧地用她的嘴亲吻这个孩子旁边的耻骨枕头。她在毯子的绒毛里翻找挖掘，她是否渐渐地领悟到，她已经无可救药地跟在这个男人的后面，与他结下了不解之缘呢？现在，她默默无闻地跟着进入轨道，开始出发啦！只有这种纽带才能把她牢牢地困在山里，直到她悲伤地沉沦下去。现在，父亲已经在他的车间里，紧紧抱着他的充电器，一瓶好酒是从来不会被拒绝的。这不就是自然界赋予我们的一种权利吗？难道还要从我们身上夺走不成？过了一会儿，他就站在了马桶里，又把一切通过小便排了出来。这时，女人已经从房子里跑出来，蜷缩在大衣下面。她匆匆地穿过前庭花园，像驱赶可恶的啮齿类动物的农夫，毫不犹豫地突然改变姿势方向，绕道而行。她边跑边从衣袋里拽出她的汽车钥匙。到底什么时候才开始来高潮呢？她现在已经坐在车子里面了，如果她继续这样摇摇晃晃地在联邦公路上开车向城外驶去的话，那沉重的车身屁股马上就有可能滑落。黑暗中的车辆，吓坏了最后一批失魂落魄者，他们跌跌撞撞地回到家，并以残暴的方式回应温柔。由于汽车行车灯没有打开，格蒂仿佛是在梦中行驶一般，离太阳升起的地方还遥远无望，眼前熟悉的山丘也很遥远。最好是能够心平气和地对待这种状态。其间，这个孩子在他的床上迅速蓬勃成长，且正在做着他的黄粱美梦，在梦中放飞自我。这时，这个厂长正在马桶里排放，他听到了汽车发出的声音，便立即跑到平台上，手上还握着他的阴茎，按常规用三个指头摆弄着。这个女人想要去哪儿呢？难道要在她的生活中摆脱自己的想法吗？那么你们呢，亲爱的先生们，紧紧抓住你们的钻头如何能用语言表达你们的渴望呢？这个厂长坐进了他的梅赛德斯奔驰车，这两个笨重的伴侣被扔在了风景区外面，在她那山凹峡谷地带摩擦着她的缺口。这段时间里，这条大约三公里长的蜿蜒小径上的贫穷居民彼此相爱，在恩爱中碰撞，从粗鲁的员工那整套装置中发出一阵阵轰鸣声，不久他们就已经再次用爱的姿态表达了爱意。是的，再说那些做爱的客人吧！陌生人在一起做爱，他们就不会有回到家的感觉。这时，两辆轿车先后疾驶而来，竞相追逐。它们爬上了一个小斜坡，接着便又滑了下来。我们很高兴地看到，在戴着套子的情况下，那引擎还是如此强大有力，它可以像雪橇一样，用其相当危险的马力推动年轻的迪斯科舞者前进，勇往直前。在此之前，男人甚至还没来得及抓住女人的奶子呢。他们开着车继续行驶。在自然界中，今天似乎不再生长什么东西了，但明天可能会有一批新的树汁到货。地上覆盖着厚厚的雪，但总有一天，这棵大树枝头又会挂上一种果实，虽然我还不知道它的尊姓大名。

为了你们，这个厂长把他所有的天然产品都集在一起，并正在他妻子的社交装置后面追逐。他必须要追上她，因此，他全力加速，这便是他们两个人在道路上冲刺的方式。不一会儿，米夏埃尔度假的房子就出现在了路边，哦，亲爱的，今天你们没见到我们亲爱的人们，你们真是幸运！在那窗明几净、灯火通明的房子里，有一位优雅高大的官员，向黑暗宣告：你并不孤单。你可以亲眼看到，人体表面多处被触摸并损坏了的地方，在工业和外国公司的帮助下，可以改造成一个相当令人尊敬的假日营地，在那里，我们可以根据各自的兴趣爱好，顺着路线游览观光。而在前面，我们看到沉重的钢铁般的嘴套探出来张望。是的，当欲望的洪水落在牧场上时，那里的绅士们就自然能伸长几乎二十厘米。然后它们就带领我们沿着她那狭窄的道路前进，据说它们在耗尽电流、汽油和时间之前，是不会停止的。一会儿进，一会儿出，进进出出、反反复复无穷尽，直到淫醉方休。

第十五章

　　米夏埃尔微笑着,从他那明亮的田野里走出来,称他会在全景窗外涌流甘泉。在他的世界里,灌浆储备充足、财富丰硕,他拥有足够的驾驶技能,而且年轻,他至少充分利用了三年的时间,用他那赤裸裸的卫生生活设施来打发光阴,瓦解自己。他现在无论如何都不会打开他的门。两个人吵吵嚷嚷地在他的门槛上沉了下来,这里通常是朋友们的太阳列车停靠的地方。无法联系到米夏埃尔。这个女人就用脚踢门,用拳头敲击着门面。看起来什么都没发生。他对她说过的或做过的,现在都是徒劳了,都一去不复返了!但是,人们从来都是无话可说的,其中也没有什么好隐瞒的了。这时,一场轻柔的雪开始飘落,而且一直下个不停。在他那衣服里面的漂亮纤维短裤后面,那小男生就站在窗口边,张望着。这一夜,多多少少被他弄得心神不宁。这位青年男子拥有多条滑雪索道,而且还以其他方式把他拉起来带上去,或把他送到远方。随着一阵阵轻轻作响的叮当声，他甚至还坐到了镶嵌商标的位置上，越过了大地上的一座座山脊岩峰。所到之处，既不显孤独，也不觉宁静，很快阳光就会再次照耀在他的身上。这时，他开始小声哼叫起来，成群结队的野物从森林中出现在了林中的阳光空地上，幼崽群中的这个中间成员一动不动地静静立在那里，其明亮度几乎有些不可理喻，似乎它是要引诱和吸引其他的有害虫兽。米夏埃尔站在那里，满载而归，精力充沛。他待在家里，他要一直待在家里，独来独往。这个女人在他的门外哭泣，她的心快要疯狂了。她的性欲感官都失调了，很不和谐，因为它们应该又要加班了，而且在户外，在这种温度下，它们的声音听起来也并不那么好。几乎同时，这个女人的酗酒周期也结束了，醉倒在门边，缩成了一团，仿佛苗圃冰冻层上的一堆狗屎。几乎同时，这个女人的酗酒周期也结束了，醉倒在门边，缩成一团，仿佛苗圃冰冻层上的一堆狗屎。白天，缆车拉着绳索前行，进入风景区，无缘无爱的人也会邂逅，并倒在他人的怀里。这个女人啊，永远不能让她在这块土地上有宾至如归的感觉，哪怕是一点点人类的激流和快乐进入灌木丛中。唉，真是一桩丑闻！

白天，他们都在崎岖不平的地面上艰难跋涉，他们都是些男女运动员，但是现在，当需要他们的时候，没有人出现，能阻止这个女人对她自己的攻击，打动她的心，让她运转的辐条停下来。通常情况下，这个厂长在他的公司所关心的是企业经济流的调节，然后，在与他的阴茎达成一致的情况下，共同进入这个经济流的河床，并自己创造一条相当整洁的河流小溪。他担心的，是水再次在他的意识里并由于他的性欲流干。目前，这对夫妻被房屋、树木和夜色所遮蔽。格蒂重重地敲打着这扇无情的大门，甚至在门边滑倒了下去。她还想用脚去踹它。在这个大学生还没能来得及做什么的时候，她已经付出的每一分努力都是值得的。他笑了笑，仍站在原地不动，毕竟，是赫尔曼，她的丈夫来了，在那里，他不愿意去和他比较，也从来没有想过要像他一样。这个男人的目光向上凝视着，在那里，他不习惯任何人。这两个男人的目光在半途中相遇，他俩都像装了发动机似的机动灵活。几乎是同时，有那么一瞬间，他俩都感觉到他们的身体在抗争死亡。米夏埃尔的身体稍稍向前倾斜了一定的角度，他们两人的耳边都听到了格蒂阴道里发出的奔腾沙沙声，好吧，真是太感谢啦！他们没有再划动手臂，只是为了让头顶高的欲望螺旋桨所产生的叮叮当当的结晶气流，弄得失去了几公分的平衡，少了几分快乐。至少他们当中有一个人，不会为了这个女人的意愿，把贵重的衣服从她身上给脱下来。这个青年男子点燃了一支烟，现在，因为火焰已经在他的手中，故将他用链条拴在了他的滑雪坡上，就像他刚才站在那儿，听到群山中的猛禽在他周围咆哮一样。他们要从他手上的煤气打火机上抢走他最后的一点火苗，并将其带给他下面的人们，这些人比他更能感受到与上帝的联系。在村子里，火对他来说无所谓，他也不需要把火苗运到那里去。格蒂已经从她的安乐窝里抽了出来，那里仍然还在发出迷人的噼里啪啦响声。现在已经足够了，她应该让自己成为这位厂长家中的宝石！这个厂长抓住她的腰部，深度检查她的身体，开始拖着她越过白霜覆盖的夜色地板，抽插打磨她。她猛力地用脚掌蹬踏乱踢着，这足以让某一个人头晕目眩、火冒三丈！她还一直穿着她今天早上穿的那件丝绸连衣裙，穿着它可以使人欲望萌生，因为从前面后面看上去都很好看，与格蒂的身材很相称，即使这一天好像差不多过去了，但被雪笼罩着，还是显得很不错。现在，这个男生还不是一个奉献者，他也不会成为这样的人。他朝窗外望去，眼睛像被遮住了似的，眼前一片阴暗，但光线足以让这对夫妇显得光彩照人。凡是他知道的，他并不总是予以拒绝。他毕竟尝试过，厚颜无耻地越过田野、激怒野物、呼吸一下新鲜空气，然后，需要的话，将其送回山坡的滑雪赛道上。然而：他的光芒并没有深入到这个风景地带，但他也许可以为这个圣洁的家庭做一个框架，并以镶嵌图片的形式把这个风景地带框进视野中。米夏埃尔遮蔽住自己的眼睛，让自己的眼睛更好地适应黑暗。自然界并不温和，而是野性的，有些疯狂，人们偏偏都为逃避他们的空虚而进入彼此，相聚在一起，在那里，始终形同一人。也许，米夏埃尔要和这位厂长一块儿去喝上一口，而这位厂长倒是想用他自己笨拙的画笔，即妄自尊大的男人，完成米夏埃尔已经开始的这幅画。在格蒂的这片松树林中，人们是不再需要语言的，那么我们就把它扔到一边去吧！

寂静席卷了所有街道，上帝使这个地区的居民安居乐业、幸福美满、容光焕发，是的，他们当中的很多人还在劳作，有些人在生产他们的家具和建造他们的住房，他们总在那里精雕细刻，其余的人则在照顾他们的一些目前动荡不安、居无定所的伴侣。为了履行自然界对工作和住房的永恒承诺，他们总是需要与时俱进，有新的产品（并立即进入河流小溪）。他们总算定居了下来！这样，他们就紧紧抓住给予他们自然界的承诺者：他们在性生活上的轻微失误，就可能使泄物成为人类，而人类的错误也破坏了他们赖以生存的森林。当然，自然界还承诺了一些其他的东西，这就是劳动法，据此，每个与企业主签订了结合协议的居民，都可以通过死亡来予以解脱（上帝的讨厌口号）。现在，我已经承诺了。而地方领主却不知道有什么办法来解决这个困境。工作变得越来越少了，而人口却越来越多，并且竭尽所能以保持现状，这样他们自己也可以留下来。就像现在这样，他们把自己的生命标志挂在墙上，虽然身感疲惫，但却感到自豪，然后交出他们的刨刀。他们的身体开始向周围展开，最奇怪的建筑结构出现了。如果这些高速公路使用者的建造者能看到，在他们皱巴巴的婚床上出现了这些因欲望而染红了的怪胎（他们就拥有了一切！），那么，他将再一次把它们铺平，而且以一种更加令人兴奋的方式从狭窄的房间里走出来，成为我们所有人可以在博物馆和教堂研究学习的榜样。在那里，我们所有的人仅仅给这位造物主颁发些拙劣的证书，而什么忙也帮不上。现在，他们都很激动，都在窃窃私语、哼哼唧唧，都在随着奥地利广播电台三台流行音乐的节拍或某个更简单一点儿的唱盘音乐，从事身体运动的工作。可马克思对我们的反应却是如此冷静！他们收集的所有由浪费所造成的债务，现在把它们全都紧密连在一起，紧紧地依偎着，谁会在这个时刻给他们什么东西呢！就连这家桥边酒店的老板也不会施舍，他在黑暗中还渴望赚到比他在酒水上的花费更多的钱，他自己还偷吃备餐中的东西充饥，厨房里，那位八十六岁的厨房助理约瑟法太太舔着盘子，狼吞虎咽地吞噬着残羹剩饭。在他们的工作中，总要留下一些什么东西，但他们并不像依恋最亲爱的人那样，去依恋这些工作。这些女人都是新鲜配制和烹调过的，煮熟的。是的，即使这样，她们也渴望得到一些东西，但是时间不长，就像她们在天气的鞭笞下发出低沉的隆隆声一样，天气甚至还决定她们该穿什么衣服，不得有违。她们扭动着那肥胖的身躯，咆哮着、嘟哝着，生命也在延续着，这个男人则继续消失在死亡之中，时光一小时一小时沉沦到地板上，但是，这些女人却在屋子里灵活轻盈地移动着身子，永远不会受到各种命运的打击。他们的习惯多么相似啊！每天的情况都是如此，明天还会是这样。且慢！且慢！第二天终究尚未到来，这个家庭主妇还不能进入，去完成更多的工作。现在，他们几乎是毫无感觉地、平静地待在彼此的身体里，那活塞推落了下来，他们继续朝着没有身体可以通过的海岸前行，自然是难以达到目的，是的，我们可能跌倒了，但我们不会掉得很深，我们就像周围的浅滩一样，周围有多深，我们就是多深。如果由我们的收入决定，挣多少钱就用多少钱，我们现在刚好可以买鞋来裹住我们这些徒步旅行者疲劳的双脚，多的就没了。但我们的脚踝已经被我们的伴侣玩弄了，他们还想玩弄自我，并认为自己是王牌，有自己的优势，哦，好恐怖啊！他们真的在刺激我们喔！然而，通往天堂的距离始终保持不变。很快，我们抬起这只脚，放在汽车的踏板上，这辆汽车是我们在为工厂进行的数小时的活动中，以工作的形式从我们的身体里挤出来的。我们以上帝之子的身份进入了工厂，经过多年的努力，除了能进入这辆最低级的中档汽车之外，别的什么都没有留下。而在此期间，汽车的挡位[1]已发生了轻微的变化，于是，我们进入工厂的机会就被一个刚刚抓住换挡杆的转换艺术家拒绝了。是的，他们已经取消了我们的位置，也不找人替代，现在，整个工厂几乎是自己在运作，她这都是从我们这里学的！但在贫困到来，我们的汽车被卖掉之前，我们还想亲自从外地回来几趟。我们还想亲自在别人身上多浪费几次，没有任何想法能逃过我们主人的眼睛，没有一件是报纸上做广告的服装，没有任何胡作非为的恶作剧能让我们迅速缩短生命，因为我们这些可怜的孺子牛，绝对要为我们的牧场带来更强更有力的牛劲。最后倒要看看这位厂长了，他从不独揽大权！这家康采恩公司，这只被困的秃鹰，连它都不能随心所欲地向天空

---

[1] Gang，有挡位和大门之意。此处也可理解为：工厂的大门已发生了轻微的变化。还应注意其隐喻。

猛烈射击，想射多高就射多高了，谁知道，它还会打到什么猛兽呢！

因此，我们都会担心，我们可以去爱谁，我们能够吃到什么。

在感情上，人们不会认为他们是不真实的，而是别人用来装饰自己的真正珠宝，就像她们那样，身体上带有的许多豁口，现在都变成了他们最好的东西（最舒适的新鞋！），他们穿着它在每个小小的热恋道路上漫步，匆匆不安地在她们身体的房间里滑来滑去。就有这么一个多人合唱团，随着通向这个父亲所在的升降椅，将他们多声部的回音向空中传送。他为这个女人创建了这个色情场所，让她在晚上装饰自己，她的工作就是在有人要为她付费之前，先让他们在她的下面迅速消失。男人们都是茫然地看着他们妻子的多个洞口，这都是被生活撕开的，是呵，他们感到有些不寒而栗，仿佛他们已经知道这些盒子早已泄空了，它为他们倒出了多年的谷物。这就是一个人对另一个人爱的依赖。而明天一大早就得赶上第一班车，不管他们多么无助，他们还必须追着操他们的妻子，她们就会依附于他们，并愿意挂在他们身上一起短跑：预备，跑！出发！不过这项工作可不是在大街上进行的喔。

其他一些人也是沿着这几条路走向死亡的。他们相互陪伴了一段时间，就在她的大门前深深地呼吸着，以便为他们敞开大门。还有更多的人，为了使他们的肢体交媾在一起，进入彼此，他们就跌倒在彼此柔弱的肢体上。这样，当他们不得不面对工头时，他们就会聚在一起了。还必须能干点儿什么事，要动真格的！如果工厂每天都在裁员，人们要做大做强，那东西要越来越大，沉入量越来越多，这才是好的开端。况且，主人一般都从获取物中挑选最优的，这一点你今年在里米尼海滨和卡罗拉的海滩上都经历过，在那里，你，如同鲜花盛开，在你短暂快乐的废墟下沉沦。

这家工厂的厂长为了增加做爱的运作量，缩短本来就很短的间息时间，就把他的妻子拖回到车上。从他那发射器里传出许多爱的话语，直灌她下身的耳际，她听到的是踢踢踏踏的声音，结结巴巴，就像没有音响设备的一对恋人在午夜后接收他们的舞曲。透过窗户朝里望去，我们看到一套通常在旅游餐馆里用于灌装液体的彩色慢跑服，它只是越来越小了，但仍然顽强地亮着。这个年轻人欲展开他那用紧身的针织腰带勒住的袖子，痴呆地凝视着这些相貌平平、毫无魅力的人，但是，这些人以自己的方式看来十分完美，人们看看他们从人类劳动中获得的收入以及他们对州议会政治的影响力就明白了。能和富人一起唱歌，但又不必加入工厂的合唱团，那该是多么美妙的事啊！这样，既可以了解他们的风俗习惯和风土人情，还可以不必站在田间地头，在收获的季节剃掉毛发！屋前，两辆车像两头笨重的公牛在并排着吃草，其中一头正在被"开膛破肚"掏出一点内脏了。此时，门打开了，一盏小灯也亮了起来。充满爱意的温馨话语被送进了格蒂的家乡。这个家庭之父来了，不是为了惩罚，而是为了安慰和再次占有而来，他那裤门的后面，已经像一座城市一样灯火辉煌了。除了妻子，他别无他求，对他来说妻子满足了他就够了，不像其他人，不节制地满足欲望，不停地唱歌，还高谈阔论说他们特别喜欢相关杂志上的某张照片。下班后，他们是如何在他们的性企业[1]里驾驶，忙于从事着他们的性生意的呢！现在，就请你看好啦，他们，那些鲤鱼池塘里的梭子鱼，都捕捉到了什么：在我看来，自然界有时候也是无情的，并不那么温和。这位厂长很依恋他的妻子，也已经习惯了她那宽阔的街巷。在车窗后面，当这位安静的

---

1 性企业（Geschlechtsbetrieb）由 Geschlecht（性）和 Betrieb（企业）拼凑而成，系由 Geschlechtstrieb（性欲）和 Betrieb（企业）浓缩的混合词。

男乘客还拿着他心爱的摩托车目录悬挂在空中时，厂长将格蒂放在前排座位上（事先他必须按下一个按钮，我就不说是哪一个了），把她的裙子掀到头上，然后，强行进入她的臀部，这样，他就可以顺利越过会阴，擅自径直插入她的内部。他双手轻柔地搓捏着她的乳房，舌尖轻轻地舔着她的耳际。这都是他平时经常做的一套动作，因为一幢房子喜欢挨着另一幢房子比邻而建，并不是为了支持它的邻居，而是为了折磨它。尽管这有点儿不舒服，夏天还十分遥远，道路也很偏僻，然而，动物的味道却很不错，一切都进入了预设的空间场所，或者至少离子弹上膛准备射击已不远了。仿佛在睡梦中一样，这种澎湃的波涛可以滚滚而来，它可以在自然界中位居高位，占有一席之地。在田园野战望远镜的光芒中，那些紧密连在一起的肢体，处在工作、金钱和强者之间，他们的下体你来我往、匆匆忙忙、来回奔波，它们就是不喜欢孤独地存在。它们必须经常躺在对方身上，叠在一起，彼此瞄准，相互依偎。人们的活动开始有了新的目标，天气也冷了起来，每当这个厂长将他那粗壮的阴茎稍稍往外抽出一点时，他就会向窗户里面沉默的仰慕者投去有力的一瞥。对此，他只需要稍微扭曲一下自己的身体就可以做到这一点。现在，也许这位青年男子正在全力以赴呢！在我看来，他真的是这样。从腰部往下，都是属于我们男人的。也就是说,我们都属于我们的妻子,在大街上,我们随时都会遇到一些毫无缘分的人,不必有什么戒备。可谓有缘千里来相会,无缘对面不相逢。让我们进入彼此,在对方里面坐一坐吧!这时,米夏埃尔把手放到了他运动裤的前面,我想,他正在把他的衣服堵塞得满满的。格蒂的裙子这时也已全都解开了扣子,一对豆蔻玉乳从她身上弹跳了出来,对不起!不管气势上是否在吸引着厂长,这都无所谓,但在内心最深处,他所注重的是喜庆和质量,我们会理解他。这个女人的面朝前,紧紧压在汽车坐垫上,仿佛她正藏在这皮革的阴影中打瞌睡。她的双腿吊在了敞开的车门外面,一左一右。而她的丈夫,这个暴跳如雷的当地人,我们把我们的家乡托付给了他,这样,他就可以从中造出纸来(不管怎么说,这些树木都会被剃光的),而且他在这里,甚至比我们更有家的感觉,更感自在!我听到了这只鸟在歌唱时是如何叫喊的。他走到格蒂身边,把他那几根充满爱意的手指强行插入她的体内。他对她说得很和蔼客气,向她描述了她能赢得的接踵而来的几次冲击。然后,他又轰然撞进她的洞穴中。他短暂地稍稍往后退缩了出来,探测感受一下自己的权杖:这时,我们看到,他的步履是无度的、无节制的。现在,这个专家对这个女人进行了仔细检查,他在引擎盖下使出了浑身解数,又把他的小推销员送走了，是的，不止如此，他还亲自陪伴着他，已经发泄完了，他会摇晃着甩甩这个孩子，然后，把他牢牢地锁在他的裤裆里，关闭大门。

格蒂隐私的秘密已经被揭开很长一段时间了，她那扇关得最紧的大门也已经敞开，现在，她还被人拍在座位上，臀部正在受到冲击，她的交叉点也被插入，这就是朋友之间互相问候的方式，这样我们就不至于相会而不相遇了。这个厂长还驾驶着舌头机动车进入私处内部，可又有谁来给我们解读呢？这个村子里的某些年轻男子，在裸体女人的广告牌前占据了各自的位置，希望能在分配岗位时受到特别关注。他们想接受，但又不想给钱。他们的妻子帮助他们长盛不衰、长生不老，并解决了性交运作中的高死亡率问题。然而，这位厂长却孤身独行他那条炽热的路，谁都知道，他的那道富有青春活力的光束。现在，这个女人不得不跟他无规无矩地搅和在一起，并容忍他进入她的肛门，那里面可能会有多条崎岖小路，以便更好地开掘扩建。当其他人放弃这种病态行为的时候，这位先生却在传统的吧台前镇定自若地运作，他的孩子也出生于这个邻近的吧台。别担心，这里是他的肢体安全休息的地方。现在，这只兴奋的小动物，还在那个让它成长的女人身体里跑来跑去。小牛犊很容易被它挣脱了的链条给缠住。就这样，还是原地不动为好，直到它射击完毕为止。这个女人已经被熟悉步履的落下打上了深深的印记。放心好啦，一切都会好的，润肤膏会有的，金钱礼物也会有的。如果你能润滑，就一定驾驶得比别人更好。很快，洞穴周边蔓生出了新鲜嫩绿，这个男人就可以把它拔出来了。

这是一个多么神圣的群体，他们很快就要休息了，要养精蓄锐。他们一对一，身挨着身，相互都感受到了肉体的威胁。又经过几次滑脱后，这个厂长便软弱无力地瘫倒在他的妻子身上，她如此善意地供他使用。于是，在他已经彻底地收获了她最喜欢，也是她最值得推荐的地区后，那里就不会很快再有食物生长了。一气之下，他便泄出一股洪流，河流从他自己身上，渗透他的仆人帮手，流到了金盘子上，而他们的神灵和人事经理采取强硬手段将它们据为己有。那就也请你从中挑选你认为最好的吧，你看：你已经是有家室的人了，你称她为你更好的另一半，那你就让她在洗碗池前站着、冲洗干净和准备出汗吧！

这一次，厂长可是有效的关键人物，他的妻子得到幸福的满足。可是，明天他还可以再次随心所欲、放浪不羁，可以从屁股后面发飙射击，并且购买任何一张车票，谁知道该去哪里呢。毕竟，他的妻子还是被庇护和觊觎的，周围的崎岖小路可能会分崩离析，这样，就有很多的路可以走了，可以预订去戏剧院、音乐会和歌剧院的门票，人们还可以把这个厂长恳求某个人递过来的东西舔舔干净，并重新将其包裹起来。现在，他又把她翻过身来，面朝上，在她面前摆动晃悠着，一股涎水细细如涓流而下，作为回报，这块蘸着调味汁的煎肉饼立即放到了这个女人的嘴唇上，就像一个柔软而疲惫的婴儿。嗯……这就对了。希望她能把那个从厨房里拿出来，并解冻了的东西再清理一下。首先是堤岸，然后是手柄，这就是人们创造秩序的方式，即使是最小的褶皱也应吸吮打扫得干干净净，毕竟，他今天还是想开趟汽车，用他那活性泡沫去保护坐垫。接着，格蒂还得亲吻他那毛茸茸的阴囊，只要这东西不进入她的阴道。这个厂长像剥一条蛇皮一样，三下五除二就扯掉了女人身上的裙子，同时，还悄悄地告诉她，她明天可以得到两件新的。裙子的前面被强行撕扯开，完全分开。格蒂的肉体很容易地就被亲吻了个遍，然后，就被牢牢拴在了他的座位上，在那里，那东西一直悬挂着，没有露出它的真容，别人看不见它，而它却可以瞥见别人。这个厂长还撕下了格蒂的内衣裤，让她整个饱受摧残的正面彻底暴露无遗，即使是在外面，那刮剃得干干净净的公文包，不久还是会长出友好可爱的嫩绿来的，一两个月就完全够了！行驶中的阵阵迎风和零星返回的人们，只能静静地观察着这栋阴暗建筑，这里的温暖阴影下就是这个厂长经常与这个女人一起翻滚过的地方。这个女人看上去不像一个电影演员，至少不像我认识的电影演员。此时，洞穴里一片寂静，米夏埃尔朝洞口望去，努力地再次成长，试图让自己更伟大，树立最好的形象，发挥最大的潜能。并不是所有的人都能拿出一个漂亮的性器来和他进行交谈的。忠诚是这个厂长与生俱来的，因而也是应该的。我们就是这屋子里的炉灶或温馨的安乐窝，必要时，我们就可以温暖我们的主人。

这个年轻人一直在思念着那无数的朋友，因为他将把他的冒险储存在这些朋友身上，他索性走到这个非常凶猛的淋浴喷头的下面。他的性欲犹存，充满着他的内心，他躺在了地板上，就像狗一样睡在提供的毯子上。也许那位女友晚些时候会过来，而外面的仆人帮手们会强行拿走属于他们的东西。他休息了很长一段时间，看着一个年迈的女人，他还想休息这么久，直至看到世界之子。我想，倘若明天一早，村民喽啰们在公交车上互相践踏致死，并用他们的物品互相斗殴，过着放荡不羁的生活，他甚至还会继续睡觉。

仿佛他们在一辆车上互相交换了他们的生命，这个厂长和他的妻子一起开车回家，其中一个是另一个的受保护者，辗转反侧，从一种生活状况翻转到另一种境况中。这些人可以有恃无恐地在任何地方交媾，他们的行为一再被爱情和他们亲爱的清洁女工所调整。员工们正在休息，但很快，闹钟的声音就会使他们振作起来。这辆汽车默默地把平原扫荡得干干净净，群山一片寂静，直到翌日，旅游局局长将阳光再次分配，自然会使运动员们欣喜若狂。于是，厂长夫妇就坐着他那个巨大的浮漂回家，一路上他们规规矩矩地行驶，越过联邦公路，车速适中。简而言之，他俩稍微抓住对方的身体，如同抽油，泵送着燃料，泉水就在他们身下喷涌飞溅，是啊，富人只要喜欢，就可如愿以偿，想喝多少就喝多少，想泄多少就泄多少。现在，小房子里都非常安静了，因为在那里，人们首先得计算出汽油的成本。充其量就是持续施暴，直到明天，这些小户人家的儿子在工厂里重新接受管理，而白天，他们的妻子却在强大性器喷射出的清漆中艰难地跋涉。爱在酒杯中，新鲜爽口、香味四溢、清新怡人，但它在我们身上又变成什么样了呢？

今天，由厂长和妻子共同实施完成了性交工作——非常感谢这位能跳旋体三周半的滑雪者和这位骑马的登山者！——在这样的工作条件下，他们战战兢兢地绽放，事后就贪婪地、囫囵吞枣地进食后一样擦拭一下嘴巴，也许她今天就这样结束了，但也很难说。在明天到来之前，我们发现自己还在邮政车灯的照耀下，而且还是在清晨的黑暗中，感到很高兴，但在未来的岁月里，我们才会发现自己是幸福的！除了这种灯光漫游着这些可怜的肢体，它们毫不害臊地向我们展示了它们身上在早晨散发出来的恶臭和排放出来的废气，别无其他，它们仅仅只想着彩票——彩色的光芒！人们还必须学会投递到信箱，而不仅仅是分发邮件。

这个厂长结结巴巴地说一些引导性的、充满爱意的话语，他宣布了他的计划和打算，这个自私自利的家伙。现在，他又生活得如鱼得水，有很多钱。真不知道，要是没有了他坚持称为妻子的女人，他将会怎样。他兴致勃勃地用那只没有驾驭的空手紧紧抓住她的身体，他至少要在那个地方进行引导，把准方向了。山峦像一只温暖驯服的动物一样高悬在他的上方，他已经把它全都修剪得光秃秃的了。他们把那多余的车也抑制住了，让它动弹不得，像他们的乖孩子一样把它锁了起来。此时，他们只是沉浸在令人振奋的性爱中。这个女人，作为妇女，可以去购买适合女人的商品。现在，人们正在猜测接下来一天的情况及其发展的可能性。厂长也谈到了他将在后来和接下来的几天里，操他妻子的方式是如何多种多样、五花八门、千姿百态。他需要楼上办公室里的骚动，这样，他下面的阴茎才能被这个女人抓获，并满足自己的欲望。也许这个女人喜欢一些特别的东西，在明天购物逛街的时候，她会不会盲目追求那些东西呢？再说这个男人吧：他妻子那颗十拿九稳的欲望之星在他上方闪耀，直到第二天早上，他小心翼翼地在她的脖子上大饱口福，你还是仔细看看路径吧，可别看走了眼喔！那汗水和精液，涓涓甘露，虽然还在从这个男人身上往下滴，但这些都不会使它变得越来越少，越来越枯竭，越来越小。他把他的妻子置于他的光束射程之内，微笑着向她祈祷。他那肉蛋静静地坐在其强壮有力的肉棒旁。在夜晚的魔力下，如果不必在早晨被厨房的某一盏灯所照亮，而进入黑暗之中，那将真是一种解脱。如果这欲火在我们的引擎里燃烧，又有另一团火甚至烧得更旺的话，那也将是令人欣慰的。洗干净了，恢复了体力，焕然一新之后，这个厂长马上又和他的格蒂一起上了床，就在她的灌木丛中留下了不朽的痕迹，其速度之快无人能比，还没有来得及抬起那腿，他就开始在汹涌的波涛中出发了。今天,也许他们将再次被他们渴望进食的身体发出的轻柔叫声所淹没,可谁又知道呢?由于天气寒冷,女人感到寒气袭人,便把衣服裹在自己的胸前。但是,这个男人却要求她,在她的洞穴小庭院里为他和这个地区的居民再提供一点儿娱乐和欣赏。拜托了,布里吉特,哎,不,格蒂。他把那件裹在她胸前的裙子又拉开了,这时,她的性欲还没有完全散去,欲火还没有完全熄灭,我是说,格蒂那快感的灰烬中肯定还有一些东西尚未燃尽。暖气还没有真正热起来,可这个男人却已经热起来了。对他来说,这也发生得太快了,他的下巴上有一块被格蒂的一个手指甲划伤的伤口。他们没有遇到一个独行的驴友,愿意和一个熟人在格蒂阴户的房前绽放一点光彩,过过瘾。也没有人会看到这个厂长额头上的权力印记了。所以,他至少要在妻子的身上盖上这个印章,以表明他的妻子已经付出了入场的代价,同时,也表明她真正从她性爱的温暖中勇敢地走到了户外,走向了自由,摆脱了性生活。在那些穷人家的厨房里,被保养的只有炉具了,别无其他。

这个男人称这个女人为他最亲爱的人,是啊,称这个孩子也是这样。他们居住并生活在这个村子夹缝中的黄金地带。政府很明智地用长柄勺子向人们分发特价商品。这样，公司的拥有者就可以做出他们的决定，并为他们挥霍国家补贴和对人体的干涉编造借口。他们可以在自己的货物中永远感到幸福和快乐，而其余的人则在他们手帕大小的狭窄土地上诉说着担忧，一旦他们的种子／精子一次达到两个以上，他们就立即在土地上面种上篱笆栅栏。因此，他们还得考虑另一个人！

我们都已双双到达了，这个孩子便在他那高雅舒适的房间里睡着了。

这儿子耐心地躺在林茨化学股份公司的皮带上打着盹。现在，我们也要去睡觉了，也是为了先品尝一下临死之前美滋滋的感受。要做到这一点，必须首先躺下来，这一点那些穷人早就知道了，他们通常死得比较早，对他们来说，在那之前的时间仍然显得太长。这个男人再次高兴地享受和欣赏着他妻子用化妆品涂抹过的肌肤，大饱眼福和口福，一会儿他就会像射出的枪弹一样，砰的一声跟着妻子上床。浴室里，已经可以听到淅淅沥沥的水声和震动声。只听到一个沉重的肉体被无情地投入热水中，以让他好好享受一把。肥皂和刷子都静静地放在他的胸前。镜子上都是水蒸气。厂长夫人应该用力地擦洗她丈夫的背部，她的手也很惬意地伸进到肥皂水里，继续按摩着他强而有力的性器，这东西完全落入她的双手中。窗外的月亮很快滑落了下去，他已经在呼唤着她的名字，他就是那男人和那一斤肉（或者不会少多少），这块肉就是他的能手。它已经在温水中又再次膨胀起来，并在它身体繁茂冷酷的自助餐上向主人摆动自己。然后，它会在一天的辛苦工作之后给这个女人洗澡，不管发生什么，这都是它很乐意干的事儿。周围的凡人都是靠工资和劳动为生，他们并不长寿，也活得不好。可是现在，他们却已经由劳作转为休息了，因为他们没有自己的浴室，所以他的那根肉刺就睡在她胸部的乳房上。这个厂长的身体泡没在了水里，但还是有一米见方裸露在外。他再一次呼唤着他的妻子，现在声音更大了一些，类似一道命令。可是她没有来。这样，他不得不一个人在水中让它软塌下来。他平静地滑到浴缸的另一边，难道他是要咆哮着叫她来吗？水不会改变一个人，人也不需要学会在水面上行走，这该是多么令人愉悦啊。这样的快乐，而且是如此便宜，任何人都负担得起。为什么不让那个女人待在她的原地呢，哦，热浪蒸汽，带上我一起走吧！他打开滚烫的阴茎，按摩着它，这样他就感到平和、宁静和爽快多了。一阵阵热浪在他沉重的肢体上翻腾、咆哮，它身上的坚硬咀嚼肌把小生命碾磨得粉碎，并吞噬着公司。这些可怜的小生命也如同水一样从岩石上滚落下来，但是，他们至少当场还是留在了他们的原地，躺在他们的小床上，并且不会一直向一个人乞求，而人们应该向这些可怜的小生命支付津贴。时间一个小时一个小时地过去，他们就在那里不假思索、盲目地，凭他们神圣的感觉沉入机器里，而他们的妻子则是费力地把它们固定在她们身体的框架里！这是要花代价的，需要有许多的血！然而，一切都是徒劳的，到头来即使他们心中有强大的鞭子，因为没有更多的精血来驱动它们进行性事，最终还是力不从心。我想，有时候，孩子们在凌晨四点还在转来转去，嗡嗡作响。此时，他们至少是要从迪斯科舞厅回到家里来醉醺醺地喝上那么一两口。

但是，这个儿子呢，多年来他在这里早已不受欢迎，不讨人喜欢了，此刻，他正躺在他的床上，宁静的月亮正朝他走来，月光照在他的身上。他喘着粗气，这孩子浑身冒着冷汗，用果汁饮料里的这种药片，才使他以完全不同的方式平静了下来。在母亲的目光下躺着，这孩子感觉很不自在，也不舒服，于是，母亲来到他的床前，把他弄平扶正了。这个孩子已经有些萎缩了，但却是她的整个世界：此时此刻，她也跟他一样，沉默不语。这孩子当然很期待成长，要像他父亲的生殖器一样，他会感到高兴的。母亲温柔地亲吻着她的这个环游世界的小小方舟。然后,她就拿起一个塑料袋,套在这个孩子的头上,而且把后面紧紧握住,这样,孩子在里面呼吸就可以平静下来(断气了)。在这个上面印有一家精品专卖店地址的塑料袋里,这个孩子的生命力正在再次充分展现出来,不久前,他还被许诺获得成长和运动装备。如果人们想通过设备来改善自然界,那就是这样一种情况!可是,事与愿违,孩子则不想这般活下去了。于是,儿子冲将出来,来到开阔的水域,在那里他很快就完全进入了自己的生活环境中(母亲!),并自己操作呼吸管,他的伙伴们从一开始就学会了如何透过玻璃板看世界:他一直是她的上级,一个小战神,可以灵活自主地安排自己的工作、运动和玩耍娱乐。你看到了一切,但他们没有看到很多。母亲走出屋子,把儿子抱在怀里,就像抱着一棵待植的灌木嫩芽。大地就要向那隆起的山丘致意道别了,在这山丘上,孩子今天已开过车了,而且明天他还想再滑一次雪(实际上,现在已经是第二天了,老天爷不耐烦就先天亮了!)。大地被厚厚的积雪覆盖着,上面留有令人反感的压痕。嗯,呃,搞错了,也许这孩子只是在欲望之火旁徘徊游荡,想拥有一段非凡的经历,不是吗?

母亲牵着孩子,然后,当她累了,就会把孩子夹在她身后,因为在轻柔精致的衣服后面就是月亮。现在,接下来的片刻间,这个女人就在小溪边,儿子心满意足地沉入小溪里。美好的安宁在召唤,当那里有观众的时候,运动员们也会不失时机地相互挥手致意。现在,出乎意料的是,这个家庭中最小的儿子,将会是第一个看到金钱背后她那张永恒的、愚蠢面孔的人,如果没有人给他套上绳索,那些金钱就会在这个地球上自由流动、散落,到处购物。人们争先恐后发出轰隆隆的雷鸣声,以祈求好天气的来临。那些滑雪运动员都会来到山里,不管是谁住在那里,还是谁想赢得比赛,那都无所谓了。

水已经拥抱着这个孩子,并把他带走了,在这寒冷的天气里,在很长一段时间里,会有很多东西留存下来。母亲虽然继续生活着,但她的时间却华而不实,只是在岁月的枷锁中苦苦挣扎。女人之所以早早地衰老,她们的错误就在于:她们不知道把所有的时光都藏在身后,不让人看到它。那么,难道她们就该像吞噬她们孩子的脐带那样去吞噬时间吗?那将只会是谋杀和死亡!

但是现在,该休息一会儿了!